学生万有文库

了不起的盖茨比

LIAO BU QI DE GAI CI BI

〔美〕弗朗西斯·斯科特·菲茨杰拉德 ◎ 著

林陌浅 ◎ 译

天地出版社

图书在版编目（CIP）数据

了不起的盖茨比/[美]弗朗西斯·斯科特·菲茨杰拉德著;林陌浅译.
—成都:天地出版社,2017.2
（学生万有文库）
ISBN 978－7－5455－2264－8

Ⅰ.①了… Ⅱ.①弗… ②林… Ⅲ.①长篇小说－美
国－现代 Ⅳ.①I712.45

中国版本图书馆 CIP 数据核字(2016)第 242188 号

了不起的盖茨比　　[美]弗朗西斯·斯科特·菲茨杰拉德　著　　林陌浅　译

出 品 人	罗文琦
责任编辑	李婷婷
封面设计	艺和天下
电脑制作	艺和天下
责任印制	田东洋

出版发行	天地出版社
	（成都市槐树街 2 号　　邮政编码:610014）
网　　址	http://www.tiandiph.com
	http://www.天地出版社.com
电子邮箱	tiandicbs@vip.163.com

印　　刷	三河市天润建兴印务有限公司
版　　次	2017 年 2 月第一版
印　　次	2017 年 2 月第一次印刷
成品尺寸	155mm×220mm　1/16
印　　张	18
字　　数	266 千字
定　　价	33.80 元
书　　号	ISBN 978－7－5455－2264－8

版权所有◆违者必究◆举报有奖
举报电话:(028)87734639（总编室）　　87735359（营销部）
　　　　　87734601（市场部）　　87734632（综合业务部）
购书咨询热线:(028)87734601　　87734602

前　言

　　弗朗西斯·斯科特·菲茨杰拉德（1896—1940），美国小说家。读完高中后考入普林斯顿大学，在校时曾自组剧团，并为校内文学刊物写稿。后因身体欠佳，中途辍学。1917年入伍，退伍后坚持写作。1920年出版了长篇小说《人间天堂》，从此出名，之后他与泽尔达结婚。婚后携妻寄居巴黎，结识了安德逊、海明威等多位美国作家。1925年《了不起的盖茨比》问世，奠定了他在美国现代文学史上的地位，成了"爵士时代"的发言人和"迷惘一代"的代表作家之一。菲茨杰拉德成名后继续勤奋笔耕，但婚后妻子讲究排场，挥霍无度，后来又精神失常，给他带来极大痛苦。他经济上入不敷出，一度去好莱坞写剧本挣钱维持生计。1936年不幸染上肺病，妻子又一病不起，使他几乎无法创作，精神濒于崩溃，终日酗酒。1940年12月21日突发心脏病，死于洛杉矶，年仅44岁。除上述两部作品外，他的主要作品还有《夜色温柔》（1934）和《末代大亨的情缘》（1941）。他的小说生动地反映了20世纪20年代"美国梦"的破灭，展示了大萧条时期美国上层社会"荒原时代"的精神面貌。

　　本书收录了《了不起的盖茨比》《一颗像里茨饭店那么大的钻石》《重访巴比伦》和《五一节》，其中以《了不起的盖茨比》最为经典。

　　《了不起的盖茨比》是菲茨杰拉德1925年所写的一部以20世纪20年代纽约市及长岛为背景的中篇小说。20世纪末，美国学术界的权威人士在百年英语文学长河中选出了一百部最优秀的小说，《了不起的盖茨比》高居第

— 1 —

二位,傲然跻身当代经典行列。小说的背景被设定在现代化的美国社会中上阶层的白人圈内,通过卡拉威的叙述展开,通过完美的艺术表现形式描写了 20 年代贩酒暴发户盖茨比所追求的"美国梦"的幻灭,揭示了美国社会的悲剧。作者把盖茨比热恋的姑娘当作青春、金钱和地位的象征,当作靠手段追求富裕物质生活的"美国梦"。盖茨比为了追求黛尔西耗尽了自己的感情和才智,最后葬送了自己的生命。他天真地以为,有了金钱就能重温旧梦,赎回失去的爱情。可惜,他错了。他看错了黛尔西这个粗俗浅薄的女人,他看错了表面上灯红酒绿而精神上空虚乏味的社会。他生活在梦幻之中,被黛尔西抛弃,被社会冷落,终于铸成了无法挽回的悲剧。而文中描写爱情与理想时所表现出的哀伤,像一股细流流露自字里行间,反馈出作者本身对"美国梦"的失望。

目　录

了不起的盖茨比

第一章

年少时，我父亲便给了我一个忠告，它至今萦绕在我的脑际。

"每当你觉得想要批评什么人的时候，"他对我说，"你切要记着，这个世界上的人并非都具备你所具备的条件。"

他没有再说什么。可是我们父子之间常有一种一点就通的默契，我心里明白父亲的话里有着更多的含义。从此，我总是倾向于对人对事不妄作任何评断，我的这一习惯致使许多秘密的心灵向我敞开，也使我成了不少牢骚满腹的人的倾听者。当这一品行在一个正常人身上表现出来的时候，变态的头脑便会很快地察觉到这一点并且依附于其上。正是由于这个原因，在学院里我被不公正地指责为政客，因为我暗知许多行为不检、来路不明的人的隐私和悲苦。这些心腹话儿大多都是它们自己找上门来的——当我通过某种准确无误的迹象意识到谁有体己话要向我倾诉的时候，我总是装着在睡觉，或是心不在焉，或是装出一种冷漠和不屑一顾：因为青年人诉说其隐秘时，或者至少是他们所使用的语言，在开场总是窃用别人的话语，而且表现出明显的吞吞吐吐。不妄加评断能给事情留下无限的余地。直到现在，我仍然有点害怕我会失去什么，假使我忘记了我父亲不无骄傲地叮嘱和我不无骄傲地重复的话：人们的善恶感一生下来就有差异。

在我这般吹嘘了一通我的宽容精神之后,我到头来还得承认这种宽容是有它的限度的。人的品行有的好像建筑在坚硬的岩石上,有的好像建筑在泥沼里,不过超过一定的限度,我就不在乎它建在什么之上了。在我去年秋天从东部回来的时候,我真想让世界上的人都穿上军装,在道德上都永远取立正的姿势;我再也不想毫无顾忌地尽兴地窥探人们的灵魂。只有盖茨比,以其名作为这本书名的男主人公,不包括在我的这一改变了的行为之列。盖茨比,此人体现了一切我分明蔑视的事物。不过,如果说人的品格是由一连串美好的行为举止组成的,那么,在盖茨比身上,倒也不乏某种光彩,不乏一种对生活展现出的种种憧憬的高度感应能力,宛如他身上接通了一架能测出万里之外的地震的精密机器。这种感应力与那一毫无生气的易感性(它被冠之以"创造的品性"之后变得体面起来)毫无干系——它是一种与希望维系在一起的非凡品质,一种富于浪漫色彩的敏感性。这一天赋我在别人身上从来没有见到过,而且以后也不大可能见得到了。不——到最后证明盖茨比并没有错! 倒是那一吞噬了盖茨比的力量,那一接踵在其梦想之后扬起的污垢飞尘,使我暂时放弃了我窥视人生的徒劳悲伤和短暂欢乐的兴趣。

我家一连三代都是这个中西部城市里的有名的富贵人家。我们卡拉威家也算得上是一个大家族,据家谱记载,我们还是布克里奇公爵的后裔。不过我的这一家系的实际创始人则是我的伯祖父,他五十一岁时来到美国,南北战争时期他雇了一个人去替他打仗,自己却做起了五金批发生意,这门生意我父亲一直从事至今。

我从来没有见过我的这位伯祖父,不过家人认为我长得像他——特别的依据就是一直挂在我父亲办公室里的那幅颜色发了黄的伯祖父的画像。我一九一五年从纽黑文毕业,正好是我父亲从那里毕业二十五年之际,稍后一些时候我便参加了那一酷似公元一世纪初条顿民族之大迁徙的世界大战。我是那么醉心于那场反击战,以至回到美国以后我倒觉得无所适从。在我看来,中西部现在不再是世界繁荣的中心,倒像是这个世界上边远的贫瘠之地——因此我决定到东部去学做票券生意。我所认识的人都在做票券生意，所以我想这门生意再多养活一个单身汉应该是不成问题的。我所有的姑舅叔婶们都商量了这件事，那慎重的态度就像是为我入学挑选学校一般，最后他们表情严肃又略带迟疑地同意道："啊，那就这样定了吧。"父亲答应资助我一年，几经耽搁之后，我终于在我二十二岁的那年春天去到了东部，我当时以为这次来后我就永久性地住下去了。

来后第一件实际要做的事情，是寻找住房。那时正值温暖和煦的季节，我又是刚刚告别了有着宽阔的草地和葱绿林木的乡村，因此当我办公室里的一位年轻同事建议我们两人到郊区租间房一起住时，我觉得这真是个好主意。他去租到了房子，一间久经风吹雨淋的木板平房，月租金八十美元，可是就在这个时候公司派他去了华盛顿，结果我独自一人住到了那里。我有一条狗——至少在它逃走之前与我相伴了一些日子——一辆旧道奇牌轿车和一位芬兰籍的女用人，她为我整理床铺做早饭，有时守着电炉子自言自语地说着她的国家的谚语格言。

这样寂寞地度过了一两日后，一天早晨，一个到此地比我还晚的男子在路上叫住了我。

"嘿，到西卵镇怎么走？"他求助似的向我问道。

我告诉了他。当我再往前走的时候我便不再寂寞了。一路上我成了一个向导，一个引路人，一个土著居民。他无意间也给予我一种邻居间的信任感。

这样当阳光日渐和暖，树上顶出嫩嫩的绿叶时——宛若银幕上的植物生长得那么快，在我身上又复生了那一熟悉的信念：随着夏日的到来，生命将重新开始。

有那么多的书要读，这是一点，同时，清新宜人的空气中也有那么多营养要汲取。我买来十几本有关银行业、信贷和投资证券的书，那一本本红色烫金封皮的书立在书架上，就好像造币厂新铸的钱币一样，随时准备揭示迈达斯、摩根和米赛纳斯的秘诀。除此之外，我还立下雄心壮志要读许多别的书。我在大学的时候便喜欢舞文弄墨,有一年我给《耶鲁新闻》写过一连串看起来一本正经实际上却平淡无奇的社论——现在我又准备把诸如此类的东西重新纳入我的生活,重新成为所谓的"通才",也就是那种最肤浅的专家。这并不仅仅只是一个俏皮的警句——单从一个窗口去观察人生要成功得多。我租的这所房子位于北美最离奇的一个村镇,当然,这纯粹出于偶然。这个村镇在纽约市正东那个细长的奇形怪状的小岛上——那里除了其他大自然奇观之外,还有两个地方的形状异乎寻常。

离城二十英里远的地方,有一对奇大无比的鸡蛋状的半岛,它们的外形一模一样,中间隔着一条小湾,这条小湾一直伸进西半球那片最恬静的咸水——长岛海峡那个巨大的潮湿的场院里。它们并非正椭圆形——却像哥伦布故事里的鸡蛋一样,在碰过的那头都是被压碎了的,但它们在外貌上的相似度一定是使那些从头上飞过的海鸥惊异不已的源头。而对于没有翅膀的人类来说,一个更加有趣的现象却是:这两个地方除了形状大小一样,在每一个方面都显得截然不同。我住在西卵,这是两个地方中相比较而言不那么时髦的一个,不过这是一个相当肤浅的标签,并不足以表现二者之间那种稀奇古怪而又很不吉利的对比。我的房子紧紧依靠在"鸡蛋"的顶端,距离海湾只有五十码,挤在两座每季租金要一万二到一万五的大别墅之间。我右边的那一幢,无论按什么标准来说,都可以称得上是一个庞然大物——它是诺曼底某市政厅的翻版,一边有一座新的塔楼,上面还疏疏落落地覆盖着一层常春藤,此外还有一座大理石堆砌的游泳池,以及面积四十多英亩的草坪和花园——这便是盖茨比的公馆。或者更确切地说,这是一位姓盖茨比的阔人所住的公馆,因为这时我还不认识盖茨比先生。相对而言,我自己的房子实在是很难看,幸好它很小,没有被人注意到,因此我才有缘欣赏一大片海景,欣赏我邻居草坪的一部分,并以与百万富翁为邻而感到自豪——而所有这一切每月只需支付八十美元。在小湾的对岸,东卵豪华住宅区那片洁白的宫殿式的大厦沿着水边越发显得光彩夺目,而那个夏天的故事正是从我开车去那边,到汤姆·布柯农夫妇家吃饭的那个晚上才真正开始的。

黛尔西是我的远房表妹,而汤姆是我在大学里就认识的朋友。

大战刚结束的时候,我在芝加哥还在他们家住过两天。汤姆除了擅长其他各项运动,还曾经是纽黑文有史以来最伟大的橄榄球运动员之一,也可说是个闻名全国的人物,这种人才二十一岁就已经在有限范围内取得了登峰造极的成就,从此以后的一切就都不免有些走下坡路的味道。他家里十分有钱——还在大学时他那任意花钱的程度就已经遭人非议。现在他离开了芝加哥迁到东部来,搬家的那个排场更是令人惊讶不已。举个例子说,他从森林湖运来了整整一群打马球用的马匹。在我这一辈人中竟然还有人阔绰到能够干这种事,实在是令人难以置信。

至于他们为什么要到东部来,我并不知道。他们好像没有什么特殊的理由,先是在法国待了一年,后来又很不安稳地东飘西荡,然而所去的地方都有人打马球,而且大家都很有钱。“这次是定居了。”黛尔西在电话里说道。可是我却并不相信,我虽看不透黛尔西的心思,不过我总觉得汤姆会为了追寻像某场无法重演的球赛那样戏剧性的激奋,就这样略带点怅惘地永远飘荡下去。

于是,在一个温暖而有风的晚上,我开车到东卵去看望这两个我几乎完全不了解的老朋友。他们的房子比我料想中的还要豪华,一座红白二色的乔治王殖民时代式的大厦,鲜明悦目地面临着海湾。葱翠的草坪从海滩起步,直奔大门,足足覆盖了四分之一英里的路面;一路跨过日晷、砖径和那片火红的花园——最后跑到房子跟前,仿佛借助于那奔跑的势头,索性又变成了绿油油的常春藤,沿着墙壁往上爬。房子正面还有一溜法国式的落地长窗,此刻在夕阳的辉映中金光闪闪,并且迎着午后的暖风敞开着。

这幢豪华别墅的主人汤姆·布柯农正身穿骑装,两腿叉开,站在前门的阳台上。与纽黑文时代相比,他的样子已经变了。现在的他已经是三十多岁的人了,体格健壮,头发呈稻草色,嘴边略带狠相,举止十分高傲。两只炯炯有神而又异常傲慢的眼睛已经在他脸上占据了支配地位,总是给人一种盛气凌人的印象。即使他那身优雅的骑装也掩藏不住这个身躯的巨大体力——他填满了那双雪亮的皮靴,并且还把上面的带子绷得紧紧的。当他的肩膀转动时,你可以清楚地看到一大块肌肉在他那薄薄的上衣下面移动。这是一个强健有力的身躯。

他说话的声音是又粗又大的男高音,这给人增添了他性情暴戾的印象。他说起话来经常带着一种教训人的口吻,即便对他喜欢的人也是这样,因此在纽黑文的时候对他恨之入骨的大有人在。

"我说,你可别以为我在这些问题上是说了算的,"他说道,"只不过因为我力气比你大,看起来比你更有男子汉气概。"我们两人属于同一个高年级学生联谊会,可是我们的关系并不十分密切。然而我总觉得他非常看重我,而且经常带着他那特有的显得有些粗野、蛮横的怅惘神气,大概是希望我也喜欢他。

我们站在阳光和煦的阳台上谈了几分钟。"我这地方相当不错。"他说,眼睛在不停地转来转去。

他抓住我的一只胳臂,用力把我转过身来,又伸出一只巨大的手掌,指点着眼前的景色。在他的一挥手之间,一座意大利式的凹形花园,半英亩浓郁的玫瑰花以及一艘狮子鼻的汽艇,在岸边随着浪潮起伏。"这地方原本属于石油大王德梅因。"他又用力把我推转过身来,客气但是不容置疑地说,"我们到里面去吧。"我们穿过一条高高的走廊,走进了一间宽敞明亮的玫瑰色的屋子,两头的落地长窗把这间屋子轻轻巧巧地嵌在这座房子当中。这些长窗都半开着,在外面嫩绿的草地的映衬下,显得晶莹夺目,那片草也仿佛要长到室内来似的。

一阵轻风吹过屋里,把洁白的窗帘从一头吹进来,又从另外一头吹出去,仿佛一面面白旗,吹向天花板上糖花蛋糕似的装饰;然后又轻轻拂过绛色地毯,留下一阵有如风吹海面般的阴影。屋子里唯一静止的东西是一张十分庞大的长沙发椅,上面坐着两个年轻的女人,看起来像浮在一个暂时停泊在地面的大气球上。她俩都身穿白衣,衣裙还在风中飘荡着,好像乘着气球环绕着房子飞了一圈刚被风吹回来似的。我站了好一会儿,倾听着窗帘刮动的嗖嗖声和墙上一幅挂像发出的嘎吱嘎吱的响声。

忽然砰的一声，汤姆·布柯农关上了后面的落地窗，室内的余风这才渐渐平息下来，窗帘、地毯和两位少妇也慢慢地降落地面。两个女人之中比较年轻的那个，我不认识。她一直平躺在长沙发的一头，身子一动不动，只有下巴稍微向上仰起，仿佛在上面平衡着一件什么东西，生怕它掉下来似的。

她用眼角的余光看到了我，她可一点表示也没有，其实我倒吃了一惊，差一点就要张口向她道歉，因为我进来惊动了她。另外那个少妇——黛尔西，想要站起身来，她的身子微微向前倾，一脸真心诚意的表情，接着却扑哧一笑，既滑稽又可爱地轻声一笑，我便也跟着笑了，接着便走上前去进了屋子。

"我简直高兴得要瘫……瘫掉了。"

她又笑了一次，好像她说了一句十分俏皮的话，很为此得意似的，接着她就拉住我的手，仰起脸看着我，表示这世界上再没有第二个人是她更高兴见到的了——那是她特有的一种表情。

她低声告诉我，那个正在搞平衡动作的姑娘姓贝科（我曾听人说过，黛尔西的喃喃低语通常只是为了让人家把身子向她靠近，这当然是不相干的闲话，丝毫无损这种表情的魅力）。贝科小姐的嘴唇还是微微动了一动——似笑非笑、似说非说的表情，搞得我不知所措——几乎看不出来地向我点了点头，接着又赶忙把头仰回去——而她在保持平衡的那件东西显然歪了一下，让她吃了一惊。于是道歉的话又一次冒到了我的嘴边。话说回来，这种几乎完全我行我素的神情总是令我感到目瞪口呆，既而又满心赞叹。

我又掉过头去看我的表妹，她开始用她那低低的、令人激动不已的声音问我一些问题。这是一种叫人不由自主地要去侧耳倾听的声音，仿佛每句话都是一组永远不会再重新演奏的音符。她的面庞忧郁而美丽，脸上带着明媚的神采，有两只明亮的眼睛，有一张热情的嘴，尤其是她的声音里有一种格外激动人心的特质，那是迷恋过她的男人都觉得难以忘怀的：一种格外抑扬动听的音质，一声喃喃的"听着"，就像一种暗示，暗示她片刻以前刚刚干完一些赏心乐事,而接下来的一个小时里还有更加有趣的赏心乐事。

我告诉她我到东部来的途中曾在芝加哥停留了一天,有十来个朋友托我向她问好。

"他们全都想念我吗?"她欣喜若狂地叫道。

"全城都的人都很想你。所有的汽车都把左后轮漆上了黑漆当作花圈,城北的湖边整夜哀声不绝于耳。"

"这真是太好了!汤姆,咱们回去吧。明天,"可随即她又毫不相干地说,"你应当去看看宝宝的。"

"我很想看。"

"她现在睡着了。她已经三岁了。你以前没见过她吗?"

"从没见过。"

"那你应当看看她。她是……"

汤姆·布柯农本来是坐立不安地在屋子里来回走动,现在突然停了下来,把一只手搭在我肩上。

"你在做些什么买卖,尼克?"

"我现在在做债券生意。"

"在哪家公司?"

我告诉了他公司名称。

"从来没听说过。"他断然地说。

这使我感到不痛快。"你会听到的,"我有些简慢地答道,"你如果在东部待久了就一定会听到的。"

"噢,我肯定会在东部待下来的,你放心吧。"他先看看黛尔西又看看我,仿佛在提防些什么,"我要是到任何别的地方去住就是个天大的傻瓜。"这时贝科小姐突然说了一句:"绝对如此!"不由得使我吃了一惊:这是我进了屋子这么久之后,她说的第一句话。显然她的话也使她自己感到吃惊,她打了个哈欠,随即迅速而灵巧地站了起来。

"我都木了,"她怨声载道,"我在那张沙发上躺了不知道有多久了。"

"别看我,"黛尔西回嘴说,"我可是整个下午都在动员你上纽约去。"

"不要,谢谢!"贝科小姐拒绝了刚从食品间端来的鸡尾酒,"我在进行严格锻炼呢!"男主人难以置信地瞪着她。"是吗?"他一口便把自己的酒喝了下去,仿佛那仅是杯底的一滴,"我真不懂你怎么可能做得成什么事情。"

我看了看贝科小姐,感到有些纳闷,不知她"做得成"的是什么事。不过我喜欢看她。她是个身材苗条、乳房小小的姑娘,由于像个年轻的军校学员那样挺起了胸膛,更显得英俊挺拔。她那双被光照得眯缝着的灰眼睛也正看着我,一张苍白、可爱,还略有些不满的脸上流露出有礼貌的,又带有回敬意味的好奇心。这才使我想起我以前似乎在什么地方见过她,或者是她的照片。"你住在西卵吧!"她用一种鄙夷的口气说道,"我认识那边的一个人。"

"可是我一个人也不认……"

"那你总该认识盖茨比吧。"

"盖茨比?"黛尔西立刻追问道,"哪个盖茨比?"我还没有来得及回答说他正是我的邻居,用人就过来宣布开饭了。汤姆·布柯农不由分说地将一只紧张的胳臂插在了我的胳臂下面,把我从屋子里推了出去,仿佛是在把一个棋子推到棋盘上的另一格去似的。

两位女郎在我们前面,手轻轻搭在腰上,袅袅婷婷地、懒洋洋地往外走上玫瑰色的阳台。阳台迎着落日,餐桌上的四支蜡烛在减弱了的风中闪烁不定。

"这个时候点蜡烛干什么?"黛尔西皱起眉头表示不悦。很快她用手指把它们捻灭了。"再过两个星期可就是一年当中最长的一天了。"她兴高采烈地看着我们大家,"你们是否总是在等一年当中最长的一天,可到头来偏偏还是会错过?我就老在等一年当中最长的一天,到头来偏偏还是错过了。"

"我们应说计划干点什么。"贝科小姐打着哈欠说,在桌子旁边坐了下来,仿佛上床睡觉似的。

"好吧,"黛尔西说,"咱们计划干点什么呢?"她又把脸转向我,有些无可奈何地问道,"人们究竟会计划些什么呢?"

我还没有来得及回答,她突然用两眼带着畏惧的神情盯着她的小手指。

"瞧!"她抱怨道,"我把它弄伤了。"

我们大家都瞧见了——指关节的确有点青紫。

"都是你搞的,汤姆,"她责怪他道,"我知道你不是有意的,但确实是因为你弄成这样的。这真是我的报应,嫁给这么一个粗野的男人,一个又粗大又笨拙的汉子……"

"我讨厌笨拙这个词,"汤姆生气地抗议道,"即使是开玩笑也不行。"

"笨拙。"黛尔西偏要犟嘴说。有时她和贝科小姐两人同时讲话,却并不惹人注意,不过开点无伤大雅的玩笑,也算不上唠叨,反而跟她们的白色衣裙及那双没有任何欲念的超然的眼睛一样冷漠。她们坐在这里应酬着汤姆和我,只不过是尽量客客气气地款待着客人或者接受款待。她们知道用不了多久晚饭就吃完了,而再过一会儿这一晚也就随随便便打发掉了。这和西部是截然不同的。在那里,每逢晚上待客,总是迫不及待地从一个阶段到另一个阶段直至推向结尾,人们总是有所期待而又不断感到失望,不然就对结尾时刻的到来感到十分的紧张和恐惧。

"你让我觉得自己不很文明,黛尔西,"我在喝第二杯虽然有点软木塞气味,口感却相当不错的红葡萄酒时说道,"你不能谈谈庄稼或者别的什么吗?"我说这句话的时候并没有什么特殊的用意,然而它却出乎意料地被人接过去了。

"文明正在崩溃,"汤姆突然气势汹汹地大声道,"我最近成了个对世界异常悲观的人。你看过戈达德写的《有色帝国的崛起》吗?"

"呃,没有。"我小心地答道,对他这样的语气感到很吃惊。

"我说,这可是一本非常好的书,每个人都应当读一读。书的大意是说,如果我们再不当心,白色人种就会……就会被完全淹没了。书里讲的全是科学道理,是已经证明了的。"

"汤姆变得很博学了。"黛尔西说,脸上露出一种忧伤的表情,然而并不深切,"他看了一些很深奥的书,书里有许多令人难懂的字眼。那是个什么字来着,我们……""我说,这些书可都是有科学根据的,"汤姆一个劲地往下说,不耐烦地瞅了她一眼,"这家伙把道理讲得很清楚。我们是占据统治地位的人种,我们必须提高警惕,要不然的话,其他人种就会掌握一切!"

"我们非得打倒他们不可。"黛尔西边低声地说,边拼命地对太阳眨眼。

"你们应当到加利福尼亚安家……"贝科小姐开口说道,这时汤姆在椅子里沉重地挪动了一下身子,毫不客气地打断了她的话。

"他的主要论点是我们北欧日耳曼民族——我是,你是,你也是,还有……"稍微犹豫了一下之后,汤姆朝黛尔西点点头,把她也包括了进去,这时她又冲我眨了眨眼,"是我们创造了所有那些叠加在一起构成文明的东西——像科学艺术啦,以及其他,等等。你们明白吗?"

说实话,他那副专心致志的劲头看上去有些可怜,他那种自负的态度,虽然比往日还要突出,但对现在的他来说已经是很不够了。这时屋子里的电话铃响了。男管家离开阳台去接,而黛尔西几乎立刻就抓住了这个打岔的机会,把脸凑到我的面前来。

"我要告诉你一桩秘密,"她兴奋地对我咬耳朵,"是关于男管家的鼻子的。你想要听男管家鼻子的故事吗?"

"这正是我今晚前来拜访的目的所在嘛。"

"你要知道,他可并不是一向当男管家的。他从前是专门替纽约一户人家擦银器的,那家有一套可供两百人使用的银餐具。他每天从早擦到晚,后来他的鼻子就受不了啦……"

"后来情况越来越坏。"贝科小姐在旁边提了一句。

"是的。后来情况越来越坏,到最后他只得辞职不干了。"

有一会儿工夫,夕阳的余晖含情脉脉地照在她那娇艳发光的脸上,渗透出一种异样的洁白无瑕的性感,让人忍不住凑上前去抚摸。她的声音使我不由自主地凑上前去屏息倾听。然后光彩逐渐消退,每一道光都恋恋不舍地离开了她，就像孩子们要在黄昏时刻离开一条愉快的街道那样。

男管家回来凑着汤姆的耳朵嘀咕了句什么，汤姆听了把眉头一皱，把他的椅子向后一推，一言不发地就走进室内去了。他的离去倒仿佛使她活跃了起来，黛尔西又倾身向前，她的声音真像唱歌似的抑扬动听。

"我真高兴能在我的餐桌上见到你，尼克。你使我想到了一朵——一朵玫瑰花，一朵地地道道的玫瑰花。你说是不是？"她把脸转向了贝科小姐，要求她附和这句话，"是一朵地地道道的玫瑰花。"

这可真是瞎说。我跟玫瑰花一点相似之处也没有。她不过是随口乱说一气，但却洋溢着一种动人的激情，仿佛她的心就藏在那些激动人心的话语里，想对你倾诉一番。突然，她把餐巾往桌上一扔，说了句"对不起"就快步走进房子里面去了。

贝科小姐和我互对了一下眼色，故意没有任何表示。我刚想开口，她警觉地坐直了身体，并用警告的声音说了一声"嘘"。我可以听见那边屋子里有一阵低低的、激动的交谈声，贝科小姐毫无顾忌地探过身去竖起耳朵听。嗬嗬的话语声有好几次都接近听得真的程度，猛一降低，又激动地高扬上去，直至完全终止。

"你刚才提到的那位盖茨比先生其实是我的邻居……"我开始说。

"嘘，别说话，我要听听出了什么事。"

"是出了事吗？"我有些迷惑地问。

"难道你不知道吗？"贝科小姐说，她感到非常奇怪，"我还以为人人都知道了。"

"我不知道。"

"哎呀……"她犹豫了一下，说，"汤姆在纽约有个女人。"

"有个女人？"我茫然地跟着她说。

贝科小姐点了点头。

"她起码该识点大体，至少不在吃饭的时候给他打电话嘛。你说呢？"

我还没完全明白她的意思，就听到一阵裙衣窸窣和皮靴咯咯的声响，汤姆和黛尔西回到餐桌上来了。

"真没办法!"黛尔西强作欢颜地大声说。

她坐下来,先朝贝科小姐看了一眼,然后又朝我看了一眼,接着说道:"我到外面看了一下,看到外面简直浪漫极了。草坪上有一只鸟,我想一定是只夜莺搭'康拉德'或者'白星'轮船公司的船过来的。它在不停地歌唱……"事实上她的声音也像唱歌一般,"很浪漫,是不是,汤姆?"

"非常浪漫。"他说,然后板着脸对我说,"要是吃过饭天还够亮的话,我就领你到马房去看看。"

里面的电话突然又响了,大家都不约而同地吃了一惊。黛尔西决然地对汤姆摇了摇头,于是马房的话题,事实上是所有的话题,都化为乌有不再提起了。在餐桌最后五分钟残留的印象里,我记得蜡烛又被无缘无故地点着了,同时我还意识到自己其实很想正眼看看大家,但却又想避开大家的目光。我猜不出黛尔西和汤姆在想什么,但我怀疑就连贝科小姐那样似乎有点玩世不恭的人,也不大可能把这第五位客人那尖锐刺耳的迫切的呼声完全置之度外。对于某种性情的人来说,这个局面可能会十分有意思——而我自己本能的反应是立刻打电话叫警察。

马房,不用说,没有再提了。汤姆和贝科小姐,两个人中间隔着几英尺的暮色,慢慢地溜达着回到书房,仿佛要走到一个确实存在的尸体旁去守夜。同时,我一面极力装出感兴趣的样子,一面还得装出耳朵有点不大好使,跟着黛尔西穿过了一连串的走廊,一直走到前面的阳台上。

在苍茫的暮色中,我们并排坐在一张柳条编的长靠椅上。黛尔西把脸捧在手里,好像在抚摩着她那可爱的面庞,同时渐渐放眼看那鹅绒般的暮色。我看得出她此刻心潮澎湃,于是我问了几个我自认为有镇静作用的关于她小女儿的问题。

"我们彼此并不熟悉,尼克,"她忽然说道,"尽管我们是表亲。你连我的婚礼都没参加。"

"我那时打仗还没回来。"

"确实。"她犹豫了一下，又叹了口气，"唉，我可真够受的，尼克，我把一切都看透了。"

她持这种看法显然是有缘故的。我洗耳恭听，可她没再继续往下说，于是过了一会儿，我又只好吞吞吐吐地回到了她的女儿这个话题。

"我想她一定会说话，又……会吃，应该什么都会了吧？"

"呃，是啊。"她有些心不在焉地看着我，"听我说，尼克，让我告诉你当她出世的时候我说了些什么话。你想听吗？"

"非常想听。"

"你听了以后就会明白，我为什么会这样看待一切事物。她出生还不到一个钟头，汤姆就不晓得跑到哪里去了。当我从乙醚麻醉中醒来，立刻就有一种孤苦伶仃的感觉。我马上问护士是男孩还是女孩。当她告诉我是个女孩时，我立刻转过脸哭了起来。'好吧，'我说，'我很高兴她是个女孩。我真希望她将来是个傻瓜，因为这是女孩子在这样一个世界上最好的出路——当一个美丽的小傻瓜。'

"你明白，我认为一切都糟透了，"她叹了口气，继续说，"人人都是这样认为的——包括那些最优秀的人，我知道。我什么地方都去过了，什么都见过了，什么也都干过了。"她两眼炯炯有神，环顾四方，俨然一副不可一世的神气，很像汤姆。她突然又放声大笑，笑声里充满了一种可怕的讥嘲，"饱经世故……天哪，我可是饱经世故了！"

而当她话音一落，不再用眼神强迫我注意她和相信她的时候，我却感觉她刚才说的根本不是真心话。这顿时令我感到不安，似乎这整个晚上都是一个圈套，要强迫我也付出一份相应的感情。我静静地等着，果然过了一会儿她再看着我时，她那可爱的脸上就露出了假笑，仿佛已经表明了，她是她和汤姆同属的一个上流社会的秘密团体当中的一分子。

室内，那间红色的屋子正灯火辉煌，映照得房子的每一个角落都红彤彤的，仿佛那映山红的花儿一样炫目。汤姆和贝科小姐各自占据了长沙发的一头，她正在念《周六晚报》给他听，声音低低的，没有什么变化，吐出的一连串字句有一种奇妙的让人安心的调子。灯光照在他的皮靴上雪亮,而照在她秋叶黄的头发上则暗淡无光,每当她翻过一页,她胳膊上那细细的肌肉颤动的时候,灯光便一晃一晃地照在纸上。

我和黛尔西走进屋子,她举起一只手指放在唇上来示意我们不要出声。

"待续,"她接着念道,一面随手把杂志扔在了桌上,"见本刊下期。"

只见她膝盖一动,身子一直,霍地站了起来。

"已经十点了,"她说,"我这个好孩子应当上床睡觉了。"

"乔丹明天还要去参加锦标赛,"黛尔西向我解释道,"在威斯彻斯特那边。"

"哦……你是乔丹·贝科。"

我现在终于明白为什么她的面孔看起来很眼熟——在许多报道——阿希维尔、温泉和棕榈海滩的体育生活报刊照片上,她都带着那可爱的傲慢的表情在注视着我。我还听说过一些关于她的闲话,是不好的闲话,然而究竟是什么事我早已忘掉了。

"明儿见,"她轻声说,"八点叫我,好吗?"

"只要你起得来。"

"我一定可以的。晚安,卡拉威先生。改天见。"

"你们一定会再见面的,"黛尔西笑着保证道,"说实在的,我真想要做个媒。多来几趟吧,尼克,我会想办法——呃——把你俩拽到一起。比如说,无意间把你们关在储藏室里啦,或者把你们放在一条小船上往海里一推啦,等等。"

"明天见,"贝科小姐在楼梯上喊道,"我刚刚一个字也没听见。"

"她是个好孩子,"过了一会儿汤姆说,"他们不应该让她这样四处乱跑。"

"是谁不应该?"黛尔西冷冷地问。

"她的家里人。"

"她家里现在只有一个上了年纪的姑妈。再说,以后尼克可以照应她了,是不是,尼克? 她今年夏天会到这里来度过许多个周末的。我想这里的环境一定会对她大有好处的。"

黛尔西和汤姆默默无言地彼此看了一会儿。

"她是纽约州的人吗?"我赶紧问。

"她是路易斯维尔人。我们纯洁的少女时期是一起在那里度过的。我们那美丽而纯洁的……"

"你刚刚在阳台上是不是把心里话都跟尼克讲了?"汤姆忽然质问道。

"我讲了吗?"她看看我,"我不记得了。不过我们好像谈到了日耳曼种族。对了,我可以肯定我们刚刚谈的是那个。它不知不觉地就进入了我们的话题,连你都没注意到哩……"

"别听到什么就信以为真,尼克。"他又告诫我说。

我轻松地回答说我什么都没听到,几分钟之后,我起身告辞。他们送我到门口,两人并肩站在一片明亮的灯光里。我发动了汽车,忽然听到黛尔西命令式地喊道:"等等!"

"我忘了问你一件很重要的事。听说你在西部跟一个姑娘订婚了?"

"不错,"汤姆和蔼地附和道,"我们听说你订婚了。"

"那完全是造谣、诽谤。我太穷了。"

"可我们都听说了。"黛尔西坚持说道,使我感到惊讶的是,她又像花朵一样绽放了,"我们一共听三个人说过,所以这件事肯定是真的。"

我自然知道他们指的是什么事,但我压根儿就没有订婚。流言蜚语传说我订了婚,这也正是我之所以来到东部的一个原因。我不能因为惧怕谣言就和一个老朋友断绝来往,可另一方面我也无意迫于谣言的压力去结婚。

他们对我的关心倒很令我感动,这也使得他们不再显得那么有钱与高不可攀了。虽然如此,在开车回家的路上,我还是感到有些迷惑不解,还有点厌恶。我觉得,黛尔西眼下应该做的事是抱着她的女儿跑出这座房子,可是显然她的头脑里完全没有这种打算。

至于汤姆,他"在纽约有个女人"这种事情倒不足为奇,奇怪的是他怎么会因为读了一本书而感到那么沮丧。不知是什么东西在使他从一些陈腐的学说里摄取着精神食粮，仿佛他那壮硕体格的唯我主义已经不能再滋养他那颗自尊自傲的心了。

一路上，小旅馆房顶上和路边汽油站门前都已经呈现出一片盛夏的景象，一台台鲜红的加油机正蹲在电灯的光圈里。我回到了我在西卵的住处，将车停在小车棚之后，我又在院子里一架闲置着的割草机上坐了一会儿。此时风已经停了，眼前是一片明亮嘈杂的夜景，有鸟雀在树上拍动翅膀的声音，还有青蛙鼓足了力气应和风的声音。一只猫的侧影在月光中缓缓地移动，当我掉过头去看它的时候，我发觉我并不是一个人——五十英尺之外的一个人从我邻居那片大厦的阴影里走了出来，现在他两手插在口袋里，正站在那里仰望着银白的星光。从他那悠闲的动作和他两脚稳踏在草坪上的姿势可以看出，他就是盖茨比先生本人，大概是出来确定一下我们本地的天空中哪一片是属于他的。

我打定了主意要向他打招呼。贝科小姐在吃饭的时候提到过他，那也可以算作介绍了。但我的打算并没有付诸实践，因为他突然做了个动作，这个动作好像在表示他正满足于独自待着——他朝着幽暗的海水伸出了他的两只胳膊，那样子真是古怪，而更令人奇怪的是尽管我离他很远，但我可以发誓我看到他正在发抖。我也不由自主地朝海上望去，可是我什么都看不出来，除了一盏又小又远的绿灯，或许是一座码头的尽头。而等我回头再去看盖茨比的时候，他已经不见了，于是我又只能独自待在这不平静的黑夜里。

第二章

在西卵和纽约之间大约一半路程的地方，公路匆匆忙忙地跟铁路会合了，它在铁路旁边跑上四分之一英里这么远，为的就是要躲开一片荒凉的地方。这是一个由灰烬堆成的山谷——一个十分奇怪的农场,在这里灰烬能够像麦子一样生长,长成小山小丘和各种奇形怪状的园子。在这里灰烬还会堆成房屋、烟囱和炊烟等形状,最后,经过一系列努力,堆成了一个个灰蒙蒙的人,隐隐约约地走动,并且在尘土飞扬的空气中化为灰烬。有时会有一列灰色的货车沿着一条看不见的轨道慢慢爬行,突然嘎吱一声鬼叫,停了下来,那些灰蒙蒙的人立刻就拖着铁铲一窝蜂地拥上来,扬起一片尘土,让你根本看不到他们隐秘的活动。但是过一会儿,在这片灰蒙蒙的土地,以及永远笼罩在它上空的那一阵阵暗淡的尘土的上面,你就能看到 T. J. 艾克尔堡大夫的眼睛。

艾克尔堡大夫的眼睛是深蓝色的,而且庞大无比——瞳仁就有一码高。令人惊讶的是,这双眼睛不是嵌在人脸上,而是从一副架在一个根本不存在的鼻子上的硕大无比的黄色眼镜中向外看。这显然是一个异想天开的眼科医生把它们竖在那儿的,大概是为了招揽生意,扩大他在皇后区的业务。而到后来或许他自己也永远闭上了眼睛,再不然就是撇下它们搬走了。然而,他留下的那两只眼睛,由于年深月久,日晒雨淋,油漆剥落,光彩早不如前,却依然若有所思的样子,阴郁地注视着这片阴沉沉的灰堆。

灰烬谷的一边有条肮脏的小河,每逢河上吊桥拉起让驳船通过时,等候过桥的火车上的乘客们就不得不盯着这片凄凉的景色,时间长达半小时之久。即使是平时,火车在这里至少也要停一分钟。可正是由于这个缘故,我才初次见到了汤姆·布柯农的情妇。

他有个情妇,这是几乎所有知道他的人都认定的事实。他的熟人都觉得很气愤,因为他经常带着她上时髦的馆子,并且让她在一张桌子旁坐下后,他自己就走来走去,跟他所认识的人聊天。我虽然好奇想看看这个女人,可并不想和她见面——但我还是见到她了。

一天下午,我跟汤姆一起搭火车上纽约去。当我们在灰堆停下来的时候,他一骨碌跳了起来,用力抓住我的胳膊肘,简直是强迫似的把我带下了车。"我们就在这儿下车,"他决然地说,"我要带你见见我的女朋友。"

大概他那天午饭时喝得太多了,因此他硬要我陪他的做法简直近乎一种暴力行为。他自以为是地认为,我在星期天下午肯定没有什么别的更有意思的事情可做。

我跟在他身后跨过一排低低的刷得雪白的铁路栅栏,然后又沿着公路,在艾克尔堡大夫目不转睛的注视下,往回走了一百码。一小排黄砖房子是眼前唯一的建筑物,它们坐落在这片荒原的边缘,大概是为本地居民供应生活必需品的一条小型主街,左右隔壁则一无所有。

这排房子里一共有三家店铺,一家正在招租,一家是通宵营业的饭馆,门口有一条炉渣小道,还有一家是汽车修理行——"乔治·B.威尔森,修理汽车,买卖汽车"。我跟着汤姆来到第三家门口走了进去。

车行里丝毫没有兴旺的气象,简直可以说空空如也。我们只看见一辆汽车——一部盖满灰尘、破旧不堪的福特车,蹲在一个阴暗的角落里。我突发奇想,这间有名无实的车行该不会只是个幌子,而楼上却掩藏着豪华温馨的房间吧?这时车行的老板出现在一间办公室的门口,他的手还不停地在一块抹布上擦着。他头发金黄、没精打采,脸上没什么血色,样子倒还不难看。他一看见我们,那双浅蓝色的眼睛就流露出一丝暗淡的希望。

"乔治·威尔森,你这家伙,"汤姆一面说,一面嘻嘻哈哈地拍着他的肩膀,"生意怎么样?"

"还行,"威尔森的回答明显缺乏说服力,"你什么时候才能把那部车子卖给我?"

"下个礼拜。我已经让我的司机在整修它了。"

"他干得很慢,是不是?"

"不,他干得一点也不慢。"汤姆冷冷地说,"如果你抱着这样的看法,那我还是把它拿到别的地方去卖为好。"

"不,我不是这个意思,"威尔森连忙解释道,"我只是说……"

他的声音渐渐消失,同时汤姆很不耐烦地向车行的四面张望着。接着我听到楼梯上有脚步声响起,过了一会儿,一个女人粗粗的身材便挡住了办公室门口的光线。她年纪三十五六,身子有些胖,可如同有些女人一样,胖得也很美。她穿了一件沾有油渍的深蓝色双绉连衣裙,她的脸庞可以说没有一丝一毫的美,但她有一种很明显的活力,仿佛她浑身的神经和细胞都在不停地燃烧。她轻轻地一笑,随即大摇大摆地从她丈夫身边走过,似乎他只是个幽灵。她走过来跟汤姆握手,两只眼睛直盯着他。接着她用舌头稍微润了润嘴唇,头也不回地对她丈夫说:"怎么不拿两张椅子来? 让人家坐下。"

"对,对。"威尔森连忙答应着,随即转身向小办公室走去,他的身影立刻就跟墙壁的水泥色打成一片。一层灰白的尘土笼罩在他深色的衣服和浅色的头发上,甚至笼罩着他前后左右的一切——除了他的妻子之外。她走到了汤姆的身边。

"我要见你,"汤姆热切地对她说道,"搭下一班火车。"

"好吧。"

"我会在车站下层的报摊边上等你。"

她点了点头,很快就从他身边走开了,正赶上威尔森从办公室搬了两张椅子出来。

于是我们在公路上没有人看见的地方等着她。再过几天就是七月四号了,因此有一个看起来灰蒙蒙的、瘦骨伶仃的意大利小孩在沿着铁轨点放一排"鱼雷炮"。

"多可怕的地方,是不是?"汤姆说,同时深深地皱起眉头,看着艾克尔堡大夫的眼睛。

"简直糟透了。"

"换个环境会对她有好处。"

"她丈夫没意见吗?"

"威尔森? 他只会以为她到纽约去看她妹妹。那个家伙蠢得要命,恐怕连自己活着都不知道。"

就这样,汤姆·布柯农和他的情人,再加上我,三个人一同上纽约去——或许不能说是一同去,因为威尔森太太还是很识相地坐到了另一节车厢里。汤姆肯作这一点让步,为的是怕引起可能也在这趟车上的那些东卵人的反感。

她换了一件棕色花布的连衣裙,到了纽约,汤姆扶她下车时,那裙子便紧紧地绷在她肥阔的臀部上。她先在报摊上买了一份《闲话纽约》和一本电影杂志,接着又在车站药店里买了一瓶冷霜和一小瓶香水。在楼上那阴沉而有回音的车道里,她一连放过了四辆出租汽车,最后才选中了一辆新车,淡紫色的车身,里面的坐垫是灰色的。

我们坐着这辆车驶出庞大阴森的车站,开进一片灿烂的阳光里。可是没过多久她又突然把头从车窗前扭过来,身子向前一探,敲了敲前面的玻璃。

"我也要买一只那样的小狗。"她热切地说道,"我要把它养在公寓里。这一定会有意思。"

于是我们的车子又倒退到一个白头发的老头跟前,他长得很像约翰·D. 洛克菲勒,看起来有点滑稽。他的脖子上挂着一个篮子,里面有十几条刚出世还难以确定品种的小狗崽子。

"它们都是什么种?"还没等老头走到出租汽车的窗口,威尔森太太就急着问道。

"各种都有。您要哪一种,太太?"

"我想要一条警犬。你不一定有吧?"

老头疑惑地向竹篮子里望了望,伸手进去拎起一只来,因为被捏着颈皮,小狗的身子一直在扭。

"这可不是警犬。"汤姆开口说道。

"是,这不一定是只警犬,"老头说,声音里明显流露出失望情绪,"这多半是一只硬毛猎狗。"他用手抚摸着狗背上那棕色毛巾似的皮毛,"可您瞧这个皮毛,是很不错的皮毛,这条狗绝对不会伤风感冒,给您带来麻烦的。"

"我觉得它可真好玩儿，"威尔森太太兴高采烈地说，"多少钱？"

"这只狗吗？"老头顿时也用赞赏的神气看着它，"十美元。"

于是这只硬毛猎狗很快转了手——毫无疑问，它的血统里不知道什么地方曾经跟硬毛猎狗有过关系，不过它的爪子却白得出奇，随后安静地躺到了威尔森太太的怀里。她欢天喜地地抚摸着它那据说不怕伤风感冒的皮毛。

"它是雄的还是雌的？"她又委婉地问道。

"那只狗？那只狗是雄的。"

"是只母狗！"汤姆突然斩钉截铁地说道，"给你钱。拿去再买十只狗。"

我们接着坐车来到五号路，在这夏日星期天的下午，空气中充满了温暖的柔和的味道，颇有几分田园风味。即使有一大群雪白的绵羊突然从街角拐出来，我想我也不会感到惊奇的。

"请停一下，"我说，"我要在这儿跟你们分手了。"

"不行，你不能走的，"汤姆急忙插话说，"要是你不上公寓去，茉德尔要生气的。是不是，茉德尔？"

"来吧，"她也恳求道，"我会打电话叫我妹妹凯萨琳来，很多见过世面的人都说她很漂亮。"

"呃，我是很想来，可是……"

于是我们又继续前进，掉头穿过了中央公园，向西城一百多号街那边走去。出租汽车在一五八号街那一大排白色蛋糕似的公寓中的一幢前停下。威尔森太太向四周扫视了一番，俨然一副皇后回宫的气派，随即捧起小狗和其他买来的东西，趾高气扬地走了进去。

"我要把麦奇夫妇请来，"我们乘电梯上楼时她便宣布说，"当然，我还要打电话把我妹妹叫来。"

他们的那套房间在最高一层——有一间小起居室，一间小餐室，一间小卧室，还有一个洗澡间。起居室被一套大得一点也不相称的织锦靠垫的家具给挤得满满的，以至于在室内走动时会不断地绊倒在那些漂亮的家具上。

墙上挂的唯一一幅画是一张放得特大的相片,乍一看好像是一只母鸡蹲在一块连形状都看不太清的岩石上。可是,如果从远处看,那只母鸡就化为一顶女帽,一位胖老太太在笑眯眯地俯视着屋子。桌子上还放着几份旧的《闲话纽约》,一本《彼得·西蒙传》以及两三本百老汇的黄色小刊物。威尔森太太最先关心的是她的狗。一个开电梯的工人老大不情愿地弄来了一个垫满稻草的盒子和一些牛奶,另外又买了一筒又大又硬的狗饼干,有块饼干泡在一碟牛奶里一下午,泡得稀巴烂。同时,汤姆从一个上锁的柜子里拿出一瓶威士忌来。

我这一辈子只喝醉过两次,第二次就是在那天下午,当时所发生的一切现在都仍然像在云雾里一样,模糊不清。威尔森太太坐在汤姆的腿上给好几个人打了电话。后来发现香烟没了,我就跑出去到街角的商店里买烟。当我回来的时候,他们两人都不见了,于是我很识相地坐在起居室里,看了那本《彼得·西蒙传》中的一章——也许是书写得太糟,也许是威士忌使东西变得面目全非,我没有看出一点名堂来。

等到汤姆和茉德尔(第一杯酒下肚之后威尔森太太和我就直接喊彼此的教名了)一重新露面,客人们就开始陆续来敲公寓的门了。

她的妹妹凯萨琳是一个苗条而显得俗气的女人,年纪三十上下,有一头十分浓密的短短的红头发,脸上一层厚厚的粉,抹得像牛奶一样白。她的眉毛是拔掉重新画过的,画的角度还有些俏皮,可是自然的力量却要恢复旧观,两下交错,倒弄得她的脸部有点眉目不清。她走动的时候不断发出叮当叮当的响声,许多假玉手镯在她胳臂上抖动。她就像主人一样大模大样地走了进来,还对家具扫视了一番,仿佛这些东西都是属于她的,我不禁怀疑她是否就住在这里。然而等我问她时,她却放声大笑,大声地重复了我的问题,然后才告诉我她和一个女朋友同住在一家旅馆里。

麦奇先生则是住在楼下一层的一个白净的、有些女人气的男人。他看起来刚刮过胡子,因为他颧骨上还残留着一点白肥皂沫。他在和屋里的每一个人打招呼时都显得毕恭毕敬。他告诉我他是"吃艺术饭"的,直到后来我才明白他的意思是说他是一个摄影师,墙上挂着的那幅像一片胚叶似的模糊不清的放大照片就是他的作品。他老婆说话尖声尖气,打扮得倒也漂漂亮亮,可是非常令人讨厌。她得意扬扬又不厌其烦地告诉我,自从他们结婚以来,她的丈夫已经替她照过一百二十七次相了。

威尔森太太不知道什么时候又换了一套衣服,现在身上穿的是一件十分精致的奶油色雪纺绸的连衣裙,是下午做客时穿的那种。当她在屋子里走来走去的时候,衣裙不断沙沙作响。由于这衣服的影响,她的个性也随之起了变化。早先在车行里那显著的活力变成了一种目空一切的傲慢。她的笑声、姿势、言谈,都变得越发地矫揉造作,同时随着她的逐渐膨胀,她周围的屋子也显得越发狭小,到后来,她便仿佛在烟雾弥漫的空气中坐在一个咯吱咯吱的木轴上在不停地转动。

"亲爱的,"她装腔作势地大声对她妹妹说道,"这年头谁都想骗你。他们脑袋里想的只有钱。上个星期我找了个女人来看看我的脚,当她把账单给我时,我还以为她是给我割了阑尾呢!"

"那女人姓什么?"麦奇太太问道。

"埃伯哈特太太。她经常到别人家去替人看脚。"

"我太喜欢你这件衣服了,"麦奇太太说,"我觉得它可真漂亮。"

威尔森太太听了不屑地把眉毛一扬,立刻否定了这句恭维的话。

"只不过是一件破烂的旧货罢了,"她说,"当我根本不在乎自己是什么样子的时候,就把它往身上一套。"

"可是穿在你身上确实显得特别漂亮,如果你懂我的意思的话,"麦奇太太紧接着说,"如果契斯特能把你现在这个姿势拍下来,我想一定会是幅杰作。"

我们都沉默地看着威尔森太太,她正在把一缕头发从眼前拨开,笑吟吟地回看着大家。麦奇先生歪着头,目不转睛地端量着她,又伸出一只手在她面前慢慢地来回移动。

"我得改换一下光线,"他过了一会儿说,"我想把那种面貌的立体感表现出来。我还得把后面的头发全都摄进来。”

“可我觉得根本不需要改换光线，”麦奇太太大声反对道，“我认为……”

没等她说完，她丈夫“嘘”了一声，于是我们大家又把目光都转向了摄影的题材，这时汤姆·布柯农大声地打了一个哈欠，站了起来。

“麦奇家两口子总得喝点什么吧，”他说，“再弄点冰和矿泉水来，茉德尔，不然大家都要睡着了。”

“我老早就叫那小子送冰来了。”茉德尔又把眉毛一扬，对那些下等人的懒惰无能表示一种绝望，“这些人！非得老盯着他们不可！”

她看了看我，忽然间莫名其妙地笑了起来。接着却又蹦蹦跳跳跑到小狗跟前，欢欢喜喜地亲了亲它，随后便大摇大摆地走进厨房，那神气仿佛那里有十几个大厨在听候着她的调遣和吩咐。

“我曾经在长岛那边拍过几张好的。”麦奇先生断言。

汤姆有些茫然地看着他。

“其中有两幅我们还配了镜框挂在楼下。”

“两幅什么?”汤姆追问道。

“我两幅习作而已。其中的一幅我称之为《蒙涛角——海鸥》，另一幅则叫《蒙涛角——大海》。”

此刻那位名叫凯萨琳的妹妹来到我的身边坐下。

“你也是住在长岛那边吗?”她问我。

“是的，我住在西卵。”

“是吗? 我曾经到那儿参加过一次聚会，大约是在一个月以前。在一个姓盖茨比的人家里。你认识他吗?”

“我就住在他家隔壁。”

“噢，人家说他或许是德国威廉皇帝的侄儿，又或者只是什么别的显贵亲戚，不然怎么会有那么多的钱。这是真的吗?”

我点点头。

“我害怕他。我可不愿落到他的手里。”

可惜关于我邻居的这段引人遐思的报道，由于麦奇太太突然伸手指着凯萨琳而不得不中断了。

"契斯特，我倒觉得你完全可以给她拍张好的。"她大声嚷嚷道，可是麦奇先生只是懒洋洋地点了点头，把全部的注意力又转向了汤姆。

"我想在长岛多搞些业务，如果有人介绍的话。我唯一的要求就是他们能帮我开个头。"

"你去问茉德尔好了。"汤姆哈哈一笑说，正好威尔森太太端着个托盘走进来，"她倒可以给你写封介绍信的，是不是，茉德尔？"

"干什么？"她有些惊讶地问道。

"你帮麦奇写一封介绍信给你丈夫，让他给他拍几张特写。"他嘴唇嚅动了一会儿，却没有出声，接着又胡诌道，"像《乔治·B. 威尔森在油泵前》啦，或者诸如此类的玩意儿。"

凯萨琳凑到我耳边，小声对我说道："他俩谁都受不了自己的那口子。"

"是吗？"

"是受不了。"她先看了看茉德尔，接着又看看汤姆。"照我说，既然受不了，何必还要在一起过下去呢？要换了我，我就马上离婚，然后再立马重新结婚。"

"她也不喜欢威尔森吗？"

对于这个问题的答复倒是出乎我的意料。它来自茉德尔，因为她凑巧听见了这个问题，而她的回答是又粗暴又低俗的。

"你瞧，"凯萨琳很得意地大声说，紧接着又压低了嗓门，"让他们不能结婚的其实是他的老婆。她是天主教徒，那些人不赞成离婚。"

这个煞费苦心的谎言不禁使我有点震惊，因为黛尔西并不是什么天主教徒。

"等哪天他们结了婚，"凯萨琳接着说道，"他们就准备到西部去住一些时候，等风声过了再回来。"

"我想更稳妥的办法是到欧洲去。"

"哦,原来你喜欢欧洲呀?"她出人意料地叫了起来,"我刚刚才从蒙特卡罗回来。"

"真的吗?"

"就在去年,我和另一个姑娘一块儿去的。"

"你们待了很久吗?"

"没有,我们只到了蒙特卡罗。我们是从马赛去的。我们最初动身的时候带了一千两百多美元,可是才两天就在赌场的小房间里让人骗光了。我们在回来的路上可吃了不少苦头,天哪,我恨死那个城市了。"

窗外,天空在夕阳的余光中显得格外柔和,就像蔚蓝的地中海一样。无边无际的清澈透明,美丽极了。这时麦奇太太那尖锐的声音又把我唤回到屋子里来。

"我差点儿也犯了错误,"她兴致昂扬地大声说道,"我差点儿就嫁给了一个追了我好几年的犹太小子。我明知道他配不上我。大家都是这么对我说的:'露西尔,那个人可比你差远了啊。'可是,如果我没碰上契斯特的话,他最终还是会把我搞到手的。"

"没错,可是你听我说,"茉德尔·威尔森一面说,一面还在不停地摇头晃脑,"可是好在你并没嫁给他啊。"

"这我知道。"

"但是,我却嫁给了他,"茉德尔含糊地说道,"这就是我俩情况不同的地方。"

"那你为什么要嫁给他呢,茉德尔?"凯萨琳不客气地质问道,"又没有人强迫你。"

茉德尔深思熟虑了一会儿。

"我嫁给他,是因为我原本以为他是个上等人,"她最后说,"我以为他多少还有点教养,不料他却连替我提鞋都不配。"

"你有好一阵子可爱他爱得发疯呢。"凯萨琳说。

"爱他爱得发疯?!"茉德尔不可置信地喊道,"我什么时候爱他爱得发疯啦？我根本从来没爱过他，就像我从来也没爱过那个人一样。"

她突然指向了我，于是大家都用一种责备的目光来看着我，我只好竭力做出一副我并没有指望什么人来爱我的样子。

"我干的唯一一件发疯的事就是跟他结了婚。我马上就知道我犯下了天大的错误。他居然借了人家一套做客的衣服穿着结婚，还一直都不告诉我，直到有一天他不在家，那个人来讨还衣服。'哦，这套衣服原来是你的呀？'我说，'这倒还是我头一回听说哩。'但我还是把衣服给了他，然后躺到床上，号啕大哭，整整哭了一个下午。"

"她实在应该离开他，"凯萨琳又继续跟我说下去，"他们在那汽车行的楼顶上住了十一年了。汤姆还是她的第一个情夫哩。"

那瓶威士忌，已经是第二瓶了，大家都喝个不停，只有凯萨琳除外，因为她"什么都不喝也感到飘飘然"。汤姆按铃把看门的喊了来，让他去买一种很出名的三明治，吃了甚至可以抵得上一顿晚餐。此时我很想到外面去，沐浴着柔和的暮色向东朝公园走去，但每次我起身告辞的时候，都被迫卷入一阵吵闹刺耳的争执中，结果就仿佛有一条绳子似的又把我拉回到椅子上。我们这排黄澄澄的窗户高踞在这座城市上空，一定给暮色茫茫的街道上某位观望的过客增添了些许人生的秘密，而同时我也可以看到他，一面在仰望，一面在寻思。我既身陷其中而又身在其外，对人生瞬息间的千变万化既感到陶醉，又感到一种深深的厌恶。

茉德尔把她自己的椅子拉到了我的椅子旁边，忽然间她吐出的热气朝我喷过来，絮絮叨叨地讲起了她与汤姆初次相逢的故事。

事情是在两个面对面的小座位上发生的，就是火车上一贯剩下的那最后两个座位。我当时上纽约去看我妹妹，准备在她那儿过夜。他那时穿了一身礼服，一双锃亮的漆皮鞋，我忍不住老是去看他，可每次他一看我的时候，我就只好假装在看他头顶上的广告。我们走进车站，他紧挨在我的身边，他那雪白的衬衫前胸不停地蹭着我的胳膊，我跟他说我要叫警察了，可他明知道我是在说假话。我神魂颠倒地跟着他上了一辆出租汽车，还自以为是上了地铁哩。我当时心里翻来覆去想的只有一句话：你又不能永远活着。你又不能永远活着。

她又回过头去跟麦奇太太讲话，整间屋子都充满了她那不自然的笑声。

"亲爱的，"她喊道，"这件衣服我穿过之后就送给你。明天我再去另买一件。我得把所有要办的事情列个单子。按摩、烫发、替小狗买项圈，买个那种带弹簧的、精致小巧的烟灰缸，还要给妈妈的坟买一个系黑丝带的花圈挂着。我一定得写个单子才行，免得我忘掉那些要做的事情。"

已经九点了——再一转眼我看表发觉已经十点了。麦奇先生已经倒在椅子上睡着了，他两手握拳放在大腿上，就好像一张活动家的相片。我掏出手帕，终于把他脸上那一小片让我难受了一下午的干肥皂沫擦掉了。

小狗趴在桌子上，两眼在烟雾中茫然地张望着，不时还轻轻地哼两声。屋里的人一会儿全都不见了，一会儿却重新出现，商量着要到什么地方去，然后转身又找不着对方，找来找去，却发现彼此就在几尺之内。接近半夜的时候，汤姆·布柯农和威尔森太太开始面对面地站着争吵，声音非常激动，争的是威尔森太太有没有权力提黛尔西的名字。

"黛尔西！ 黛尔西！ 黛尔西！"威尔森太太大声喊叫，"我想叫就叫！ 黛尔西！ 黛……"

汤姆·布柯农动作敏捷地伸出手，一巴掌便打破了威尔森太太的鼻子。

接下来，浴室里满是血淋淋的毛巾，在一片混乱中，只听见女人骂骂咧咧的声音，还夹杂着断断续续痛楚的哀号。麦奇先生也醒了，迷迷糊糊地朝门口走。走了一半路，又转过身来看着此刻屋子里的景象发呆——他老婆和凯萨琳正一面骂一面哄，同时还拿着急救用的东西在那些拥挤的家具中间跌跌撞撞地来回跑，还有此刻正躺在沙发上的那个凄楚的人形儿，一面流血不止，一面还想着把一份《闲话纽约》铺在织锦椅套的凡尔赛风景上。然后麦奇先生掉转了身子，继续走出门去。我赶紧从衣架上取下了我的帽子，也跟着走出去。

"改天过来一起吃午饭吧。"当我们在电梯里听着它哼哼唧唧往下走的时候,他提议说道。

"在什么地方?"

"随便什么地方都好。"

"别去碰电梯开关。"开电梯的工人毫不客气地说。

"对不起,"麦奇先生也神气十足地回答道,"我还不知道我碰了呢。"

"好吧,"我表示同意,"我一定奉陪。"

……此刻我正站在麦奇的床边,而他正坐在两层床单的中间,身上只穿着内衣,手里还小心翼翼地捧着一本大相片簿。

"《美女与野兽》……《孤独》……《小店老马》……《布鲁克林的大桥》……"

后来我迷迷糊糊地躺在宾夕法尼亚车站下层那间很冷的候车室里,一面盯着刚出炉的《论坛报道》,一面等候着清晨四点钟的那班火车。

第三章

每个夏天的夜晚都有音乐声从我邻居家那边传过来。在他那片蔚蓝的花园里,男男女女就像飞蛾一般在笑语、香槟和繁星之间来来往往。每当下午涨潮的时候,我眼看着他的客人从他木筏一般的跳台上练习跳水,或者躺在他那片私人海滩的热沙上晒太阳,同时他的两艘小汽艇正破浪前进,拖着滑水板驶过一片翻腾的浪花。每到周末,他的罗尔斯·罗伊斯轿车就成了公共汽车,从早晨九点直至深更半夜,不停地往来城里接送客人,同时他的旅行车也如同一只轻便敏捷的黄硬壳虫那样,赶去火车站接所有的客人。每个星期一,八个仆人,包括一个临时园丁,要整整苦干一天,用无数拖把、板刷、榔头和修枝剪来收拾前一晚的残局。

每个星期五,五箱橙子和柠檬会从纽约的一家水果行送来。而到了星期一，这些橙子和柠檬就会变成一座吃剩下的果皮所堆成的小金字塔由他的后门运出去。他的厨房里有一架榨汁机，在半个小时之内可以榨两百只橙子，当然，只要男管家用大拇指把同一个按钮摁两百次就行了。

至少每两周一次，会有大批专门包办筵席的人从城里过来，他们带来好几百英尺的帆布帐篷和无数的彩色电灯，将盖茨比那座巨大的花园布置得仿佛一棵圣诞树一样。自助餐桌上的各色冷盘琳琅满目，一只只五香火腿的周围布满了五花八门的色拉、烤得金灿灿的乳猪和火鸡。大厅里面设计了一个装着一根真的铜杆的酒吧，提供各种各样的松子酒和烈性酒，还有多种早已不常见到的甘露酒，而大多数的女客年纪太轻，以至于根本分不清哪个是哪个。

七点以前就会有乐队到达，绝不是什么寒酸的五人小乐队，而是装备齐全的整班人马，双簧管、长号、萨克斯管、大小提琴、短号、短笛、高低音铜鼓等，可谓应有尽有。此时，最后一批游泳的客人也已经从海滩上进来，正准备去楼上换衣服。纽约来的轿车五辆一排地停靠在车道上，所有的厅堂、客室、阳台都已经装扮得五彩缤纷，女客们的发型也是争奇斗艳，她们披的纱巾是卡斯蒂尔人做梦也想不到的。酒吧那边更是生意兴隆，一盘盘鸡尾酒传送到外面花园的每一个角落，到后来，整个空气里都充满了欢声笑语，充满了脱口而出、转瞬即忘的打趣和介绍，充满了始终不知彼此姓名的太太们亲热无比的会面。

当大地蹒跚着离开太阳，电灯就显得更亮了，此刻乐队正在演奏鸡尾酒会音乐，于是那些大合唱般的人声又提高了一个音调。笑声变得越来越容易，几乎是毫无节制地倾泻出来，只要一句小笑话就会引起哄堂大笑。人群的变化也越来越快，忽而随着新加入的客人而增大，忽而各自分散后又立即重新组合。有一些人已经开始东飘西荡了——脸皮厚的年轻姑娘在比较固定的人群中不断地钻进钻出，一会儿在片刻的欢腾中成为一大群人注意的中心，一会儿又在不断变化的灯光下得意扬扬地穿过变幻不定的面孔、声音和色彩扬长而去。

　　忽然间,这些吉卜赛人式的姑娘中的一个,满身珠光宝气,伸手抓来一杯鸡尾酒,一口气干下去壮了壮胆子,然后便开始手舞足蹈,一个人蹦蹦跳跳地跑到篷布舞池中间去表演。片刻的寂静后,乐队指挥便殷勤地为她改变了拍子,随后人群里突然响起了一阵叽叽喳喳的说话声,因为有谣言,说她正是剧团吉尔德·格雷的替身。

　　此时晚会正式开始了。

　　我相信那天晚上第一次走进盖茨比家时,我是为数不多的几个真正接到请帖的客人之一。大部分人都不是接到邀请来的——他们是自己来的。他们坐上汽车后,车子便把他们送到长岛,然后也不知怎么的他们就出现在盖茨比家门口了。而一到之后,总会有什么认识盖茨比的人给他们介绍一下,从此以后他们的言谈行事就自由得像在娱乐场所一样了。有时候他们从来到走根本就没有见过盖茨比,可他们毕竟是怀着一片至诚前来赴会,这一点就可以算得上一张入场券了。

　　而我确实是受到邀请的。那个星期六一大清早,一个穿着蓝绿色制服的司机就穿过我的草地,为他的主人送来一封措辞十分客气的请柬,上面写道,如蒙我赏脸光临当晚他的"小小聚会",他将感到不胜荣幸。他已经看到过我几次,并且早就打算前来造访,可是由于种种原因始终未能如愿——杰伊·盖茨比签名,笔迹还颇神气。

　　晚上七点一过,我便身穿一套白法兰绒便装走到他的草坪上,并且很不自在地在一群群不认识的人中间晃来晃去——尽管偶尔也有一两个我在区间火车上见过的面孔。我没多久便注意到这些客人中夹着不少年轻的英国人:个个都是衣着整齐,然而个个都是面有饥色,个个都在奉承讨好地跟殷实的美国人谈话。我敢说他们八成在推销什么——或者是债券,或者是保险,或者是汽车。他们最起码都意识到,眼前就有唾手可得的钱,他们相信,只要几句话说得投机,这钱就到手了。

　　我一到之后便设法去寻找主人,可是接连问了两三个人他在哪里,他们却都大为惊异地瞪着我,同时回答他们并不知道他的行踪。我只好悄悄地向那张供应鸡尾酒的桌子溜过去——整个花园里只有这个地方可以让一个单身汉流连一下,而不显得无聊与孤独。

我百般无聊,正准备喝个酩酊大醉,这时乔丹·贝科居然从屋里走了出来,站在大理石台阶的最上面一级,身体微微向后仰,用一种轻蔑的神气俯瞰着花园。不管人家是不是欢迎,我觉得现在这种状况下的我实在非得依附一个人不可,不然的话,我恐怕就要跟那些过往的客人寒暄起来了。

"乔丹!"我大叫一声,快步朝她走去,然而我的声音在花园里听上去似乎有些不自然。

"我猜你或许会来的,"等我走到跟前,她有些心不在焉地答道,"我记得你就住在隔壁……"

她没什么感情地拉了拉我的手,作为她答应会再来理会我的表示,同时侧耳去听站在台阶下面的两个穿着一模一样的黄色连衣裙的姑娘讲话。

"乔丹!"她们异口同声地喊道,"可惜你没赢。"

她们说的是高尔夫球比赛。乔丹在上个星期的决赛当中输掉了。

"看来你似乎不知道我们是谁,"两个姑娘中的一个说道,"大约一个月以前,我们在这儿见过面的。"

"你们染过头发了。"乔丹突然说。我听了不由得一惊,但此时那两个姑娘早已经走开了,因此她这句话只能说给早升的月亮听了,那月亮似乎和晚餐的酒菜一样,也是从包办酒席的人那些无所不有的篮子里拿出来的。乔丹用她那纤细的、金黄色的手臂挽住我的手臂,我们一起走下了台阶,在花园里闲逛着。没过多久一盘鸡尾酒便在暮色苍茫中飘到了我们面前,于是我们在一张桌子旁坐下,同座的还有刚刚那两个穿黄裙的姑娘和另外三个男的,向我们介绍的时候名字全含含糊糊地一带而过了。

"你经常来参加这些晚会吗?"乔丹问她身边的那位姑娘。

"我上次来就是正好见到你的那一次。"那姑娘回答,声音听上去机灵而自信,她又转过身去问她的朋友,"你是不是也是一样,露西尔?"

露西尔点点头。

"我很喜欢来,"露西尔说,"我从不在乎干什么,只要玩得痛快就行了。上次我来这里的时候,我的衣服在椅子上撕破了,他派人问了我的姓名、住址,不到一个礼拜我就收到了克罗里公司送来的一个包裹,里面是一件全新的晚礼服。"

"那你收下了吗?"乔丹好奇地问。

"当然收下了。我本来准备今晚穿的,可它的胸口部位太大,还得拿去改改。衣服是淡蓝色的,还镶着淡紫色的珠子。上头的标价是二百六十五美元。"

"一个人愿意干这样的事可真有点古怪,"另外那一个姑娘激烈地说,"他好像不愿意得罪任何人。"

"谁不愿意?"我问道。

"盖茨比。有人告诉我说……"

那两个姑娘和乔丹神神秘秘地把头靠到一起。

"有人告诉我,他可能杀过一个人。"

我们大家顿时感到十分惊讶,三位先生也把头伸到前面来,竖起耳朵听。

"我想应该不是那样,"露西尔十分不以为然地分辩道,"我觉得多半是因为在大战时他当过德国间谍。"

三位先生当中有一个点头表示了赞同。

"我也听一个人这样说过,这人对他可真是一清二楚,从小跟他一起在德国长大。"他确定无疑地告诉我们。

"噢,不对,"第一个姑娘反驳说,"不可能是那样的,因为大战期间他是为美国军队服务的。"我们又倾向于听信她的话了,于是她更加兴致勃勃地把头伸到侧面。"你们谁敢趁他以为没有人在看他的时候看他一眼?我敢打赌他绝对杀过一个人。"

她眯起眼睛,开始哆嗦起来。露西尔也在哆嗦。我们大家回过身来,四处张望着寻找盖茨比。尽管这些人早就认为这个世界上根本没有什么需要避讳的事情,可现在谈起这个人来却要这样窃窃私语,这一点也足以证明他已经激起人们何等浪漫的遐想了。

第一顿晚饭——午夜之后还有一顿——此刻已经开始了,乔丹邀请我去和花园那边围着一张桌子坐着的她的朋友们坐在一块儿。除我们两人外,一共有三对夫妇,还有一个陪同乔丹来的男大学生,此人死乞白赖,说话老是旁敲侧击,并且自认为乔丹早晚都会委身于他。这伙人不愿意到处转悠,而是正襟危坐,自成一体,自诩为庄重的农村贵族的代表——东卵屈尊光临西卵,却又小心翼翼地提防着它那灯红酒绿的欢乐。

"咱们还是走吧,"乔丹低声地说,这时我们已经莫名其妙地在这里浪费了半个钟头,"这里对我来说可是太斯文了。"

我们站起来,她解释道,我们要去找这里的主人。她说她到现在为止还没见过他,这使她感到非常不安。那位大学生点了点头,一副既玩世不恭,又有些闷闷不乐的神情。

我们先到酒吧间去寻找了一下,那儿虽然挤满了人,可盖茨比并没有在那里出现。她从台阶上往下看,也找不到他。最后我们满怀希望地推开了一扇很神气的门,走进一间高高的哥特式图书室,四壁镶的都是英国雕花橡木,看起来像是从海外某处古迹原封不动地拆解搬运过来的。

一个矮胖的中年男人,戴着一副老大的猫头鹰式眼镜,正醉意醺醺地坐在一张大桌子的边上,迷迷糊糊而又目不转睛地看着书架上那一排排的书。我们刚一走进去,他就兴奋地转过身来,将乔丹从头到脚地打量一番。

"你觉得怎么样?"他突然冒失地问道。

"什么怎么样?"

他向书架一扬手。

"就是那个。其实你也不必再仔细看了,我已经认真看过。它们全都是真的。"

"你是说这些书吗?"

他点了点头。

"这些都是真的,一页一页的,什么内容都有。我一开始还以为大概只是好看的空书壳子,可事实上它们都是真的。一页一页的什么——等等!我去拿给你们瞧瞧。"

他理所当然地认为我们不相信他所说的话,急忙跑到书橱前,拿回来一本《斯托达德演说集》卷一。

"瞧!"他十分得意地嚷道,"这可是一本地地道道的印刷品。它可真把我蒙住了。这家伙真算得上是个贝拉斯科。真是巧夺天工啊!多么一丝不苟!多么形象逼真!而且又知道见好就收——并没有把纸页裁开。你还要怎样?你还指望些什么?"

他从我手里把那本书一把夺走,又匆匆忙忙把它放回书架,一面还叽里咕噜着说什么如果一块砖头被挪动,整个图书室就有可能会塌掉。

"是谁带你们来的?"他问道,"还是不请自来的?我可是有人带我来的。大多数客人都是别人带来的。"

乔丹十分机灵,她只是很高兴地看着他,没有答话。

"是一位姓罗斯福的太太带我来的,"他又接着说道,"是克劳德·罗斯福太太。你们认得她吗?我也不知道是昨天晚上在什么地方碰见她的。我已经醉了个把星期了,我原以为在图书室里坐一会儿可以清醒一些的。"

"现在有没有醒?"

"醒了一点儿,我想。眼下我还不敢说。我刚在这儿待了一个钟头。对了,我跟你们提过这些书吗?它们都是真的。它们是……"

"你跟我们说过了。"

我们郑重地和他握了握手,随即又回到了外边。

此刻花园里铺着帆布的地上有人正在跳舞。

有一把年纪的老头子推着年轻姑娘们向后倒退,不停地绕着难看的圈子;有傲慢的男男女女抱在一起,按时髦的舞步扭来扭去;还有许许多多的单身姑娘在跳单人舞,一会儿帮乐队弹弹班卓琴,敲敲打击乐器。到了午夜时分欢闹更甚。一位著名的男高音唱了意大利歌曲,一位声名狼藉的女低音跟着唱了爵士乐曲，还有人趁着两个节目之间的空隙在花园里到处表演"绝技"，一阵阵欢乐而空洞的笑声响彻了夏夜的天空。一对双胞胎——就是那两个黄裙姑娘——换上行头表演了一出儿童剧。同时香槟一杯杯地端了出来，杯子比那种洗手用的小碗还大。

此刻，月亮升得更高了，海湾里飘着一座三角形的银色天秤，随着草坪上班卓琴铿锵的琴声在微微颤动。

此刻我仍然和乔丹·贝科在一起。我们坐的这张桌上还有一位年纪跟我差不多的男子和一个不停吵闹的小姑娘，她动不动就放声大笑。我现在也玩得挺开心了。我已经喝了两大杯香槟，这片景色在我眼前已经变成了一种意味悠长的、本质自然而又奥妙无比的东西。

在中场休息的时候，那个男子十分礼貌地看着我微笑。

"您看上去很面熟，"他非常客气地对我说，"战争期间您是在第一师吗？"

"是啊。我在步兵二十八连。"

"我在十六连。我就知道我以前一定在哪儿见过您。"

于是我们谈了一会儿法国的一些阴沉、灰暗的小村庄，很显然他就住在这附近，因为他告诉我他刚刚买了一架水上飞机，正准备明天早上去试飞一下。

"愿意跟我一块儿去吗，老兄？ 就在附近的海湾沿着岸边转转。"

"什么时候？"

"随便什么时候，你合适就行。"

我想问他的名字，话已到了嘴边，这时乔丹转过头来朝我一笑。

"现在玩得快活吗？"她问。

"好多了。"我又转脸对着我的新朋友，"这对我来说真是个奇特的晚会。我连主人的面都还没见过呢。我就住在那边……"我朝远处那片看不见的篱笆把手一挥，"这位盖茨比先生派他的司机送过来一份请帖。"

他望了我一会儿，似乎没听懂我说的话。

"我就是盖茨比。"他突然说。

"什么?!"我惊叫了一声,"噢,真对不起。"

"我以为你知道哩,老兄。看来我不是个很好的主人。"他会心地一笑。

这是一个极为罕见的笑容,其中包含有永久的善意,你这一辈子也不过能遇见个四五次。它面对整个永恒的世界只一刹那,然后所有目光就凝注在你的身上,对你表现出一种不可抗拒的偏爱。他对你的了解恰好到你本人希望被他了解的程度,对你的信任正如同你乐于相信你自己那样,并且教你放心,他对你的印象也正是你最希望留给别人的印象。而下一刻他的笑容消失了,于是我看见的又只不过是一个风度翩翩的年轻男子了,三十出头的年纪,说起话来文质彬彬,甚至有点可笑。就在他作自我介绍之前不久,我还有一个强烈的印象,觉得他说话简单,字斟句酌。

差不多就在盖茨比先生向我说明自己身份的那一刻,一个男管家匆匆忙忙跑到他跟前报告,说芝加哥有长途电话找他。他十分礼貌地微微欠身道歉,把我们大家都包括在内。

"你想要什么请尽管开口,老兄,"他十分恳切地对我说,"对不起,过会儿再来奉陪。"

等他走开之后,我立马转向乔丹,我简直迫不及待地要告诉她我所感到的惊异。我原本以为盖茨比先生是个肥头大耳红光满面的中年人。

"你可知道他是谁?"我急切地问。

"不就是一个姓盖茨比的人嘛。"

"我问的是他是从哪儿来的? 是干什么的?"

"现在连你也琢磨起这个来了。"她有些厌倦地笑道,"哦,他告诉我他曾经上过牛津大学。"

于是关于他的一些模糊的背景开始在我脑海中显现出来,可是随着她的下一句话,这些东西又立即消失了。

"但我并不相信。"

"为什么不信?"

"我也不知道,"她很固执地说,"可我就是不相信他曾上过牛津。"

她的语气之中有点什么令我想起了另外那个姑娘所说的"我想他可能杀过一个人",其结果是极大地引发了我的好奇心。假如说盖茨比出身于路易斯安那州的沼泽地区,或者出身于纽约东城的贫民区等,我都可以没有一点疑问地接受。

那是完全可以理解的。

但是一个年纪还这么轻的人不可能——至少我这个没什么见识的人认为不大可能——不知道从什么地方诡秘地出现,一出手便在长岛海湾买下了一座宫殿式的别墅。

"不管怎么样,他经常举行大型宴会,"乔丹也像普通城里人一样不屑于谈那些细节,所以转换了话题,"正好我也喜欢大型宴会。这样显得亲热得很。在小型的聚会上,三三两两地谈心倒不大可能。"

大鼓突然间轰隆隆一阵响,接着传来了乐队指挥的声音,顿时盖过了花园里嘈杂的人声。

"女士们,先生们,"他大声说道,"应盖茨比先生的要求,我们接下来将为各位演奏弗拉迪米尔·托斯托夫先生的一部最新的作品,这部作品今年五月曾在卡内基音乐厅引起许多人的关注。各位如果看报的话就知道那是轰动一时的事件。"他带着一股轻松而睥睨的神气微微一笑,又说,"那可真叫轰动!"这句话立刻引得大家放声大笑。

"这支乐曲,"他最后用异常洪亮的声音说道,"叫作《弗拉迪米尔·托斯托夫的爵士音乐史》。"

事实上托斯托夫先生这个乐曲到底是怎么回事,我并没有注意到,因为演奏才一开始,我就看见盖茨比正单独一个人站在大理石台阶的上面,他满意的目光从这一群人移到那一群人。

他那晒得黝黑的皮肤很漂亮地紧紧绷在脸上,他那短短的头发看上去似乎每天都修剪一样。我也看不出他身上有什么神秘的迹象。我暗自纳闷,是否他不喝酒这个事实将他跟他的客人们截然分开了,因为我觉得随着底下沉渣一气越发欢闹,他本人却变得越发端庄了。

等到《弗拉迪米尔·托斯托夫的爵士音乐史》终于演奏完毕,有的姑娘开始像小哈巴狗一样喜滋滋地靠在男人肩膀上,有的姑娘则是开玩笑地向后晕倒在男人怀里,甚至直接倒进人群中,因为她们明知一定有人会把她们托住的——可是没有一个人晕倒在盖茨比的身上,也没有法国式的短发有意无意地碰到盖茨比的肩头,更没有人组织兴高采烈的合唱团来拉盖茨比加伙。

"打扰一下。"

盖茨比的男管家忽然出现在我们身旁。

"贝科小姐?"他问道,"打扰一下,盖茨比先生想跟您单独谈谈。"

"单独跟我谈?"她惊讶地大声说。

"是的,贝科小姐。"

她缓慢地站了起来,十分惊愕地对我扬了扬眉毛,随后便跟着男管家向房子里走去。我注意到她穿晚礼服,甚至穿所有的衣服,都好像穿运动服一样——她的动作有一种特别的矫健的姿势,仿佛她最初就是在高尔夫球场上学走路的。

我独自一人待着,时间已快到两点了。有那么一会儿,从阳台上面的一间长长的、有着许多窗户的房间里传来一阵阵杂乱无章而引人入胜的声音。陪乔丹来的那位大学生此刻正和两个歌舞团的舞女热烈地谈论着助产术,还央求我加入,被我拒绝掉了。

我走到室内去,大房间里挤满了人。那两个穿黄裙的姑娘中有一个在弹钢琴,她的身边站着一个高高的红发少妇,来自一个有名的歌舞团,正在那里唱歌。她已经喝了大量的香槟,而在她唱歌的过程当中她又很不合时宜地认定一切发生在她身上的事都异常悲惨——她不仅在唱,还一直在哭。每逢曲中停顿的地方,她就会用抽抽噎噎的哭声来填补,然后又继续用震颤的女高音去唱歌词。眼泪顺着她的面颊往下流——然而并不是畅通无阻地流,因为眼泪一碰到她那画得浓浓的睫毛之后立刻就变成了黑墨水,两条黑色的小河便在她的脸上慢慢地继续往下流。有人开玩笑地建议她将脸上爬着的那些音符唱出来，她听了这话之后把两手向上一甩，随即将身子倒在一张椅子上，不管不顾地呼呼大睡起来。

"她不久以前跟一个自称是她丈夫的人打了一架。"我身旁的一个姑娘解释说。

我向四周看了看，剩下的女客现在大多在跟她们的丈夫吵架。连乔丹的那一伙，从东卵来的那四位"尊贵"的客人，也因为意见不合而四分五裂了。

男的当中有一个正劲头十足地在跟一个年轻漂亮的女演员交谈，他的妻子一开始还保持尊严，装得满不在乎，到后来便受不了了，就开始采取侧面攻击——时不时地出现在他身旁，像一条毒蛇愤怒时嘴里发出恶毒的嘶嘶声一般，咬牙切齿地对着他的耳朵说："你答应过的！"

然而舍不得回家的也并不限于任性的男客。穿堂里此刻还有两个毫无醉意的男客和他们各自怒气冲冲的太太。两位太太正略微提高了嗓门在互相表示着同情。

"每次见我玩得开心他就说要回家。"

"我这辈子可从没见过有谁能像他这么自私的。"

"我们总是第一个走的。"

"我们也一样。"

"可是，今晚我们几乎已经是最后的了，"两个男的当中有一个怯生生地说道，"乐队在半个小时以前就走了。"

虽然两位太太一致认为这样用心险恶的话简直令人难以置信，然而这场纠纷终于还是在一阵短短的揪斗中结束了，两位太太都被各自的丈夫抱了起来，两腿乱踢着消失在黑夜里。

当我在穿堂等着我的帽子时，图书室的门打开了，乔丹·贝科和盖茨比一道走了出来。他还在跟她说着最后一句话，可这时有几个人走过去和他告别，他原本热切的态度便陡然收敛起来，变成了拘谨。

乔丹那伙人在阳台上不耐烦地喊她,可她还是逗留了片刻和我握手。

"我刚才听到了一件惊人的事情,"她有些出神地小声说道,"我们在那边待了多久?"

"哦,个把钟头吧。"

"这事……真是太惊人了,"她喃喃地重复道,"可我发过誓不告诉别人的,但我现在却已经在逗你了。"她面对着我的脸轻轻打了个哈欠,"有空请过来看我……电话簿……斯古奈·霍华德太太名下……我的姑妈……"她一边说着一边匆匆离去了——她十分活泼地挥了一下那只被晒得黑黑的手臂以示告别,然后便消失在门口她那一伙人当中了。

我觉得怪不好意思的,第一次来就待到这么晚,于是也走到仍旧包围着盖茨比的最后那几位客人那边去。我想要向他解释一下,我一来就到处寻找过他,同时还要为刚才在花园里与他面面相对却不知道他是谁而向他道歉。

"没关系,"他恳切地说道,"千万别放在心上,老兄。"伴随着这个亲热的称呼,还有一只手非常友好地拍了拍我的肩膀,"别忘了明天早上九点我们还要去乘水上飞机哩。"

紧接着男管家又来了,站在他的背后。

"先生,有一个费城打来的找您的长途电话。"

"好,我就来。告诉他们说我就来。晚安。"

"晚安。"

"晚安。"他似乎饱含深意地朝我微微一笑。突然之间,我觉得我待到最后才走,这其中好像含有一种愉快的深意,仿佛他正是希望如此的。"晚安,老兄……晚安。"

然而,当我走下台阶时,我发现晚会还没有完全地结束。

离大门五十英尺的地方,十几辆汽车的前灯共同照亮了一个不寻常的喧闹的场面。在路旁的一条小沟里,躺着一辆崭新的小轿车,一只轮子掉了。这辆车子离开盖茨比的车道似乎还不到两分钟的样子,一堵墙的突出部分看来正是造成车轮脱落的原因。现在已经有五六个满怀好奇的司机在围观,可是由于他们的车子挡住了路,后面车上的司机已经摁了好久的喇叭,一片刺耳的噪声使得整个场面更加混乱。

一个身穿长风衣的男人已经从那部撞坏的车子里出来了,此刻正站在大路中间,目光从车子到轮胎,又从轮胎到旁边的人,脸上还带着一种既愉快又迷惑不解的表情。

"请看!"他向众人解释道,"车子开到沟里去了。"

这个事实似乎使他感到不胜惊奇。我听出了那极不寻常的惊奇的口吻,然后便认出了这个人——就是在我们之前光顾盖茨比图书室的那一位。

"怎么搞的?"

他无奈地耸了耸肩膀。

"我对机械可是一窍不通。"他十分确定地说。

"到底是怎么搞的? 你撞上那堵墙了吗?"

"别问我,""猫头鹰眼"说,赶紧把责任推得一干二净,"我不怎么懂开车——几乎对此一无所知。事情已经发生了,我就只知道这一点。"

"既然你车开得不好,那你晚上就不应该试着开车嘛。"

"可是我没试啊,"他颇为气愤地解释道,"我连试也没试啊。"

旁观的人听了,顿时惊讶得说不出话来。

"你是想自杀吗?"

"幸亏撞掉的只是一只轮子! 车开得不好,居然连试都不试!"

"不,你们不明白,"被视为罪人的那个人解释说,"不是我开的。车子里还有一个人。"

这句声明所引起的震撼立刻表现为一连声的"噢……啊……啊"! 与此同时,那辆小轿车的门也极为缓慢地开了。此刻人群——已经发展到一大群了——下意识地向后一退,等到车门完全敞开以后,又经过片刻阴森可怕的停顿,然后,渐渐地,一点一点地,一个脸色煞白、摇摇晃晃的人从被撞坏的汽车里挪了出来,还先伸出一只大舞鞋在地上试探了几下。

这位看起来像个幽灵似的人被汽车前灯的亮光照得半天睁不开眼,紧接着又被一片汽车喇叭声吵得稀里糊涂,站在那里摇晃了好一阵才认出了那个穿风衣的人。

"怎么啦?"他十分镇静地问道,"没汽油了吗?"

"你瞧!"

五六个人同时用手指指向那脱落的车轮——他瞪了它一眼,然后抬起头来向上看,似乎在怀疑这轮子是不是从天上掉下来的。

"车轮掉下来了。"有一个人好心地解释道。

他点了点头。

"我还没发现咱们已经停下来了呢。"

又过了一会儿,他深深地吸了一口气,挺起了胸膛,用十分坚决的声音说:

"能不能告诉我哪儿有加油站?"

围观的人群中至少有十来个人——其中几个稍微比他清醒一点——纷纷解释给他听,眼下的问题是轮子与车子之间已经没有任何事实上的联系了。

"倒车吧,"过了一会儿,他又想出一个办法,"用倒车挡。"

"可是轮子掉啦!"

他犹豫了一下。

"试一试也无妨嘛。"然后他说。

此时汽车喇叭的尖声怪叫已经达到了高潮,我转身,穿过草地径直回家。我又回头望了一眼。一轮皓月正照在盖茨比别墅的上面,夜色跟先前一样美好。无论是盖茨比的别墅还是那长满鲜嫩的草的草坪,抑或是那个明亮冷清的小水池,一切都恢复到原来的样子,安静极了。明月依旧,可是欢声笑语已经从那片仍然光辉灿烂的花园里消失了。一股突然而至的巨大空虚感此刻好像从那些窗户和巨大的门里涌了出来,使主人的形象完全处于孤立之中,这时的他正站在阳台上,举起一只手,做出正式的告别姿势。

回过头来重读一遍以上所写的,我觉得我已经不由自主地给人留下一种印象,好像这相隔着好几个星期的三个晚上所发生的事就是眼下我所关注的一切。

事实上却恰恰相反,它们不过是一个无比繁忙的夏天中的一些小事,并且直到很久以后,我对待它们还远不如对我自己的私事那样关心。

大部分的时间里我都在工作。

每天清早,当太阳把我的影子无情地投向西边时,我便沿着纽约南部摩天大楼之间的那道白色裂口,匆匆忙忙地走向正诚信托公司。我与其他的办事员和年轻的债券推销员们已经混得很熟,我每天和他们一道在阴暗嘈杂的饭馆里吃午饭,我们最常吃的是小猪肉香肠加土豆泥,再喝杯咖啡。我甚至还与一个姑娘发生过短期的关系,她住在泽西城,在会计处工作。可是没多久她的哥哥就开始给我脸色看,因此在她七月份出去度假的时候,我就悄悄地让这事结束了。

我一般会在耶鲁俱乐部吃晚饭——不知道为什么这是我一天之中最凄凉的事情——饭后我便上楼到图书室去消磨一个钟头的时间,认真学习有关各种投资和证券的知识。同学会里经常会有几个爱玩爱笑的人光临,但是他们从来不进图书室,所以那里倒是个可以认真工作的好地方。

而在那以后,如果天气很好,我就会沿着麦迪逊路溜达一阵,中途会经过那座古老的默里山饭店,再穿过三十三号街,一直走到宾夕法尼亚车站。

我渐渐开始有些喜欢纽约了,喜欢夜晚那种既奔放又冒险的情调,喜欢那川流不息的人和车辆给视觉带来的满足,我尤其喜欢在五号路上溜达。我从人群中挑出比较风流的女人,幻想着几分钟之内我就要进入她们的生活,但却永远也不会有人知道或者非议这件事。

有时,在我的脑海里,我尾随着她们走到神秘的街道拐角上她们所在的公寓,到了门口,她们回眸一笑,然后便走进一扇门,消失在那片温暖的黑暗之中。大都市的黄昏时刻显得格外迷人,我有时会感到一种难以排遣的寂寞,同时觉得别人也会有同感。那些在橱窗面前踯躅着的穷困的年轻小职员,等到了时候便独自上小饭馆去吃一顿晚饭。黄昏中的年轻小职员,令人惋惜地虚度着夜晚乃至于生活中最令人迷醉而销魂的时光。

有时晚上八点左右，四十几号街那一带阴暗的街巷里便挤满了出租汽车，五辆一排，热闹得不得了，都是前往戏院区的，这时我的心中就感到一阵无名的怅惘。出租汽车暂停在路口的时候，车里边的人将身子依偎在一起，说话的声音断断续续地传了出来，听不见的笑话也能引起欢笑，点燃的烟卷在里面造成了一个个模糊的光圈。我在脑海中幻想着我也要匆匆地赶去寻欢作乐，分享他们内心的激动，于是暗自为他们祝福。

有很长一段时间我都没有见过乔丹·贝科，后来在仲夏时分我又找到了她。

起初我对陪着她到各个地方去感到十分荣幸，因为她到底是个高尔夫球冠军，几乎所有人都知道她的大名。可是后来却渐渐地有了另一种感情。我并没有真正爱上她，但我却产生了一种温柔的好奇心。她面对世人摆出的那副厌烦而高傲的面孔似乎刻意地掩盖了点什么——事实上大多数装模作样的言行到后来总会被发现是在掩盖些什么，虽然起初并不一定如此——有一天我终于发现了那是什么。

当时我们两人一起到沃维克去参加一次别墅聚会。她任性地把一辆借来的车子停在雨里，却不拉上车篷，然后扯了个谎——就在这一瞬间我突然记起了那天晚上我在黛尔西家里没有想起来的那件关于她的事。就在她参加的第一个相当重要的高尔夫锦标赛上，曾经发生了一场风波，差点闹到登报，有人说在半决赛那一局她挪动了一个处于不利位置上的球，这件事情几乎成为一桩丑闻，后来却平息了下去。一个球童宣布收回他的话，而另一个见证人也承认可能是他搞错了。然而这个事件和她的名字却留在了我的脑子里。

乔丹·贝科本能地回避着那些聪明机警的男人，现在我终于明白这是因为她认为，在循规蹈矩的社会圈子里活动会比较保险。她已经不诚实到了不可救药的地步。她绝不能忍受自己处于不利的地位，这种好胜心让我揣测，她从很年轻的时候就开始学着耍各种花招，既要对世人保持着傲慢的冷笑,同时也要能满足她那矫健的肉体的需要。

这对我来说是无所谓的。

女人不诚实,这是司空见惯的事,我稍微有些遗憾,过后也就忘了。也就是在那次参加别墅聚会的时候,我俩还有过一次关于开车的很奇怪的谈话。因为她挨着几个工人的身旁开过去,距离太近,结果挡泥板擦着了一个工人上衣的纽扣。

"你真是个粗心的驾驶员,"我立刻提出了抗议,"你应该再小心点儿,不然就干脆别开车。"

"我很小心。"

"不,你不小心。"

"那也不要紧,反正别人会很小心。"她无所谓地说。

"可是这跟你开车有什么关系?"

"他们自己会躲开我的,"她又固执起来,"要双方都不小心才能造成一次车祸嘛。"

"如果你碰到一个也像你一样不小心的人呢?"

"我希望永远都不会碰到,"她回答道,"我最讨厌不小心的人。这也正是我喜欢你的原因所在。"

她那双灰色的、被太阳照得眯缝着的眼睛此刻正直直地盯着前方,她故意改变了我们之间的关系,有那么一会儿工夫我真以为我爱上了她。可是我思想迟钝,而且满脑袋的清规戒律,这些都对我的情欲起着遏制的作用,同时我也很清楚,首先我得完全摆脱掉家乡的那段纠葛。我一直坚持每星期写一封信,并且签上"爱你的尼克",但我能想到的却只是那位小姐打网球的时候,她的上唇上边就总是会出现像小胡子一样的一排汗珠。不过我们之间确实有过一种无言的默契,这必须要先委婉地解除掉,然后我才可以获得自由。

每个人都认为他自己至少拥有一种最主要的美德,而我最主要的美德就是:我所认识的诚实的人虽不多,但我自己就是其中一个。

第四章

星期天的早晨,当教堂的钟声回响在沿岸村镇的时候,那些时髦的男男女女又回到盖茨比的别墅,并且在他的草坪上大肆寻欢作乐。

"听说他是个私酒贩子。"那些少妇一面说,一面走动在他的鸡尾酒和花丛之间,"有一次他杀了一个人,因为那人打听出他原来是兴登堡的侄子,也就是魔鬼的表兄弟。请递给我一朵玫瑰花,亲爱的,再往那只水晶杯子里给我倒上最后一滴酒。"

有一次,我在一张火车时刻表上的空白处无意写下了那年夏天曾到盖茨比别墅来过的所有人的名字。现在这张时刻表已经很旧了,沿着折印几乎快要裂开了,上面还印着"本表一九二二年七月五日起生效"的字样。可是我依然认得出那些已经褪色的名字,与其听我的笼统概括,不如让它们给你一个更为清楚的印象,那些人殷勤地到盖茨比家里做客,却又对他一无所知,仿佛这便是对他所表示的一种奇妙的敬意。

好吧,让我们来看看,从东卵来的客人有契斯特·贝科夫妇、利契夫妇,一个在耶鲁认识的姓本森的,去年夏天在缅因州溺死的韦伯斯特·西维特大夫。还有霍恩比姆夫妇、威利·伏尔泰夫妇以及布莱克巴克全家。他们总是喜欢聚集在一个角落里,不论谁走近,他们都翘起鼻孔,好像山羊一样。

此外还有伊什梅夫妇、克里斯蒂夫妇(说得更确切一点是休伯特·奥尔巴哈和克里斯蒂先生的老婆)和埃德加·比弗,听说在一个冬天的下午他的头发毫无预兆地变得像雪一样白。

我还记得克拉雷斯·恩狄也是从东卵来的。虽然他只来过一次,穿着一条白色的灯笼裤,还跟一个姓艾蒂的小流氓在花园里干了一架。而从岛上更远的地方来的有凯特勒夫妇、O. R. P. 斯利特夫妇,来自乔治亚州的斯特瓦尔·杰弗逊·亚伯拉姆夫妇,还有菲希加德夫妇和平普利·斯奈尔夫妇。那个斯奈尔在他进监狱的前三天还来过,喝得烂醉如泥地躺在石子车道上,结果尤利纳斯·斯威特太太的汽车便从他的右手上开了过去。此外丹赛夫妇也来了,还有快七十岁的 S.B. 怀特贝特、莫理斯·A. 弗林克、汉姆海德夫妇、烟草进口商贝路加及贝路加的几个女儿。

西卵来的客人则有波尔夫妇、马德雷特夫妇、塞西尔·罗伯特、塞西尔·肖用、州议员占利克、卓越影片公司的后台老板牛顿·奥基德、艾克豪斯特和科雷德·科恩、小唐·S.施沃兹及阿瑟·麦加蒂,他们都跟电影界有着这样那样的关系。

此外还有卡特利普夫妇、班姆堡夫妇和 G. 厄尔·马尔东,正是后来勒死自己妻子的那个姓马尔东的人的兄弟。投机商达·冯坦诺也来过这儿,还有爱德·莱格罗、詹姆斯·B.菲来特(绰号是"坏酒")、德·琼夫妇和欧内斯特·利里。他们大多是来赌钱的,每次菲来特逛到花园里去,那就意味着他已经输得精光,而第二天联合运输公司的股票就又会有利可图地涨跌一番。

有一个姓克利斯普的男人在那儿待的次数既多,时间又长,后来人家就干脆称他为"房客"了,我甚至怀疑他根本就没有别的家。在戏剧界人士中,有葛斯·威兹、霍勒斯·奥多诺万、莱斯特·迈尔、乔治·德克维德和弗朗西斯·布尔。还有一些来自纽约城里的客人,像克罗姆夫妇、贝科海森夫妇、丹尼克夫妇、罗素·贝蒂、科里根夫妇、凯瑟赫夫妇、杜厄夫妇、斯科里夫妇、S. W. 贝尔立夫妇、斯默克夫妇、现在已经离了婚的小奎因夫妇和亨德利·L.帕默多,亨德利后来突然有一天在时代广场跳下地铁自杀了。

本厄·迈克莱纳亨总是喜欢带着四个姑娘一同前来。每次来的人都不同,可是长得全一样,看上去都像是之前来过的。她们的名字我早就忘了,吉奎琳,大概是,不然就是康雪爱拉,或是格洛丽亚或是珠迪或者是琼,而她们的姓则要么是音调悦耳动听的花名和月份的名字，要么就是那些美国大资本家的严肃的姓氏，倘若有人追问，她们就会羞涩地承认自己是他们的远亲。

除了这么多人之外，我还记得，福丝蒂娜·奥布莱恩至少也来过一次，还有贝达克家的姐妹，以及小布鲁尔，就是在战争中被枪弹打掉鼻子的那个，还有阿尔布鲁克斯堡先生和他的未婚妻海格小姐、阿迪泰·费兹彼得夫妇和曾经在美国退伍军人协会当过主席的卜朱厄特先生，还有克劳迪亚·希普小姐和一个被大家认为其实是她司机的男伴，还有一位某某亲王，我们都管他叫公爵，或许我曾经知道他的名字，可我现在也忘掉了。

那年夏天，所有这些人都到盖茨比的别墅来过。

七月末的一天早上九点，盖茨比那辆华丽的汽车顺沿着岩石车道一路颠簸到我家门口才停下，它那有着三个音符的喇叭发出了一阵悦耳的音调。这还是他第一次来看我，虽然我已经两次赴过他的晚会，并且乘过他的水上飞机，还在他的热情邀请之下经常借用他的海滩。

"早啊，老兄。今天你要和我一起吃午饭，不如我们就同车进城吧。"

他站在他那辆汽车的挡泥板上，尽量保持着身体的平衡，那种灵活的动作可说是美国人所特有的——我想这大概是因为年轻时候不干重活的缘故，而更重要的一点，是我们经常参加各种紧张剧烈的运动而造成了如此自然而优美的姿势。这个特点不停地突破他那略有些拘谨的举止而流露出来。他一刻也不得安静，总有一只脚在什么地方轻轻地拍着，要不然就有一只手在不耐烦地一张一合。

他看出我用赞赏的目光盯着他的汽车。

"这车子是不是很漂亮，老兄？"他立马跳了下来，好让我看得更清楚一些，"你以前没看到过它吗？"

我当然看到过，大家也都看到过。车子的颜色是瑰丽的奶油色，镀镍的地方耀眼闪光，车身长得出奇，还四处挂着帽子盒、大饭盒和工具盒等，琳琅满目，那层层叠叠的挡风玻璃反射出十来缕太阳的光辉。我们坐在层层玻璃后面绿色皮革装饰的车厢里,向城里头进发。

在过去的一个月里,我跟他交谈过五六次。

令我失望的是,我发现他并没有多少话可以跟我说。也因此我最初以为他是一位相当重要的人物的印象已经逐渐消失了,他现在只不过是住在隔壁的一家豪华郊外饭店的老板。

接下来就发生了那次至今还使我感到有些窘迫的同车之行。

还没到西卵镇,盖茨比就把他说到一半的文雅的句子打住,同时犹豫不决地用手拍着他那酱色西装的膝盖处。

"我说,老兄,"他突然大声说道,"你到底对我是什么样的看法?"

突然接到这样的问题,我有点不知所措,于是只好开始说一些含含糊糊的话来搪塞。

"得啦,还是我自己来给你讲讲我的身世吧。"他打断了我的话,"你听到了这么多的闲话,我可不希望你也从中得到一个对我的错误看法。"

原来那些给他客厅里的谈话增添乐趣的流言蜚语他都是知道的。

"上帝作证,我要跟你说的都是实话。"他的右手突然举起,似乎在命令上天的惩罚做好准备,"我出生在中西部一个有钱人家里,现在家里人都已经死光了。我在美国长大,可是是在牛津受的教育,因为我家的祖祖辈辈都要在牛津受教育——这是我们的家庭传统。"

他斜眼朝我望望,我突然明白为什么乔丹·贝科认为他撒谎。他把"在牛津受的教育"这句话匆匆地带了过去,或者含含糊糊,或者吞吞吐吐,仿佛这句话也使他自己犯嘀咕。一旦有了这个疑点,他的整个自述就都站不住脚了,因此我怀疑他终究还是有点什么不可告人的地方。

"中西部的什么地方?"我随口问。

"旧金山。"

"哦。"

"我家里的人都死光了,所以我继承了很多钱。"

他的声音十分严肃,仿佛是想起了家族的突然消亡仍然心有余痛似的。有一会儿我还怀疑他是在捉弄我，但是瞥了他一眼以后，我便确信不是那么回事。

"后来我便像一个年轻的东方王公一样跑到欧洲各国的首都去当寓公，巴黎、威尼斯、罗马，收藏珠宝也好，打打猎也好，画点儿画也好，都不过是为了消遣，同时还想尽量忘掉很久以前一件令我非常伤心的事。"

我好不容易才能忍住不笑出声来，因为他的话实在令人难以置信。他的措辞那么陈腐，以至于在我脑子里产生了这样的印象：一个傀儡戏里的裹着围巾的"角色"，在布龙公园里追打着老虎，一面跑还一面从身上的每个孔洞里往外漏木屑。"后来没多久就打仗了，老兄。这对我来说倒是莫大的宽慰，我尽量地找死，可我的命就好像有上帝保佑一样。

"战争一开始的时候，我就得到了中尉的军衔。在阿贡森林那一役，我带领我那两个机枪连小分队奋勇直前，结果没想到我们两边都只有半英里的空地，在那里步兵无法推进。于是我们便在那儿整整待了两天两夜，一共一百三十个人，还有十六挺刘易斯式机枪。后来终于等到步兵开上来，他们在那堆积如山的尸体当中发现了三个德国师的徽记。于是我被提升为少校，每个同盟国政府都给我发了一枚勋章——其中甚至还包括门的内哥罗，就是亚得里亚海上的那个小小的门的内哥罗。"

"小小的门的内哥罗！"这几个字仿佛被他举了起来，他还冲着它们点头微笑。这一笑不但表示他完全了解门的内哥罗动乱的历史，而且非常同情门的内哥罗人民的英勇斗争。而这一笑也表示他完全理解那个国家的一系列情况，并且正是这些情况使得门的内哥罗那小小的热情的心发出了这样一个颂扬。我的怀疑此刻已经化为惊奇，就好像是匆忙之间翻阅了十几本杂志一样。

他把手伸到口袋里去掏，一块系在一条缎带上的金属片随即落进了我的掌心。

"这就是门的内哥罗那一个。"

令我惊讶的是，这玩意儿看上去竟是真的。"丹尼罗勋章"上面有一圈铭文写道："门的内哥罗国王尼古拉斯"。

"翻过来。"

"杰伊·盖茨比少校，"我出声念道，"英勇过人……"

"这里还有一件我随身带着的东西，牛津时期的纪念品，是在三一学院的校园里照的——我左边的那个人现在已经是堂卡斯特伯爵了。"

这张相片上有着五六个年轻人，身上都穿着运动上衣，站在一条拱廊下，背后还可以看见许许多多的塔尖，照片当中的盖茨比比现在稍显得年轻点，手里还拿着一根板球棒，但是也年轻不了多少。

这样看起来他说的都是真的了。

我仿佛看见一张张五颜六色的老虎皮挂在他大运河上的宫殿里，又仿佛看见他打开一箱箱的红宝石，借助它们那浓艳的红光来减轻他内心的痛苦。

"我今天是有件大事想请你帮忙，"他一面说，一面满意地把他的纪念品又放回口袋里，"因此我觉得应该让你了解我的真实情况。我不希望你也认为我是一个不三不四的人。要知道，我经常和陌生人交往，是因为我东飘西荡，想尽量忘掉那件伤心事。"他犹豫了一下，"这件事你今天下午就可以听到。"

"吃午饭的时候吗？"

"不，是下午。我打听到你约了贝科小姐喝茶。"

"你是说你爱上贝科小姐了吗？"

"不，老兄，我没有。只是承蒙贝科小姐同意，让她跟你谈这件事。"

我虽然不知道"这件事"指的是什么，但我兴趣不大，反而觉得有些厌烦。我请贝科小姐喝茶可不是为了谈论杰伊·盖茨比。我几乎敢肯定，他要求的一定是什么异想天开的事情，我真有点后悔当初轻易地踏上了他那客人过多的草坪。

接下来他便一句话也不说了。

离城越近，他也越发矜持起来。我们经过罗斯福港，看见了船身有着一圈红漆的远洋轮船，又顺着一条贫民区的石子路疾驰而过，路的两旁还排列着二十世纪初那些阴暗的酒吧。接着,灰烬谷在我们的两边伸展开来,我还无意中瞥见威尔森太太正浑身是劲地喘着气在加油机旁替人加油。

汽车那宽大的挡泥板像翅膀一样张开着。我们一路上给半个阿斯托里亚带来了光明,只是半个,因为正当我们在那些高架铁路的支柱中间绕来绕去的时候,我听到一辆摩托车发出的熟悉的"嘟——嘟——噼啪"声,随即便看到一名气急败坏的警察行驶在我们的车旁。

"好了,老兄。"盖茨比喊道。于是我们的速度渐渐放慢。盖茨比从他的皮夹子里掏出来一张白色的卡片,在警察面前晃了一下。

"行了,是您哪,"警察满口应承道,并且轻轻地碰了一碰帽檐,"下次可就认识您啦,盖茨比先生。请原谅我!"

"那是什么?"我好奇地问道,"是那张牛津的相片吗?"

"我帮过警察局局长一个忙,他每年都会给我寄一张圣诞贺卡。"

在大桥上,从钢架中间透过的阳光在那些川流不息的车辆上熠熠发光,在河的对岸,城里的楼一幢一幢地高耸在眼前,就像一堆堆的白糖块一样,全是用出自好心,没有铜臭的钱盖起来的。从皇后区大桥上看过去,这座城市永远给人一种初次见面的感觉,那样引人入胜,似乎充满了世上所有神秘和瑰丽的色彩。

这时一辆装着死人的灵车从我们旁边经过,车上还堆满了鲜花。

后面跟着两辆马车,遮帘拉上了,还有几辆比较轻松的马车载着一些悲伤的亲友,他们从车子里向我们张望,从他们那忧伤的眼睛和薄薄的上唇可以看出,他们大概是东南欧那一带的人。我很为他们感到欣慰的是,在他们凄惨的出殡车队中,还能看到盖茨比那样豪华的汽车。当我们的车子从桥上经过布莱克威尔岛的时候,一辆高级轿车从我们的车子旁边超越,司机是个白人,车子里坐着的却是三个时髦的黑人,两男一女。他们冲我们翻了翻白眼,一副傲慢的神气,我看了简直忍不住要放声大笑。

一旦过了这座桥,就什么事都有可能发生了,我在心里想着,无论什么事都会有……

因此，连盖茨比这种人物的出现也是用不着大惊小怪的。

炎热的中午。

我和盖茨比在四十二号街的一家电扇大开的地下餐厅里碰头，一起吃午饭。我先眨了眨眼，驱散外面马路上的亮光，好半天才在休息室里模模糊糊地认出了他，他此刻正在和一个人说话。

"卡拉威先生，这是我的朋友，霍尔夫山姆先生。"

我看见一个矮小的塌鼻子的犹太人将他的大脑袋抬起，上上下下地打量着我，他的鼻孔里面还长着两撮很浓的毛。而过了好一会儿，我才在半明半暗的光线中看到了他的两只小眼睛。

"……于是我瞥了他一眼，"霍尔夫山姆先生一面继续说下去，一面十分热切地和我握手，"你猜猜我然后干了什么事？"

"什么事？"我出于礼貌地问道。

但显然他刚刚并不是在跟我讲话，因为他很快放下了我的手，又转身把他那只极富表现力的鼻子对准了盖茨比。

"我把那笔钱交给了凯兹保，同时对他说：'就这样吧，凯兹保，你要是不闭上了嘴，就一分钱也不给你。'他立刻就闭上嘴。"

盖茨比拉着我们每人一只胳臂走进餐厅，霍尔夫山姆先生刚想说话又咽了下去，露出一种迷醉的神态。

"要来点姜汁威士忌吗？"服务生领班问。

"这家馆子的确不错，"霍尔夫山姆先生一面说，一面抬头望着天花板上的美女，"但我还是更喜欢马路对面那家。"

"好的，给我们来几杯苏打水威士忌，"盖茨比同意了，然后低声对霍尔夫山姆先生说，"那边太热了。"

"的确是又热又小，"霍尔夫山姆先生说，"可是那里充满了回忆。"

"那是一家什么馆子？"我问。

"老大都会。"

"是老大都会，"霍尔夫山姆先生愉快地回忆道，"那里曾经聚集过多少早已消逝的面容，聚集过多少如今早已不在人世的朋友。我只要活着一天，就永远不会忘记他们开枪打死罗西·罗森塔尔的那个晚上。那时我们一桌六个人，罗西一整夜都在大吃大喝。快天亮的时候，服务生尴尬地来跟他说有个人请他到外面去说话。'好吧。'罗西说着，马上就站了起来，我一把把他拉回到椅子上。

"'那些杂种既然要找你，就让他们进来好了，罗西，但是你可千万不能离开这间屋子。'

"那时已经是早晨四点了，假如我们掀起窗帘，就会看见天已经亮了。"

"那他去了吗？"我天真地问。

"当然去了。"霍尔夫山姆先生的鼻子顿时气呼呼地向我一掀，"他走到门口的时候还回过头来说：'让那个服务生别把我的咖啡收掉了！'说完他就走到了外面的人行道上，他们向他那吃得饱饱的肚皮连开了三枪，然后连人带车跑掉了。"

"其中的四个人已经坐了电椅。"我突然想起来就说道。

"连贝科在内五个。"他的鼻孔又转向我，带着对我异常感兴趣的神情，"我听说你正在找一门做生意的关系。"前后两句话连在一起，让我听了十分震惊。

盖茨比立刻替我回答：

"啊，不是，"他大声地说，"这不是那个人。"

"不是吗？"霍尔夫山姆先生看起来似乎很失望。

"这只是我的一位朋友。我跟你说过我们改天再谈那件事的嘛。"

"对不起，"霍尔夫山姆先生说，"我弄错人了。"

此时一盘鲜美的肉丁烤菜端了上来，霍尔夫山姆先生立刻就忘掉了老大都会的温情气氛，开始迅速而又不失斯文地大吃起来。同时他的两只眼睛很慢地转动着，把整个餐厅都巡视了一遍。接着又转过身来打量着那些坐在我们背后的客人，从而完成了一整个的弧圈。我想，倘若不是有我在座,他说不定连我们自己桌子底下也要去瞧一眼的。

"我说,老兄,"盖茨比偏过头来跟我说,"今天早上我恐怕是惹你生气了吧?"

他的脸上又露出了那种笑容,可这次我完全无动于衷。

"我向来不喜欢神秘的玩意儿,"我回答道,"我也不明白为什么你不肯自己坦率地讲出来,而是要通过贝科小姐。"

"噢,你放心,绝不是什么鬼鬼祟祟的事。"他向我保证道,"你知道的,贝科小姐可是一位大运动家,她是绝不会做什么不正当的事的。"

突然间他看了看表,猛地跳了起来,匆忙离开餐厅,却把我和霍尔夫山姆先生留在了桌子上。

"他要去打电话,"霍尔夫山姆先生一面解释说,一面目送着他出去,"真是个好人,是不是? 相貌堂堂,而且人品也极好。"

"是的。"

"他可是牛津出身的。"

"哦!"

"他曾经上过英国的牛津大学。牛津大学你知道吗?"

"听说过。"

"它可是全世界最有名的大学之一。"

"你认识盖茨比很久了吗?"我突然问道。

"已经有好几年了,"他志得意满地答道,"刚打完仗之后的一个偶然机会下我认识了他。我跟他仅仅谈了一个钟头,就知道我发现了一个相当有教养的人。我对自己说:'这就是你想要带回家介绍给你母亲和妹妹认识的那种人。'"说到这里,他突然停了下来,盯着我说道,"我知道你正在看我的袖扣。"

我其实并没有在看的,可现在倒不得不看了。它们是用几片类似于小象牙的东西制作的,看着眼熟又有点奇怪。

"是挑选真人臼齿做的。"他很得意地告诉我。

"真的?"我又仔细看了看,"这倒是个绝妙的主意。"

"不错。"他又把衬衣袖口重新缩回到上衣下面去,"不错,在女人方面盖茨比也相当规矩。朋友的太太他是连看都不看的。"

当这个受到如此信赖的对象重新回到桌边坐下的时候,霍尔夫山姆先生一口喝掉了咖啡,然后站起身来。

"我午饭吃得很开心,"他说,"可是现在我得扔下你们两个年轻人先走了,免得被你们说我不识趣。"

"别忙,迈尔。"盖茨比说,但却显然一点也不热情。霍尔夫山姆先生仿佛祝福似的举起了手。

"你们很懂礼貌,可我毕竟是老一辈的人了,"他肃然说道,"你们在这里坐坐吧,谈谈体育,谈谈年轻的女人,谈谈你们的……"他又把手一挥,用来替代一个幻想中的名词,"至于我呢,我已经五十岁了,也就不在这里打搅你们了。"

他跟我们握了握手,便掉转身去,他那忧伤的鼻子又开始颤动起来。我很担心是不是我说了什么话让他如此伤感。

"他有时候会突然变得很伤感,"盖茨比向我解释道,"更何况今天本来就是他伤感的日子。他在纽约也算得上是个人物了——百老汇的地头蛇。"

"他到底是干什么的? 是演员吗?"

"不是。"

"牙科医生?"

"你说迈尔·霍尔夫山姆? 不是,事实上他是个赌棍。"盖茨比犹豫了一下,然后又若无其事地补充道,"一九一九年非法操纵世界棒球联赛的那个人就是他。"

"非法操纵世界棒球联赛?"我下意识地重复了一遍。

竟然有这种事? 我听了不由得愣住了。

我当然记得一九一九年世界棒球联赛被人非法操纵那件事,可即便我想到过这种事,我也以为那只不过是一件已经发生了的事情,或者说是一连串必然事件的后果。我从没想到一个人竟然可以愚弄五千万人,而且就像一个撬保险箱的贼那样专心致志。

"他怎么会去干那个的?"过了整整一分钟我才问道。

"他不过是看准了机会而已。"

"那他怎么没坐牢呢?"

"他们可逮不住他,老兄。他是个很精明的人。"

我抢先付了账。当服务生将找的钱送来时,我突然看见汤姆·布柯农出现在这拥挤的餐厅的另一边。

"请跟我来一下,"我说,"我得跟一个人打个招呼。"

汤姆一见我们就猛地跳了起来,朝我们这个方向迈了五六步。

"你这一阵子去哪儿了?"他十分急切地问道,"黛尔西都快气死了,因为你老是不打电话来。"

"这是盖茨比先生,布柯农先生。"

他们随意地握了握手,盖茨比的脸上忽然流露出一种极不自然的窘迫的表情,这可不常见。

"你近来怎么样?"汤姆连连问我,"你怎么会跑到这么远的地方来吃饭?"

"我和盖茨比先生一起来吃午饭的。"

我转过身去看盖茨比,但他不知什么时候已经不在那儿了。

一九一七年十月里的一天——乔丹·贝科说,那天下午她正笔直地坐在广场饭店茶室里的一张直靠背的椅子上——我正从一个地方走向另一个地方,一脚踩在人行道上,一脚踩在草坪上。相比较而言,我更喜欢走草坪,因为我当时穿了一双从英国买的鞋,鞋底的橡皮疙瘩会在软绵绵的地面留下漂亮的印痕。我还穿了一条崭新的能随风微扬的方格呢裙子,而每当裙子随风扬起的时候,所有人家门前挂着的红、白、蓝三色旗就不约而同挺得笔直,并且发出"啧——啧——啧——啧"的响声,像是很不以为然似的。

那几面最大的旗子和几片最大的草坪都是属于黛尔西·费伊家的。当时她才刚刚十八岁，比我大两岁，是路易斯维尔所有的小姐中风头最劲的一个。她穿白衣服，开白色的小跑车，她家的电话铃声一天到晚响个不停，泰勒营那些年轻的军官们纷纷迫切地请求晚上与她独处。"至少给一个钟头吧！"

那天早上，当我从她家门口对面经过时，看见她的白色跑车停在路边，她和一位我以前从来没见过的中尉一起坐在车上。他俩彼此是那样的全神贯注，一直等我走到五步以内她才看见我。

"哈喽，乔丹，"她出人意料地喊道，"请你过来一下。"

她主动跟我说话，我觉得很荣幸，因为在所有那些年纪比我大的女孩当中，我最崇拜她。她问我是不是到红十字会去做绷带，我说是的。那么能否请我告诉他们说今天她不能去了。当黛尔西在说话的时候，那位军官一直盯着她看，每个姑娘都希望人家能用这种眼神来看自己。我觉得那非常浪漫，因此后来一直记得这个情景。那位军官的名字就叫杰伊·盖茨比，自那以后一隔四年多，我就一直没有再见过他——就连我在长岛遇见他以后，我也没有想到原来竟是同一个人。

那是一九一七年的事情。

到了第二年，我自己也跟几个男朋友来玩了，而且我开始参加比赛时，就不常见到黛尔西了。她经常来往的是一帮年纪比我稍微大一点的朋友——如果她还在跟某些人来往的话。当时关于她的荒唐谣言正四处传播——说什么在一个冬天的夜晚她母亲发现她正在收拾行装，准备动身到纽约去跟一个即将要到海外的军人告别。家里人成功地阻止了她，可事后她一连好几个星期都不跟家里人讲话。而且从那以后她就再也不跟军人一起玩了，只跟城里的几个不能参军的平脚近视的年轻人来往。

到了第二年秋天的时候，她重新活跃了起来，和以前一样活跃。停战后她参加了一次进入社交界的舞会，听说二月里就跟新奥尔良市来的一个人订了婚。六月的时候她跟芝加哥的汤姆·布柯农结婚,婚礼的隆重豪华是整个路易斯维尔前所未见的。他和一百位客人一同乘坐四节包车来,在莫尔巴赫饭店租下了整个一层楼,就在婚礼的前一天,他还送了她一串价值三十五万美元左右的珍珠。

我也是伴娘之一。

在婚礼前夕送别新娘的宴会开始之前半小时,我走进她的屋子,发现她正躺在床上,身上穿着绣花的衣裳,就像那个六月的夜晚一样美,可是却烂醉如泥。她一手拿着一整瓶的白葡萄酒,一手紧紧地捏着一封信。

"恭……喜我,"她口齿不清地咕哝着,"从没喝过酒,啊,今天喝得可真是痛快。"

"这是怎么回事,黛尔西?"

我当时真吓坏了。我从不知道一个女孩子也能醉成这副样子。

"喏,亲爱的。"她在床上的字纸篓里摸索了一会儿,掏出那串珍珠,"把这个拿到楼下去,是谁的就还给谁。跟大家说黛尔西改变主意了。就说:'黛尔西改变主意了!'"

她掩面哭了起来,不停地哭,哭了又哭。我赶紧跑出去,找来她母亲的贴身女用人,然后锁上门,让她洗了个冷水澡。她死死地捏住那封信不放。甚至把信带到澡盆里,捏成了湿淋淋的一团,直到她看见它已经碎得像雪花一样,才交给我拿去放在肥皂碟里。

接下来她一句话也没有再说。

我们给她熏了阿摩尼雅精油,又把冰放在她脑门上,最后替她把衣服穿好。当半小时后我们走出房间时,那串珍珠端端正正地戴在她脖子上,这场风波就这样过去了。

到了第二天下午五点,她完全没事儿似的跟汤姆·布柯农结了婚,然后立刻动身到南太平洋进行为期三个月的蜜月旅行。

在他们旅行回来之后,我与他们在圣巴巴拉见了一面,我觉得我从来没有见过一个女孩子那么迷恋自己的丈夫。只要他离开屋子一小会儿,她就会不安地四处张望,嘴里说着:"汤姆到哪儿去啦?"同时脸上还显出一副神情恍惚的样子,直到看见他从门口走进来。她经常坐在沙滩上,一坐就是个把钟头,她让他把头搁在她的膝盖上,一面用手指轻轻按摩着他的眼睛,一面用无限欣喜的目光看着他。看着他俩在一起的那种情景真叫人感动,使你入迷,使你不由自主地莞尔一笑。

那些都是八月里的事。

在我离开圣巴巴拉一个星期以后,汤姆一天晚上在凡图拉公路上跟一辆货车相撞,撞掉了他车上的一只前轮。当时跟他同车的姑娘也因为胳膊被撞断而见了报——她是圣巴巴拉饭店里一个负责收拾房间的女用人。

就在第二年四月,黛尔西生了女儿,随后他们便去法国待了一年。

曾经有一个春天我在戛纳见到了他们,后来又在多维尔见过,再然后他们就回到芝加哥定居了。黛尔西在芝加哥一直很出风头,这你是知道的。他们和一群花天酒地的人来往,那个圈子里个个都是又年轻又有钱又放荡的,但黛尔西的名声却始终是清清白白的。这也许是因为她不喝酒的缘故。你知道的,待在爱喝酒的人中间而自己不喝酒,是很占便宜的一件事。你可以守口如瓶,而且可以为自己的小动作选择最好的时机,可以等到别人都喝得烂醉,看不见或者不理会的时候再搞。也许黛尔西并不爱搞什么桃色事件,但她的声音里却总透出点儿什么异样的地方……

大约在六个星期以前,她是这么多年来第一次听到盖茨比这个名字。就是我问你那次,你还记得吗,我问你你认识不认识西卵的盖茨比?在你回家以后,她就到我屋里来把我叫醒,问我哪个姓盖茨比的。我在半睡半醒间把他形容了一番,她用一种十分古怪的声音对我说,那一定就是她过去所认识的那个人。直到那个时候我才能把眼下这个盖茨比跟当年那个坐在她白色跑车里的军官联系起来。

等乔丹·贝科讲完上面这些,我们离开广场饭店也已经有半个钟头了,我俩乘坐一辆敞篷马车穿过中央公园。

此时太阳已经落在西城五十几号街那一带有大批电影明星居住的公寓大楼后面了,孩子们像草地上的蟋蟀一样聚集在一起,用他们清脆的童音在这闷热的黄昏中歌唱:

> 我是阿拉伯的酋长,
> 你的爱情在我心上。
> 今夜当你睡意正浓,
> 我将爬进你的帐篷……

"真是奇妙的巧合。"我感叹道。

"这根本就不是什么巧合。"

"为什么?"

"盖茨比之所以买下那座房子,就是因为黛尔西就在海湾对面啊。"

这么说,在六月里的那个夜晚,他所向往的也就不单单只是天上的星斗了。盖茨比在我的眼中忽然有了生命,从他那毫无目的、毫无意义的豪华中剥离了出来。

"他很想知道,"乔丹继续说,"你愿不愿意哪天下午请黛尔西到你的住处来,然后再让他过来坐上一会儿。"

这个如此微不足道的要求真让我震惊。他等了足足五年,又买下一座大厦,还在那里把星光施与一群来来往往的飞蛾,为的竟然只是在某个下午可以到一个陌生人的花园里"坐一坐"。

"非得先让我知道这一切,然后他才能拜托我这点小事吗?"

"他是害怕,他已经等得太久了。他怕你会见怪。尽管这样,他还是非常执着的。"

我还是有点不放心。

"可是他为什么不直接请你安排一次见面呢?"

"他要让黛尔西亲眼看看他的房子,"她耐心地解释道,"而你的房子正好在隔壁。"

"哦!"

"我想他或许指望着哪天晚上她会突然而至,光临他的一次宴会,"乔丹接着说道,"但她始终没有来过。后来他便开始有意无意地询问人家是否认识她,而我就是他找到的第一个人。就在舞会上他派人请我过去的那一晚,可惜你没听到当时他是如何煞费苦心、拐弯抹角了半天才说到正题。我当然是立刻建议在纽约吃一顿午餐。不料他却急得像要发疯一样:'我可不要做什么出格的事情!'他一再强调说,'我只想在隔壁见见她。'

"后来我跟他说你也是汤姆的好朋友,他又想打消这个主意了。他对汤姆的情况并不太了解,虽说他有好几年都是每天看一份芝加哥报纸,希望在上面可以碰巧看到黛尔西的名字。"

这时天已经黑了,我们的马车走到了一座小桥的下面,我伸出胳臂,搂住了乔丹那金黄色的肩膀,轻轻地将她拉到我的身边,邀请她和我一起吃晚饭。这时我想到的已经不是黛尔西和盖茨比,而是身边这个干净结实而又不太爱动脑筋的人,她对世间的一切都持怀疑的态度,她十分精神地往后倚靠在我的臂弯里。我脑中开始令人兴奋地激动鸣响着一个警句:"世界上只有两种人:被追求者和追求者;忙碌的人和疲倦的人。"

"黛尔西的生活里也多少需要点安慰。"乔丹喃喃地说。

"她自己愿意见盖茨比吗?"

"事先不让她知道。盖茨比不想要她知道。你只请她来喝茶就好。"

我们又经过一排黑黝黝的树,五十九号街的高楼里,一片柔和的灯光覆盖了下面的公园。与盖茨比和汤姆·布柯农不同,我的眼前可没有什么情人的身影在沿着那些阴暗的檐口和炫目的招牌若隐若现,于是我把身旁的这个女孩子拉得更靠近一点,同时胳臂也将她搂得更紧。她那张苍白而又带点轻蔑的嘴冲我嫣然一笑,于是我缓缓地将她一直拉到紧贴着我的脸为止。

第五章

那天夜里,当我回到西卵的时候,有那么一会儿,我甚至怀疑是否我的房子着了火。当时已经是半夜两点了,半岛的整个一角都被照得亮堂堂的,照在灌木丛上的光线看起来像是假的,然后那些光线又照在路旁电线上,映出了一长条一长条的细细的闪光。直到汽车转弯以后,我才看出光源是盖茨比的别墅,从塔楼到地窖,处处灯火通明。

我本以为又在举办一次晚会——一次狂欢的盛会,整个别墅通通敞开,方便让大家做游戏、玩捉迷藏或者是做"沙丁鱼罐头"。可是奇怪的是,竟然一点声音都没有。我只听到树丛中的风呼呼作响,风将电线吹动,于是电灯也忽暗忽明,就像房子在对着黑夜眨眼似的。当出租汽车哼哼唧唧开走的时候,我看到盖茨比正穿过他的草坪朝我走来。

"你府上看上去就像召开世界博览会一样。"我说。

"是吗?"他心神不宁地转过头去望了望,"我刚刚打开了几间屋子,随便看看。咱俩到康尼岛去玩吧,老兄。坐我的车去。"

"太晚了。"

"那到游泳池里去泡一泡怎么样?我这一个夏天还没泡过哩。"

"我现在得去睡觉了。"

"那好吧。"

他明显在等待着什么,眼巴巴地望着我。

"我已经和贝科小姐谈过了,"我故意等了一会儿才说,"我明天会打电话邀请黛尔西到这里来喝茶。"

"哦,那好嘛,"他开心地说,"我真不想给你添麻烦。"

"哪天对你合适?"

"应该是哪天对你合适!"他立刻纠正了我的话,"我不想给你添麻烦,你

明白的。"

他又考虑了一会儿,然后有些勉强地说:"我明天让人来把草地平整一下。"

我俩同时低头看了看草地——在我那乱蓬蓬的草地和他那一大片修剪得整整齐齐的深绿色草坪之间,有一条十分清晰的分界线。我猜他指的应该是我的草地。

"此外还有一件小事。"他含含糊糊地说,然后犹豫了一会儿。

"你是否希望能够推迟几天?"我问道。

"哦,跟那件事情没关系。至少……"他不知道怎么开口,笨拙地一连开了好几个头,"呃,我猜想……呃,我说,老兄,你挣钱不多是吧?"

"嗯,不太多。"

这个回答似乎使他放心了一点,于是他鼓起勇气接着说下去。

"我猜你挣钱不多。倘若你不怪我,你知道的,我也顺便做点小生意,搞点副业,你明白的。我想既然你挣钱不多……你现在在卖债券是吧,老兄?"

"学着干而已。"

"那有件事或许会让你有兴趣。不需要花费你很多的时间就可以挣一大笔钱。这碰巧是一件很机密的事。"

我现在意识到,如果当时情景不同,那次谈话很可能就会是我人生中的一个转折点,可是当时这个建议说得太露骨,太不得体,明摆着就是为了答谢我给他帮的忙,因此我除了当场把他的话打断外,别无选择。

"我手头的工作很忙,"我说,"我很感激你的好意,可眼下我不能再承担更多的工作了。"

"不,你不必跟霍尔夫山姆打什么交道的。"他还以为我是因为讨厌午饭时候提到的那种"关系",但我告诉他不是那样。他又等了一会儿,希望我找个话题,但我的心完全不在这儿,于是没有搭理,结果他只能勉勉强强地回家去了。

接下来的时间里,我感到又轻松又快乐。我一走进自己家的大门就立刻倒头大睡,因此我也不知道盖茨比最后去了康尼岛没有,更不知道他又花了几个小时来"随便看看房间"，让他那幢房子继续刺眼地大放光芒。第二天早晨，我在办公室里给黛尔西打了个电话，邀请她过来喝茶。

"别带汤姆过来。"我警告她说。

"什么？"

"别把汤姆带来。"

"谁是'汤姆'？"她故意问道。

到了我们约定的那天，大雨倾盆。

上午十一点钟的时候，一个身穿雨衣的男人拖着一架刈草机来敲我的大门，说是盖茨比先生派他过来整理我的草坪。我突然想起我似乎忘了把我那芬兰女用人叫回来，于是我赶紧开车到西卵镇，在两边都是白石灰墙的湿淋淋的小巷子里找她，顺便买了一些茶杯、柠檬和鲜花回来。

花是多余的，因为下午两点钟盖茨比又派人送来了一暖房的鲜花，附带无数插花的器皿。一个小时以后，我家大门被人小心翼翼地打开，盖茨比一身白法兰绒西装，银色衬衫配金色领带，神色慌张地跑了进来。我见他脸色煞白，眼圈也是黑的，似乎一夜都没睡好。

"都准备妥当了吗？"他进门就问。

"草地整理得很漂亮。"

"什么草地？"他不解地问道，"哦，你是说你院子里的草地。"他从窗口向外看，可从他的表情来看，我知道他实际上什么都没看见。

"嗯，看上去很好，"他含混地说，"有家报纸说雨可能会在四点左右停，好像是《纽约日报》说的。喝茶需要的东西都准备齐全了吗？"

我带他到食品间去，他有些看不顺眼似的望了望那芬兰女人。我们一起把从甜食店买来的十二块柠檬蛋糕都逐个细细打量了一番。

"你看这行吗？"我问道。

"当然，当然行！好得很！"随后他又茫然地叫了一声，"老兄！"

三点半左右，雨渐渐变小了，变成了湿雾，只有几滴雨水还不时地像露珠一样在雾里飘着。盖茨比心神不宁地翻阅着一本克莱的《经济学概论》，每次芬兰女用人的脚步震动厨房的地板时他就会不由自主地一惊，并且还不时地向着模糊的窗外张望。仿佛有一系列看不见但却十分触目惊心的事件正在发生。

最后他终于忍不住站了起来,用犹豫的声调对我说,他要回家了。

"这是为什么?"

"不会有人来喝茶啦。时间已经太晚了!"他又看了看他的表,仿佛还有另外紧急的事情在等着他去办,"我不能在这儿等上一整天。"

"别傻了,现在才刚刚四点差两分。"

他又苦恼地坐了下来,仿佛我使劲推了他一把似的。正在这时,一阵汽车拐进我巷子的声音传来。我俩都惊跳了起来,我自己也变得有点慌张,赶紧跑到院子里去等候。

在一排还滴着水的紫丁香树下,我看见一辆敞篷汽车顺着汽车道开了过来。车子很快停了。黛尔西的脸从一顶浅紫色的三角形帽子下面露出来,满面春风地向我这个方向看来。

"我最亲爱的人儿,你真是住在这儿吗?"

她那优美的嗓音在雨中听了简直令人陶醉。像是百老汇中舞台上那温和柔美的歌唱者的嗓音,把台下的观众引得全神贯注,随乐飘飘然了。我的注意力首先被那高低起伏的声音吸引,过了好一会儿才能辨别出她所说的话语。一缕湿润的头发紧紧地贴在她的面颊上,就像在上面抹了一笔蓝色的颜料一样。我扶她下车的时候,发现她的手也被晶莹的雨水打湿了。

"莫非你爱上我了吗?"她悄悄地在我耳朵边说,"不然为什么非得让我一个人来呢?"

"这是雷克兰特古堡的秘密。打发你的司机走远一点,过一个钟头再来。"

"一个钟头以后再回来,弗迪。"然后她还煞有介事地低声对我说,"他的名字叫弗迪。"

我们一同走进屋子里。然而使我大为惊异的是,起居室里居然是空荡荡的。

"咦,这可真滑稽!"我大声说道。

"什么滑稽?"

正在此刻,有人在大门上轻轻地敲了一声,她回过头去看。我打开门,见盖茨比正面色苍白,一只手像重物一般揣在上衣口袋里,两只脚则站在一摊水里,神色凄惶,死死瞪着我的眼睛。

他大步从我身边跨过,走进门廊,手一直揣在上衣口袋里,突然间,他仿佛受牵线操纵似的,一转身便走进起居室里不见了。那样子可一点儿也不滑稽。我瞬间意识到自己的心脏也在扑通扑通地跳。外面雨又下大了,我赶紧伸手把大门关上。

长达半分钟之久的时间里,一点声音也没有。然后我终于听到从起居室里传来的一阵哽咽般的低语声和一两点笑声,紧跟着就是黛尔西那嘹亮而有些做作的声音:

"再次见到你,我真是高兴极了。"声音长得使它在整个屋子里回荡了好久,好久。

又是一阵静寂。

时间长得令人害怕。我在门廊里无所事事,于是我也走进屋子里。

盖茨比的手仍然揣在口袋里,身子斜倚在壁炉架上,竭力装出一副悠然自得的神气。他的头向后仰,一直挨到一架早已不能使用的大台钟的钟面上。他那双显得心神慌乱的眼睛正是从这个位置往下盯着黛尔西——她正坐在一把硬背椅子的边上,神色有些惶恐,姿态倒很优美。

"我们很久以前见过。"盖茨比含含糊糊地说。他瞥了我一眼,张开嘴唇想笑,却没笑出来。而那架钟由于他的头的压力开始显得摇摇欲坠,他急忙转过身来,用颤抖的手把钟抓住,然后放回原处。接着他坐了下来,背部直挺挺的,他将胳膊肘放在沙发扶手上,一手托住下巴。

"对不起,把你的钟碰了。"他说。

不知什么缘故,我自己的脸也涨得通红,好像被热带的太阳晒过一样。我脑子里一下子涌上了千百句客套话,此刻却一句也说不出来。

"那是一架很旧的钟了。"我只能呆头呆脑地告诉他们。

我想大家当时都有好一会儿觉得那架钟已经在地板上被砸得粉碎了。

"我们已经多年不见了。"黛尔西说,让语调尽可能显得平板无波。

"到十一月就整整五年了。"

盖茨比这句脱口而出的回答让大家至少又愣了一分钟。我急中生智地建议他们跟我一起去厨房预备茶点,他俩立即站了起来,而正在这时候,那魔鬼一般的芬兰女用人已经用托盘把茶端了进来。

此刻递茶杯和传蛋糕所造成的忙乱真是大受欢迎,因为在这忙乱之中重新建立起一种有形的体统。盖茨比赶紧躲到了一边,当我与黛尔西交谈时,他那紧张而痛苦的眼神无比认真地在我们两人之间逡巡。然而,平静本身终究不是目的,我很快就找了个借口准备离开。

"你去哪儿?"盖茨比惊慌失措地问道。

"我马上就回来。"

"我有话跟你说。"

他十分激动地跟着我走进厨房,关上门,然后痛苦地低声说道:"啊,天哪!"

"怎么啦?"

"这是个天大的错误,"他把脑袋摇来摆去地说,"大错特错。"

"你这不过是难为情罢了,没什么。"紧接着我又补了一句,"黛尔西也很难为情。"

"她难为情?"他十分不以为然地重复了我的话。

"她跟你同样难为情。"

"你说话的声音不要那么大。"

"你的行为就像一个小孩一样,"我极不耐烦地说,"不仅如此,你也很没有礼貌。黛尔西现在正一个人孤零零地坐在那里面。"

他举起手来阻止我再说下去,带着一种令人难忘的怨气看了我一眼,随后小心翼翼地打开门,重新回到那间屋子里去。

我悄悄地从后门走了出去,半小时之前盖茨比也是从这里出去的,还精神紧张地绕着房子跑了一圈——朝向一棵黑黝黝的盘绕多节的大树,那茂密的树叶此刻正形成了一块挡雨的苦布。雨又大了起来,我那片不成形的草地,虽然上午被盖茨比的园丁修剪得整整齐齐,现在却又满是小泥潭甚至沼泽了。从树下望出去,除了盖茨比那庞大的房屋之外似乎没有别的什么东西可看,于是我便盯着它看了半个钟头,就好像康德盯着他的教堂尖塔一样。

盖茨比买下的这座房子是十年前的一位酿酒商在那个"仿古热"的初期建造的,据说还有一个传闻,好像是说他曾答应为附近所有的小型别墅付上五年的税款,只要各位房主答应在自己的屋顶铺上茅草。也许是他们的拒绝使得他"创建家业"的计划受到了致命性的打击,他迅速衰颓了。丧事的花圈还挂在门上,他的子女就迫不及待地把房子卖掉了。

美国人虽然愿意甚至渴望去当农奴,但却一向是坚决不肯当乡下佬的。

半个小时以后,太阳又出来了,我看见食品店的送货汽车正顺着盖茨比的汽车道拐弯,送来了他家仆人做晚饭用的原料——虽然我敢肯定他本人是一口也吃不下的。一个女用人正在打开楼上的每一扇窗户,并在每个窗口都出现片刻,然后从正中的那扇大窗户探出身子,迅速地向花园里啐了一口。我也差不多该回去了。

刚才的雨一直下个不停,如同他俩窃窃私语的声音,并且还不时地随着感情的迸发而变得高昂。然而眼下在这新的静寂中,我又觉得房子里面也是一片宁静了。

我走了进去,先在厨房里发出一切可能的响声,就差没把炉灶推翻了——但我相信他俩还是什么也没听见。此刻,他们两人分坐在长沙发的两端,一言不发而又面面相觑,仿佛有什么问题正待解决,一切难为情的迹象也消失了。黛尔西泪痕满面,我一进来她就猛地跳了起来,急忙用手绢对着一面镜子擦起脸来。而盖茨比的身上则发生了一种令人惶惑的变化。他简直可以说是光芒四射。虽然并没有什么表示欣喜的言语姿势,然而却有一种强烈的幸福感从他身上散发出来,以至于充塞了整间小屋子。

"哈喽,老兄。"他说,仿佛有多少年没见过我了似的。有一会儿工夫,我甚至还以为他想过来跟我握手哩。

"雨已经停了。"

"是吗?"等他反应过来我说的是什么,又发觉到屋子里已经是阳光闪烁时,他既像一个气象预报员,又仿佛一个欣喜若狂的阳光守护神一般露出了大大的笑容,并且十分兴奋地把消息传递给黛尔西,"你看多有趣,雨停了。"

"我非常高兴,杰伊。"她的语调哀婉动人,吐露出她意外的喜悦。

"我想请你和黛尔西一起到我家来,"他说,"我很想带她参观一下。"

"你真的要我来吗?"

"没错,绝对如此,老兄。"

黛尔西先上楼去洗脸,我立刻十分羞惭地想起了我的毛巾,可惜为时已晚——盖茨比和我在草地上等候。

"我的房子是不是很好看?"他问道,"你瞧,它的整个正面都映照着阳光。"

我同意地说:"这房子真漂亮极了。"

"是的,没错。"他又细细地打量了一番,每一扇拱门、每一座塔楼都经过了他的检阅,"买这座房子的钱我只花了三年的工夫就挣到了。"

"我原以为你的钱是继承来的。"

"不错,老兄,"他不假思索地脱口而出,"但那笔钱我在大恐慌期间损失了一大半,就是战争所引起的那次大恐慌。"

我想他此刻自己也不太清楚他在说些什么,因为等我问及他做的是什么生意时,他竟然回答"那是我的事儿"。话才出口,他便发现这个回答是很不得体的。

"哦,我先后干过好几行,"他立刻改口说,"我做过药材生意,又做过石油生意。现在这两行我都不干了。"他注意地看着我,"这么说那天晚上我提的那件事你考虑过了?"

我一下子愣住了,还没来得及回答,黛尔西便从房子里出来了,我看见她衣服上的两排铜纽扣正在阳光中闪闪发光。

"你说的是那边那座老大的房子吗?"她用手指着大声问道。

"你喜欢它吗?"

"我非常喜欢，可我不明白，你怎么能一个人住在那么大的房子里。"

"哦，我让它不分白天黑夜都挤满了有意思的人、干大事的人，以及有名气的人。"

我们没有沿海边抄近路过去，而是绕到大路上，从那扇巨大的后门进去。黛尔西望着那映衬在天空中的黑黝黝的中世纪城堡的轮廓，一直用她那迷人的低语赞不绝口。

她一边走一边又赞赏着花园，赞赏长寿花所散发出来的香味，又赞赏山楂花和梅花散发的泡沫般的香味，以及吻别花那淡金色的香味。我们走到大理石台阶前，看不到穿着鲜艳时装的人从大门进进出出，除了树上的鸟鸣外也听不到一点声音，我还真觉得有些异样。

到了里面，当我们漫步穿过那间玛丽·安托万内特式的音乐厅和王政复辟时期式样的小客厅时，我很奇怪地觉得每张沙发、每张桌子的后面似乎都藏着客人，他们奉命屏息不动，直到我们走过为止。而当盖茨比关上"默顿学院图书室"的那扇门时，我甚至可以发誓，我清楚地听到了那个戴猫头鹰眼镜的人突然发出了一阵鬼似的笑声。

我们又走上楼，先穿过一间间仿古的卧室，卧室里铺满了玫瑰色和淡紫色的绸缎，并且摆满了各式各样、色彩缤纷的鲜花，接着又穿过一间间更衣室，以及嵌着地下浴池的浴室。当我们闯进一间卧室时，里面还有一个邋里邋遢穿着睡衣的人在地板上面做俯卧撑。我认出那是"房客"克利斯普先生。那天早上我还看到他在海滩上徘徊。最后我们来到了盖茨比本人的套间，里面包括一间卧室、一间浴室和一间小书房。我们三人在书房里坐下，喝了一杯壁橱里拿出来的查特酒。

他的眼睛一直看着黛尔西，我想他是在把房子里的每件东西都按照他所钟爱的那双眼睛里的反应重新估价。有的时候他也神情恍惚地向四面凝视着他自己的财物，仿佛在她这个动人心魄的真人面前，所有这些东西没有一件是真实的了。

有一次他甚至差点从楼梯上滚了下去。

而他自己的卧室可以说是所有屋子中最简朴的一间了——只有梳妆台

上点缀般地放着一副纯金的梳妆用具。黛尔西高兴地拿起其中的刷子刷了刷头发，引得盖茨比立马坐下来用手遮住眼睛笑了起来。

"这可真是最滑稽的事情，老兄，"他嘻嘻哈哈地说，"我简直不能……我想要……"

显而易见，他已经经历了两种精神状态，此刻正在进入第三种。他起先局促不安，继而欣喜若狂，目前又因为她出现在眼前而感到过分惊异以至于不能自持了。这件事是他朝思暮想、梦寐以求，甚至可以说是咬紧了牙关期待着的，感情已经强烈到了不可思议的程度。此刻，由于反作用，他就像一架发条上得太紧的时钟一样，接近于精疲力竭了。

过了一会儿，待他精神恢复之后，他又为我们打开了两个十分讲究的特大衣橱，里面装的全都是他的西装、衬衣和领带，还有一打一打的像砖头一样堆叠起来的衬衣。

"我有一个人专门在英国替我买衣服。每年春秋两季，他都会挑选一些东西寄来给我。"

他拿出了一堆衬衫，开始一件一件地扔在我们面前，薄麻布衬衫、厚绸衬衫、细法兰绒衬衫，把每件都抖散了，五颜六色地摆满了一桌。而在我们欣赏着的时候，他又继续去抱来其他的，于是那个柔软贵重的衬衣堆变得越来越高——条子衬衫、花纹衬衫、方格衬衫，珊瑚色的、苹果绿的、浅紫色的、淡橘色的，还有上面绣着深蓝色的他的姓名的字母组合。黛尔西突然之间发出了一种很不自然的声音，她一下子把头埋进了衬衫堆里，号啕大哭起来。

"这些衬衫这么美，"她哽咽地说，声音在厚厚的衣堆里被闷哑了，"我看了真伤心，我从没见过这么——这么美的衬衫。"

看过房子以后，我们本来还打算去看看庭园、游泳池、水上飞机以及仲夏的繁花，可是窗外又下起雨来了，于是我们三人站成一排，远眺着那水波荡漾的海面。

"如果不是有雾，我们就可以看见海湾对面你家的房子，"盖茨比说，"在你家码头的尽头有一盏通宵不灭的绿灯。"

黛尔西突然伸出胳臂去挽着他，但他似乎仍然沉浸在他刚才所说的话里。

或许他突然间想到，那盏灯曾经对于他的巨大意义现在已经永远消失了。与那将他和黛尔西分开的遥远距离相比，那盏灯曾经离她那么近，几乎可以碰得着她，就好像一颗星离月亮那么近。然而现在它只是码头上的一盏常见的绿灯而已了。他的神奇的宝物已经减少一件了。

我在屋子里随便走走看看，在若明若暗的光线中看看那些各种各样、模糊不清的摆饰。一个上了年纪身穿游艇服的男人的一张大相片突然间引起了我的注意，那张相片就挂在他书桌前面的墙上。

"这是谁？"

"那个？哦，那是丹·克蒂先生，老兄。"

这名字听上去有点耳熟。

"很多年前他是我最要好的朋友。他已经死了。"

五斗橱上放着一张盖茨比本人的小相片，同样穿着游艇服——盖茨比昂着头，一副什么都不在乎的神气——大概是十八岁的时候照的。

"我真喜欢这张相片，"黛尔西嚷嚷着，"这个笔直向后梳的发型！你从没告诉过我你留过这种笔直向后梳的发型，也没告诉过我你有一艘游艇。"

"过来看这个，"盖茨比赶紧说，"这里有很多剪报都是关于你的。"

他俩肩并肩站着仔细欣赏那些剪报。我正准备要求看看盖茨比曾经提过的那些红宝石，电话忽然间响了，盖茨比拿起了听筒。

"是的……噢，我现在不方便谈……我现在不方便谈，老兄……我说的是一个小城……他知道什么是小城……得啦，他对我们没什么用处，如果底特律就是他认为的小城的话，那……"

他很快把电话挂上了。

"快到这儿来！"黛尔西在窗口大声地喊道。

雨还在下着，可是西边的乌云已经渐渐散开，海湾上空翻滚着一道道粉红色和金色的云霞，太阳从那些金色的云霞当中挤了出来，仿佛要看一眼，大地刚才究竟发生了什么，那么迫不及待。

"看那个。"她低声道,过了一会儿又说,"我真想摘一朵粉红色的云彩,把你放在上头推来推去。"

我想回家了,可他们无论如何也不答应。或许是因为有我在场的话他们可以更心安理得地待在一块儿。

"我知道我们干什么好了,"盖茨比兴奋地说,"我们让克利斯普来弹钢琴吧。"

他走出屋子,喊了一声"艾温",又隔了几分钟才回来,还带来一个十分难为情的、面容有些憔悴的年轻人,他戴着一副玳瑁边眼镜,稀稀疏疏的金黄色头发。他现在着装整齐一些了,穿着一件敞领的运动衫、一双运动鞋和一条颜色不怎么清楚的帆布裤。

"刚才我们打扰到您做体操了吗?"黛尔西十分有礼貌地问。

"我在睡觉,"克利斯普先生在窘迫之中脱口而出道,"我是说,我本来在睡觉。然后我起床了……"

"克利斯普会弹钢琴,"盖茨比突然打断了他的话,"是不是艾温,老兄?"

"不,我弹得不好。我其实不会……根本不弹。我很久没练……"

"我们到楼下去吧。"盖茨比又一次打断了他的话。他摁了一个开关。整个房子立即大放光明,那些灰暗的窗户都不见了。

我们来到音乐厅里,盖茨比只扭开了钢琴旁边的那一盏灯。他用颤抖的手点燃了黛尔西的香烟,然后和她一起坐在屋子另一边远远的一张长沙发上,那里除了地板上有一点从过道里反射过来的亮光之外,没有其他任何光线。

克利斯普勉强弹完了《爱情的堡垒》之后,从长凳上转过身来,很不高兴地在幽暗中张望着寻找盖茨比。

"我很久没弹了,你看。我跟你说我不会弹。我很久没弹……"

"别说那么多了,老兄,"盖茨比用命令的口气道,"弹吧!"

　　每天早上,

　　每天晚上,

— 78 —

玩得欢畅……

外面的风刮得呼呼作响，海湾上传来了一阵隐隐的雷声。这一刻西卵所有的灯都亮了。电动火车上满载着归客，冒着雨从纽约疾驰而来。这是人们思绪万千、情感起伏的时刻，空气中洋溢着一股兴奋的情绪。

> 有一件事是千真万确，
>
> 富的生财穷的生孩子。
>
> 在这同时，
>
> 在这期间……

当我走过去向盖茨比告辞的时候，我见到那种惶惑的神情又出现在了他的脸上，仿佛他在怀疑着他目前幸福的性质。

将近五年了！

那天下午一定有过某些时刻，真实的黛尔西远不如他梦想中的——这并非她本人的过错，而是由于盖茨比的幻梦拥有巨大的活力。他的幻梦甚至超越了她，超越了一切。盖茨比以一种创造性的热情投入这个幻梦中，并且不断地添枝加叶，再用一根根绚丽的羽毛加以点缀和装饰。再多的激情和活力都及不上一个人悲凄的心里所能聚集的情思。

当我注视着他的时候，我看得出来，他正在悄悄地使自己尽快适应眼前的现实。他伸手抓住她的胳膊。她低低地在他耳边说了句什么，他听了之后激动地转向她。依我看，最使他入迷的便是她那令人迷醉的声音，因为那是无论他怎样梦想都不能企及的东西——那是一曲永恒的歌，永恒的力量。

他俩似乎已经把我忘了，黛尔西还抬起头来瞥了一眼，伸出了她的手。盖茨比此刻压根儿就不认识我了。我又看了他俩一眼，他们也看着我，似乎似曾相识，却又远在天涯，沉浸在他们自己那强烈的感情之中。我走出了屋子，走下大理石台阶，留下他俩在一起。

第六章

　　大概就在这段时间，一天早上，一个野心勃勃的年轻记者从纽约来到了盖茨比家的大门口，问他是否有什么话要说。

　　"关于什么的？"盖茨比十分客气地问道。

　　"呃——发表个声明什么的。"

　　在双方都混乱了五分钟之后，事情才终于弄清楚。原来这个人曾在他的报馆里听人提到盖茨比的名字，可是因为什么而提到他却不肯透露，或者他自己也没完全弄明白。于是他趁着这天休息，便积极主动地跑出城来"看看"。这虽然只是碰碰运气，但是这位记者的直觉却是对的。

　　千百个人因为在他家做过客而成为叙述他经历的权威，由于他们的大力宣扬，盖茨比的名声在这个夏天越来越响亮，只差一点就要成为新闻焦点人物了。当时流行的各种传奇，比如"通往加拿大的地下管道"之类，都和他挂上了钩，还有一个长期以来一直流传的谣言，说他住的根本不是一座房子，而是一艘船，只不过这艘船看上去像座房子，而且沿着长岛海岸秘密地来回移动。而至于为什么北达科他州的杰姆森·盖茨能从这些谣言中获得满足，这倒是个不容易回答的问题。

　　杰姆森·盖茨——这是盖茨比的真实姓名，至少是他得到法律认可的姓名。他在十七岁的时候改名换姓——在他一生事业开端的时刻。当时他见到丹·克蒂先生的游艇在苏必利尔湖最险恶的沙洲上抛锚，那天下午，穿着一件破旧的绿色运动衫和一条帆布裤在沙滩上游荡着的还是杰姆森·盖茨，可是后来借了一条小船，划到托洛美号去警告克蒂半小时之内可能有大风会使他的船覆没的，就已经是杰伊·盖茨比了。

　　我猜，当时他已经把这个名字想好了。

　　他的父母都是碌碌无为的庄稼人——他在想象里也从来没有真正承认

他们就是自己的父母。事实上，长岛西卵的杰伊·盖茨比来自于他自己的柏拉图式的理想。

他是上帝的儿子——这个称号，如果一定要说有什么意义的话，也就是字面的意思——因此他必须为他的"天父"效命，献身于一种博大、庸俗、华而不实的美。因此他所虚构的恰恰是一个十七岁的年轻人很可能会虚构的那种杰伊·盖茨比，而他却始终不渝地忠实于这个理想中的形象。

有一年多的时间里，他沿着苏必利尔湖的南岸奔波，或是捕鲑鱼，或是捞蛤蜊，或是干其他能够为他挣来食宿的杂事。他在那些风吹日晒的日子里干着时松时紧的活计，皮肤被晒得黝黑，身体也越来越棒，过着一种天然的生活。他很早就跟女人发生了关系，并且由于女人过分地宠爱他，他反倒瞧不起她们。他看不起年轻的处女，因为她们全都显得愚昧无知，他也看不起其他女人，因为她们经常为了一些小事大吵大闹，而那些所谓的"小事"，在他那自负的心里，都是理所当然的。

可是他的内心却时常处于激荡不安之中。每天晚上躺在床上的时候，各种离奇怪诞的幻想便纷至沓来，一个绚丽得简直无法形容的宇宙呈现在他的脑海里。小闹钟正在洗脸架上滴答滴答地响着，如水一般的月光浸泡着他胡乱地扔在地上的衣服。每天夜里他都给那些他幻想中的图案添枝加叶，一直等到昏沉的睡意降落到一个生动的场面之上，从而使他忘记一切。有好一阵子，这些幻梦给他的想象力提供了一个发泄的绝佳途径：它们令人满意地暗示现实其实是不真实的，它们表明世界的基石原本是牢牢建立在仙女的翅膀上的。

几个月以前，一种追求光荣未来的本能促使他去了明尼苏达州南部路德教的小圣奥拉夫学院。然而他在那里也只待了两个星期，一方面是由于学院对他敲响的命运之鼓麻木不仁，使他感到沮丧，另一方面则是因为他不屑于为了挣学费而去做勤杂工工作。于是他东飘西荡地又回到了苏必利尔湖。就在那天，当他还在试图找点什么活儿干的时候，丹·克蒂的游艇在湖边的浅滩上抛下锚来。

克蒂当时已经五十岁了，在内华达州挖过银矿，在育空地区淘过金，一八七五年以来的每一次淘金热他都参与了。他因为在蒙大拿州做铜矿的生意而发了好几百万的财,结果身体虽然仍旧健壮,可是脑袋已经接近糊涂。这个情况被无数的女人察觉,于是她们想方设法地骗取他的钱财。

那个名叫埃拉·凯的女记者十分果断地抓住了他的弱点,并且扮演了德曼特农夫人的角色,她怂恿他乘上游艇去航海,她要的那些不怎么体面的手段还是一九〇二年那些耸人听闻的报刊最爱报道的内容。克蒂沿着有过分殷勤好客的居民的海岸航行了五年之后,就在这天驶入少女湾,成了改变杰姆森·盖茨命运的关键。

年轻的盖茨两手搭在船桨上,抬头望着那有栏杆围着的甲板,那只船在他的眼中代表了这个世界上所有的美丽和魅力。我猜想他当时对克蒂笑了一笑,他大概也早已发现他笑的时候十分讨人欢喜。不管怎样,克蒂在问了他几个问题(其中之一便引出了这个崭新的名字)之后,便发现他聪明伶俐而且颇有雄心壮志。几天之后,克蒂把他带到德卢恩城,替他买了一件蓝色的海员服、六条白帆布裤子以及一顶游艇帽。等托洛美号正式起程前往西印度群岛和巴巴平海岸的时候,盖茨比便也跟着走了。

盖茨比以一种并不十分明确的私人雇员身份为克蒂工作。先后干过听差、大副、船长、秘书,甚至还做过监守,因为丹·克蒂清醒的时候很清楚地知道,自己一旦喝醉了酒便什么挥金如土的傻事都做得出来,他越来越信任和依靠盖茨比,以防止这一类意外事故发生。这种安排一直持续了五年,在这段时间里,那艘船环绕了美洲大陆三次。它本来还有可能无限期地延续下去,若不是有一晚在波士顿,埃拉·凯上了船,而在一星期以后丹·克蒂就毫不客气地死掉了的话。

我还记得克蒂那张挂在盖茨比卧室里的相片,一个头发花白、服饰花里胡哨的老头子,一张冷酷无情、内心寂寞空虚的脸——典型的沉湎于酒色的拓荒者形象。这帮人在美国生活的某一阶段里将边疆妓院酒馆里的粗暴狂野带回到东部滨海地区。盖茨比本人极少喝酒,这要间接地归功于克蒂。有时候在欢闹的宴席上女人会把香槟揉进他的头发,然而他本人却养成了习惯,不沾酒。

　　他从克蒂那里继承了一笔钱——一笔两万五千美元的遗赠,可是他并没有拿到。他始终没能弄明白人家用来对付他的法律手段,克蒂留下的千百万财产通通归了埃拉·凯。他只得到了一份十分恰当的教育:杰伊·盖茨比原本模糊的轮廓已经渐渐充实为一个血肉丰满的人了。

　　这些都是他在很久以后才告诉我的,但我在这里写了下来,为的是驳斥起初那些关于他来历的一系列的荒唐谣言。那些都是一点儿影子也没有的事情。再有,他后来是在一个异常混乱的时刻里告诉我的,那时对于他的种种传闻我也已经到了半信半疑的地步。所以我现在要利用这个短暂的停顿,仿佛是趁盖茨比喘口气的机会,把这些误解先澄清一下。而在我和他的交往之中,这也可以算是一个停顿。

　　有好几个星期我既没有和他见面,也没有在电话里听到他的声音——大部分时间我都在纽约跟着乔丹四处跑,同时极力讨好她那位老朽的姑妈,但我终于在一个星期日的下午到他家去了。我待了还不到两分钟就有一个人把汤姆·布柯农带了进来喝杯酒。我自然大吃了一惊,然而真正令我惊奇的却是,汤姆这是第一次来。

　　他们一行三人,都是骑马来的——汤姆和一个姓斯德隆的男人,还有一个身着棕色骑装的漂亮女人,我认出她以前来过。

　　“很高兴见到你们,”盖茨比站在阳台上迎接道,“我很高兴你们的光临。”

　　“请坐,请坐。抽支香烟,或者抽支雪茄。”他在屋子里貌似兴奋地跑来跑去,忙着打铃喊人,“我立刻让人给你们送点什么喝的来。”

　　汤姆的突然到来使他受到很大的震动。他感到十分地局促不安,一直要到他招待了他们一点什么才会好一些,因为他大概也知道他们就是为了这个来的。斯德隆先生什么都不要。“来杯柠檬水?”“不要,谢谢。”“来点香槟吧?”“什么都不要,谢谢……对不起……”

　　“你们骑马一定骑得很痛快吧?”

　　“嗯,这一带的路很好。”

　　“大概是来往的汽车……”

"是嘛。"

刚刚在介绍的时候汤姆还只当彼此是第一次见面,此刻盖茨比忽然情不自禁地转过脸去朝着他。

"我想我们以前在哪儿见过,布柯农先生。"

"噢,是的,"汤姆生硬而不失礼貌地说,他显然不记得了,"我们是见过的,我记得很清楚。"

"大概是在两个星期以前。"

"对啦。你当时跟尼克在一起。"

"我认识你的太太。"盖茨比又接下去说,当中几乎有一点儿挑衅的意味。

"是吗?"

汤姆掉过脸来朝着我。

"你也住在这附近吗,尼克?"

"我就住在隔壁。"

"是吗?"

斯德隆先生始终没有参与谈话,只是大模大样地仰面靠在他的椅子上。那个女人也没说什么——直到两杯苏打水威士忌下肚之后,她才忽然变得有说有笑起来。

"盖茨比先生,我们都来参加你下次的晚会,"她提议道,"你看好不好?"

"当然好。你们能来,我简直太高兴了。"

"那很好,"斯德隆先生毫不客气地说,"呃——我看我们该回家了。"

"不要忙着走吧。"盖茨比赶紧劝道。他现在已经能控制自己的情绪了,而且他要多看看汤姆,"你们何不——何不就留在这儿吃晚饭呢? 说不定纽约还会有一些人来。"

"还是你到我家来吃晚饭吧,"那位太太热情地说,"你俩都来。"

她的话里也包括了我。斯德隆先生已经站起身来。

"我是认真的,"她坚持说道,"我真希望你们都来。坐得下的。"

盖茨比有些疑惑地看着我。看起来他想去,可他看不出斯德隆先生已经打定了主意不让他去。

"我恐怕去不了。"我说。

"那么你一个人来。"她极力怂恿着盖茨比。

斯德隆先生凑到她的耳边咕哝了一下。

"如果马上就走的话一点儿都不会晚的。"她仍然固执地大声说。

"可是我没有马,"盖茨比说,"我虽然在军队里骑过马,可是我自己从没买过马。我只能开车跟你们走。对不起,请稍等一下,我就来。"

我们其余的几个人走到外面的阳台上,斯德隆和那位太太站在一边,开始怒气冲冲地交谈。

"我的天,我看这家伙竟然真的要来,"汤姆说,"难道他不明白她并不是真的要他来吗?"

"她坚持说她要他来的嘛。"

"她要举办盛大的宴会,他在那里一个人都不认得。"他皱了皱眉头,"我真纳闷,他到底是在哪儿认识黛尔西的。天知道,也许是我的思想太过古板,这年头女人家到处乱跑的习惯我可看不惯。她们会遇上各种各样的怪物。"

忽然间,斯德隆先生和那位太太走下了台阶,随即上了马。

"走吧,"斯德隆先生转身对汤姆说,"我们已经晚了,必须得走了。"然后又对我说,"请你转告他,我们不能等了,行吗?"

汤姆跟我握了握手,其余几个人则彼此冷淡地点了点头。他们骑着马沿着车道小跑起来,很快便消失在八月的树荫里。这时,盖茨比的手里正拿着帽子和薄大衣从大门里走出来。

对于黛尔西独自四处乱跑,汤姆显然放不下心,因此下一个星期六的晚上他要和她一道来参加盖茨比的晚会。

或许正是由于他的在场,那次的晚会始终有一种特殊的沉闷气氛——与那个夏天盖茨比的其他晚会迥然不同,它鲜明地留在了我的记忆里。虽然还是那些人,或者至少是同类的人,同样源源不绝的香槟,同样五花八门、七嘴八舌的喧闹,可我总觉得无形当中有一种很不愉快的感觉,换言之,弥漫着一种以前从来没有过的厌恶感。或许是我已经渐渐习惯了这一套,认为西卵应当是一个独立完整的世界,有它独特的标准和大人物。但此刻我却要通过黛尔西的眼睛重新来看这一切。

要通过一双新的眼睛去看那些你花费了很大气力才适应的事物,总是有些令人难受的。

他们在黄昏时分到达,当我们几人漫步到数百名珠光宝气的客人当中时,黛尔西的声音又在她的喉咙里玩着呢呢喃喃的花样儿。

"这些东西真令我兴奋,"她低声说,"如果你今天晚上的任何时候想要吻我,尼克,你就让我知道好了,我一定会很高兴地为你安排。只要说我的名字就行,或者出示一张绿色的请柬。你知道,我正在散发绿色的……"

"四处看看。"盖茨比催促她。

"我正在四处看啊。我真是开心极了……"

"你一定能看到许多你听说过的人物的面孔。"

汤姆傲慢的眼神向人群当中一扫。

"我们平日里不大外出,"他说,"事实上,我刚刚还在想这里我一个人都不认识。"

"也许你会认得那位小姐。"盖茨比指向一位如花似玉的美人,她正端庄严肃地坐在一棵白梅树下。汤姆和黛尔西目不转睛地盯着她,认出这是一位一向只能在银幕上见到的大明星,几乎不敢相信自己的眼睛。

"她可真美啊。"黛尔西感叹道。

"在她身边弯着腰的那位是她的导演。"

盖茨比礼貌周全地将他们介绍给一群又一群的客人。

"布柯农夫人……布柯农先生,"迟疑了片刻之后,他又补充道,"马球健将。"

"不是的,"汤姆急忙否认道,"我可不是。"

但盖茨比显然很喜欢这个名称的含义,此后整个晚上汤姆就一直被称作"马球健将"。

"我从没见过这么多的名人,"黛尔西兴奋地说,"我喜欢那个人……他是叫什么名字来着？就是鼻子看起来有点发青的那个。"

盖茨比说了那人的姓名，并且说他是一个小制片商。

"哦，我喜欢他。"

"我宁愿不做什么马球健将，"汤姆也十分愉快地说，"我反倒宁愿以……以一个默默无闻的人的身份来看看这么多有名的人。"

接下来黛尔西和盖茨比跳了舞。

我还记得当时我看到他跳着优雅的老式狐步舞感到十分诧异，我以前从来没见过他跳舞。后来他俩偷偷溜到我家，在我家门口的台阶上一起坐了半个小时，她让我待在院子里给他们把风。"万一着火或是发大水，"她解释道，"或是什么天灾之类的。"

当我们正准备一起坐下来吃晚饭时，"默默无闻"的汤姆出现了。"我去跟那边的几个人一起吃饭行吗？"他对黛尔西说，"有个家伙正在大讲笑话。"

"你去吧，"黛尔西和颜悦色地回答道，"假如你要留几个住址下来，这里有我的小金铅笔。"……过了一会儿，她向四面张望了一下，对我说某个女孩"俗气可是漂亮"，于是我明白，除了单独跟盖茨比待在一起的那半个小时之外，她玩得一点儿也不开心。

我们这一桌人喝得特别醉——这都怪我不好，盖茨比被叫去听电话了，两星期以前我还觉得这些人很有意思，可当时我却只觉得索然无味。

"你觉得怎么样，贝达克小姐？"

我与之说话的这个姑娘正想慢慢地倒在我的肩上，可惜并没有成功。突然听到这个问题，她立刻睁开了眼睛，坐起身来。

"什么？"

一个块头很大，一直显得懒洋洋的女人，本来一直在竭力怂恿着黛尔西明天去本地俱乐部和她一起打高尔夫球，现在又转过头来为贝达克小姐辩白了："噢，她什么事也没有。她每次五六杯鸡尾酒下肚以后总是这么大喊大叫的。我就跟她说她不应该喝酒。"

"我本来就是不喝酒的。"受到指责的那个人随口应道。

"我们听见你在嚷嚷，于是我赶紧跟这位希维特大夫说：'大夫，那里有人需要您帮忙。'"

"她很感激，我相信，"另一位朋友用着并不感激的口气说道，"虽然你把她的头按到游泳池里，把她的衣服全弄湿了。"

"我最恨的事情就是把我的头摁到游泳池里，"贝达克小姐咕哝道，"有一回在新泽西州，他们差点儿没把我淹死。"

"那你就不应该喝酒嘛。"希维特大夫赶紧堵她的嘴说。

"还是说你自己吧！"贝达克小姐激烈地大声喊道，"你的手一直在发抖。我可不敢让你给我开刀！"

大致的情况就是这样。我记得的最后一件事，是我和黛尔西站在一起望着那位美丽的电影明星和她的导演。他们仍然待在那棵白梅树下，脸已经快要贴到一起，中间只隔了一线淡淡的月光。我突然间想到，他整个晚上大概一直都在很慢很慢地弯下腰来，才终于能够和她靠得这么近，然后就在我望着的这一刻，他弯下了最后一点距离，亲吻她的面颊。

"我很喜欢她，"黛尔西说，"我觉得她真是美极了。"

可是其他的一切她都讨厌，这是不容置疑的，因为这不是一种姿态，而是一种感情。

她非常地厌恶西卵，厌恶这个将百老汇强加在一个长岛渔村上的毫无先例可循的"胜地"——她厌恶它那种不安于陈旧的粗犷活力，更厌恶它驱使它的居民们沿着一条所谓的捷径，从零到零。在这种她所不了解的单纯之中，她似乎已经看到了什么可怕的东西。

在等车子开过来的时候，我和他们一道坐在大门前的台阶上。这里非常暗，只有那扇敞开的门向着幽暗的黎明射出了大约十平方英尺的亮光。有时候楼上化妆室的遮帘上会有一个人影掠过，然后又出现另一个人影，络绎不绝的女客们对着一面看不见的镜子在涂脂抹粉。

"这个姓盖茨比的到底是谁？"汤姆突然质问道，"一个大私酒贩子？"

"你从哪儿听来的？"我反问他。

"我不是听来的。我是猜的。你要知道，很多这样的暴发户都是些大私酒贩子。"

"可盖茨比不是。"我十分简慢地答道。他沉默了好一会儿。汽车道上的小石子儿在他脚底下咯咯作响。

"我说,他一定是花了很大的力气才能搜罗到这么一大帮牛头马面。"

这时,一阵微风拂动了黛尔西那毛茸茸的灰皮领子,仿佛稻草随着风左右舞动柔柔的感觉。

"可至少他们比我们认得的那些人有趣。"她十分勉强地说。

"可是看上去你也不怎么感兴趣嘛。"

"噢,不,我很感兴趣。"

汤姆嘲讽地一笑,又把脸转向我。

"当那个女孩儿让她给她来个冷水浴的时候,你注意到黛尔西的脸没有?"

此时的黛尔西跟着里面的音乐沙哑而有节奏地低声响唱了起来,把每个字都唱出了一种以前从来没有过,而以后也绝不会再有的韵味。当曲调升高时,她的嗓音也随之改变,悠扬而婉转,体现出女低音的本色,而且每一点点的变化都在空气中散发出一些她那温暖的人情味和十足的魔力。

"来的人当中有好多都不是接到邀请来的,"她忽然说道,"那个女孩子就从来没有接到邀请。他们是自己闯上门来的,而他又太客气,不好意思拒绝。"

"我倒是很想知道他到底是什么人,又是干什么的,"汤姆仍然固执地说,"我是一定要去打听清楚的。"

"我现在就可以告诉你,"她回答道,"他是开药房的,好多家药房都是他一手创办起来的。"

此时,那辆姗姗来迟的轿车终于沿着汽车道开了上来。

"晚安,尼克。"黛尔西说。

她的目光离开了我,朝着被灯光照亮的那最上面一级台阶看去,在那里,一支当年风靡的婉约动人的小华尔兹舞曲《凌晨三点钟》正从那扇敞开的大门里传出来。

不过话说回来,正是在盖茨比的晚会这种随随便便的氛围之中,才有她自己的世界中所完全没有的那些浪漫。那支舞曲里面有些什么东西正在呼唤着她回到里面去呢？在这晦暗不明的、难以预测的时辰里又会发生些什么样的事情呢？也许会有一位令人难以置信的客人突然光临，或许是一位世上少有的令人惊叹不已的佳人，一位真正光彩夺目的少女，只要她看上盖茨比一眼，只要一瞬间魔术般的相逢，她就可以把长久以来坚定不移的爱情一笔勾销。

那一夜我待到很晚，因为盖茨比要求我待到他可以脱身为止，于是我便在花园里徘徊，一直等到最后一批游泳的客人既寒冷又兴奋地从漆黑的海滩上跑上来，一直等到楼上每一间客房里的灯都灭了。等到盖茨比最后走下台阶时，他那晒得黝黑的皮肤比以往更加紧地绷在脸上，他的眼睛在黑暗中闪闪发亮，微带倦意。

"她不喜欢这个晚会。"他立刻说。

"她当然喜欢。"

"不，她不喜欢，"他坚持己见地说，"她玩得很不开心。"

他不说话了，可我猜他有满腹说不出的郁闷。

"我觉得离她很遥远，"他说，"我做的事很难使她理解。"

"你是说在舞会上吗？"

"舞会？"他弹指一挥间就把他所开过的舞会都一笔勾销了，"老兄，舞会实在是没什么紧要的。"

我很明白，他所要求黛尔西的不外乎是要她跑去对汤姆说："我从来没有爱过你。"等到她用那句残忍的话把四年的时光都一笔勾销之后，他俩就可以开始研究决定一些更为实际的步骤。而其中之一就是，待她一旦恢复自由，他俩就回到路易斯维尔，从她家里出发，然后到教堂去举行婚礼——一切就仿佛和五年前一样。

"可她不理解，"他说，"虽然她过去是理解的。我们经常在一起坐上好几个钟头……"

他忽然打住不说了，默默地沿着一条布满了果皮、被丢弃的小礼物和踩烂的残花的小路走来走去。

"我看你对她的要求不宜过高，"我有些冒昧地说道，"你不大可能重温旧梦的。"

"不能重温旧梦?"他十分不以为然地喊道,"这是哪儿的话,我当然能!"

他发狂般地东张西望,似乎他的旧梦就隐藏在这里,隐藏在他这座房子的阴影里,几乎伸手就可以抓到。

"我要把一切安排得跟过去一模一样,看不出丝毫差别。"他一面说,一面坚决地点了点头,"她一定会看到的。"

他对着我滔滔不绝地大谈着他与黛尔西的往事。我猜想他是想要重新获得一点儿什么东西,或许是那进入到他对黛尔西的热恋之中的关于他自己本身的某个理念。因为从那时起,他的生活一直都是凌乱不堪的,假如他能够回到某个出发点,慢慢地小心地再重新走一遍,他就可以发现那到底是什么东西……

在五年前一个秋天的夜晚,正是落叶纷纷的时候,他俩并排走在街上,走到一处没有树的地方,人行道被月光照得惨白。

他们停下来,面对面地站着。

那是一个十分凉爽的夜晚,是一年当中两度季节变换时才会有的氛围,空气中仿佛洋溢着一种神秘的兴奋感。此刻,家家户户宁静的灯火在向着外面的黑暗吟唱,而天上的星星仿佛也在进行着繁忙的活动。盖茨比从他眼角的余光里看到,那一段段的人行道实际上构成了一架梯子,通向树顶上方一个秘密的处所——他可以攀登上去,倘若他能够独自攀登的话。一旦登上去,他便可以吮吸生命的浆液,大口吞咽那无与伦比的神奇的奶汁。

当黛尔西那洁白而光滑的脸贴近他自己的脸时,他的心跳越来越快。他知道一旦他跟这个姑娘亲吻,并且把他那些无法用言语形容的憧憬与她短暂的呼吸永远地结合在一起,他的心灵就再也不能像上帝的心灵一样自由地驰骋了。因此他耐心地等待着,再倾听一会儿那已经在一颗星上敲响的音节。

然后他终于吻了她。经他的嘴唇一碰,她立刻就像一朵鲜花一样为他绽放了,于是这个理想的化身也就完成了。

盖茨比的这番话,甚至他那份难堪的感伤,不由得使我回想起一点什么……我在很久以前似乎在什么地方听到过一个迷离恍惚的节奏,还有几句零散的歌词。有一会儿工夫,几乎有一句话已经到了嘴边,我的两片嘴唇就像哑巴一样张开,似乎除了一丝受惊的空气之外,还有些别的什么在上面挣扎着要跑出来,可是始终发不出声音,因此我那几乎想起的东西永远都无法表达了。

第七章

就在人们对于盖茨比的好奇心已经达到顶点的时候,有一个星期六的晚上,他别墅里的灯全都没有亮——他作为特里马尔乔的生涯莫名其妙地开始,又莫名其妙地结束了。我无意中发现,那些乘兴而来的一辆辆汽车在稍停片刻之后便扫兴地开走了。

我有点疑心他是不是病了,于是过去看看。一个面目有些狰狞的陌生仆人在门口满腹狐疑地斜眼打量着我。

"盖茨比先生生病了吗?"

"没有。"过了一会儿,他才又慢吞吞地、十分勉强地加了一句"先生"。

"我很久没见过他了,有点不放心。请转告他卡拉威先生来过。"

"谁?"他十分粗鲁地问。

"卡拉威。"

"卡拉威? 哦,好啦,我会告诉他。"

说完"砰"的一声关上了大门。

据我的芬兰女用人说,早在一个星期前盖茨比就辞退了家里的所有仆人,然后重新雇用了五六个人,这些新仆人从来不去西卵镇上收受那些店主的贿赂,只通过打电话订购为数不多的日常生活用品。听食品店送货的伙计说,他们家的厨房现在看上去就像个猪圈。而镇上人的看法是,这些新人或许压根儿就不是什么仆人。

第二天,盖茨比打电话给我。

"是准备出门吗?"我问。

"没有啊,老兄。"

"听说你把所有仆人都辞退了。"

"我现在需要的是不爱说闲话的人。你知道,黛尔西经常会来——总是在下午。"

原来是这样,只因为她不赞成,这座大"酒店"就如同纸糊的房子一样,整个塌掉了。

"他们都是霍尔夫山姆要我帮点儿忙的人。他们开过一家小旅馆,都是自家的兄弟姐妹。"

"我明白了。"

他这次打电话来是应黛尔西的请求——黛尔西想知道我明天是否可以到她家吃午饭。贝科小姐也会去。过了半小时之后,黛尔西又亲自打电话来确认,在知道我答应去时她似乎感到很宽慰。我想肯定是出了什么事。然而我却始终不能相信他们竟然会选择这样的一个场合来会面——特别是盖茨比先前在花园里所提到的那种十分令人难堪的场面。

第二天,天气十分酷热,夏日即将终结,这无疑是整个夏天中最热的一天。

当我所乘坐的火车钻出阴暗的地道驶进灿烂的阳光里时,只有饼干公司那热辣辣的汽笛勉强打破了中午这一片闷热的静寂。座位上的草椅垫热得简直如同着了火一般。坐在我旁边的那个妇女起初还很斯文地让汗水静静地渗透自己的衬衣,后来当她的报纸也在她的手指下变潮了时,她便无奈地长叹一声,伴着酷热颓然地向后一倒。与此同时,她的钱包"啪"的一声掉在了地下。

"哎哟!"她异常吃惊地喊道。

坐在旁边的我懒洋洋地弯下腰,将它捡起来递还给了她。我故意把手伸得远远的,仅仅捏着钱包的一个角,以此表示我丝毫没有染指的意图。可是包括那女人在内的附近每一个人,还是照样向我投来了怀疑的目光。

"真热!"查票员对一位面熟的乘客抱怨说,"这天气可真够呛! 热……热……热……你也觉得够热的吗? 热吗你觉得? ……"

当他把我的月季票递还给我时,我看见那上面留下了他手上的黑黑的汗渍。可是在这种酷热的天气里,谁有心情去管他亲吻了谁的朱唇,谁的脑袋又偎湿了他睡衣胸前的口袋!

……当盖茨比和我站在门口等着人来开门的时候,一阵柔软的微风吹过了布柯农住宅的门廊,同时带来了电话铃清脆的声音。

"主人的护体?"男管家对着话筒大声嚷道,"对不起,太太,我们不能提供——今天中午实在是太热了,简直没法碰!"

可事实上他说的是:"是……是……我去瞧瞧。"

他终于放下话筒朝我们走来,头上冒着大颗的汗珠,一手接过我们的硬壳草帽。

"夫人正在客厅里等着您哩!"他一面大声喊道,一面非常不必要地为我们指着方向。在如此酷热的天气里,每个多余的手势都是在滥用生命储备,都是在增加不必要的热度。

我们来到黛尔西所在的屋子,这间屋子外有遮棚挡着,既阴暗又凉快。黛尔西和乔丹并排躺在一张硕大的长沙发上,仿佛两座银像似的,将自己的白色衣裙压住,不让那呼呼响的电扇的风吹动。

"我们动不了。"她们异口同声地说。

乔丹的手指——黝黑的颜色上面搽了一层白白的粉——在我手指里停搁了一会儿。

"我们的体育家汤姆·布柯农先生呢?"我问道。

就在我问出声的同时,我已经听见了他的声音,他那粗犷、低沉而沙哑的声音正通过门廊的电话在与什么人说着话。

此刻盖茨比正站在绯红色的地毯中央,用他那着了迷的目光四下里张望。黛尔西看着他,情不自禁地发出了她那甜蜜动人的笑声,她感觉到微微的一阵风正从她的胸口升入空中。

"听说,"乔丹悄悄地对我说,"那边正在打电话的是汤姆的情人。"

我们彼此都不说话了。此时门廊里的声音十分气恼地提高了："好吧，我不会再把车子卖给你了……我压根儿就不欠你什么情……我绝不会答应你在我午饭的时候来打扰我！"

"挂着话筒在讲话。"黛尔西嘲讽地说。

"不，他不是。"我试图向她解释，"这笔交易是确实存在的。我碰巧也知道这件事。"

这时汤姆已经猛地推开了门，他那粗壮的身躯片刻间将整个门口都堵住了，然后匆匆忙忙走进了屋子。

"盖茨比先生！"他成功地掩饰住了对盖茨比的厌恶，伸出了他那双宽大而扁平的手，"很高兴见到您，盖茨比先生……尼克……"

"给我们来杯冷饮吧！"黛尔西故意大声说道。

汤姆又离开屋子以后，她便站起身来走到盖茨比的面前，将他的脸拉近自己，并且吻他的嘴。

"你知道，我爱你。"她喃喃地说。

"你大概忘了还有一位女客在座。"乔丹没好气地说。

黛尔西故意装傻地回头看看。

"你也去跟尼克接吻吧。"

"看看，一个多低级、多下流的女孩子啊！"

"我可不在乎！"黛尔西大声嚷嚷道，同时还在砖砌的壁炉前跳起舞来。只是后来她突然想起这个酷热的天气，于是又很不好意思地在沙发上坐了下来。这时，一个穿着刚刚洗过的衣服的保姆领着一个小小的女孩走进屋子里来。

"心——肝，宝——贝，"她故意哆声哆气地说，一面愉快地伸出她的胳臂，"快到疼你的妈妈这里来。"

保姆刚一撒手，小女孩就从屋子的那一头跑过来，羞答答地把头埋进她母亲的衣裙里，半天不肯抬起来。

"心——肝，宝——贝啊！哎呀，妈妈把粉弄到你那黄黄的头发上了吗？来，站起身来，说声——您好。"

于是盖茨比和我都先后弯下腰来，与她那十分不情愿地伸出来的小手握了握。然后他便一直惊奇地盯着孩子看。我猜想他以前大概从来没有真正地相信过这个孩子的存在。

"我早在午饭前就已经打扮好了。"孩子急切地说，把脸转向黛尔西。

"那是因为妈妈要在大家面前显摆你。"她低下头来，把脸伏在那个雪白的小脖子上唯一的皱褶里，"你啊，你这个宝贝。你这个举世无双的小宝贝啊。"

"是啊，"小女孩平静地答应着，"乔丹阿姨今天也穿了一件白衣裳。"

"你喜不喜欢妈妈的朋友？"黛尔西又把她转过来，让她与盖茨比面对面，"你觉得妈妈的朋友漂亮吗？"

"爸爸去哪儿了？"

"她长得一点儿也不像她父亲，"黛尔西解释道，"她长得很像我，头发和脸形都像我。"

黛尔西向后倚靠在沙发上。这时保姆上前一步，伸出了手。

"来吧，帕咪。"

"再见，我的小乖乖！"

很懂得规矩的小女孩又恋恋不舍地回头望了一眼，过去抓着保姆的手，很快就被拉到门外去了。此时正好汤姆回来了，后面还跟着四杯装满了冰块的杜松子利克酒。

盖茨比端过一杯酒。

"这酒绝对够凉。"他说，很明显他有点儿紧张。

我们都迫不及待地把酒大口大口地喝了下去。

"我好像在什么地方看到过，说是太阳一年比一年热，"汤姆十分和气地找了一个话题说，"地球不久就会完全掉进太阳里去等。恰恰相反，应该是太阳一年比一年冷。"

"到屋子外面去吧，"他向盖茨比建议道，"我想请你好好观赏一下我这个地方。"

于是我也跟他们一起到外面的游廊上去。在这片绿色的海湾上，甚至连海水也在酷热中停滞不动了,只有一条小帆船正在慢慢地向着比较新鲜的那片海水移动。盖茨比的目光瞬间便落到了这条船上。他举起手指向海湾的对面。

"我家就在你的正对面。"

"可不是。"

接下来,我们的眼睛依次掠过玫瑰花圃、炎热的草坪以及海岸边的那些乱草堆。那只小帆船的白翼正在天际蔚蓝而清凉的背景上缓缓地移动。再往前便是碧波荡漾的海洋,还有星罗棋布的宝岛。

"多好的运动,"汤姆点点头说,"我都想出去和他一起在那边玩上两个钟头。"

我们在餐厅里吃午饭,里面经过布置也被遮得很阴凉,大家都不约而同地把紧张的欢笑和冰凉的啤酒一起喝下了肚。

"我们今天下午该做些什么好呢?"黛尔西大声说道,"还有明天,还有今后的三十年?"

"你不要这样敏感,"乔丹说,"秋天马上就到了,秋高气爽,生活就会重新开始了。"

"可是这天真是热得要命,"黛尔西仍然固执地说,几乎就要哭出来了,"一切都是这么混乱不堪。咱们不如都进城去吧!"

她美妙的声音仍然在热浪中挣扎,奋力向它冲击,甚至把毫无知觉的热气塑成一些特定的形状。

"我倒是听说过把马房改成汽车间,"汤姆此时正在对盖茨比说,"但我绝对不是第一个把汽车间改成马房的人。"

"有谁愿意进城去?"黛尔西仍在执拗地问。这时,盖茨比的眼睛正慢慢地朝她看过去。"啊,"她突然喊道,"你看上去可真帅啊,哈。"

很快,他们的目光在空气中相会了,他们彼此之间目不转睛地看着对方,仿佛置身于一个超然物外的空间。她好不容易才终于把视线掉转回到了餐桌上。

"你看起来总是那么帅。"她重复说道。

她这是在告诉他她爱他,就连汤姆·布柯农也明显看出来了。他对此大为震惊。他的嘴因为惊愕而微微张开,他看了看盖茨比,又回头看看黛尔西,似乎他刚刚才认出她原来是他很久以前就认识的一个人。

"你就像广告里的那个人,"黛尔西恬然地继续说道,"你知道广告里的那个人……"

"好吧,"汤姆飞快地打断了她的话,"我很乐意进城去。走吧,我们大家一起进城去。"

他最先站了起来,他的眼睛仍然在盖茨比和他的妻子之间转来转去。剩下的人谁都没有动。

"走啊!"他开始有点冒火了,"这到底是怎么回事?既然要进城,那就赶紧走吧。"

他又将杯中剩下的啤酒举至唇边,他的手因为要尽力地控制自己而显得有些发抖。此时黛尔西的声音促使我们赶紧站了起来,一起走到外面那炽热无比的石子汽车道上。

"这就走吗?"她很不以为然地说,"就这样?难道我们连支烟都不让人家抽吗?"

"刚刚吃饭的时候大家一直在抽烟。"

"哦,咱们还是高高兴兴地去玩吧,"她央求道,"这天太热了,别闹了。"

他没有应声。

"算了,随你的便吧。"她转身对乔丹说,"来吧,乔丹。"

于是她们上楼去作准备,至于我们三个男人就站在那里无聊地用脚把地上滚烫的小石子踢来踢去。此时一弯新月已经悬在天边。为了打破这令人尴尬的沉默,盖茨比正准备开口说话,突然间却又改变了主意闭上嘴巴,可这时汤姆已经转过身来面对着他,并且等着他继续往下说。

"你说的马房是在这里吗?"盖茨比只好勉强地问道。

"沿着这条路下去,大约四分之一英里的地方。"

"哦。"

他又沉默了一会儿。

"我真是不明白要进城去干什么，"汤姆气冲冲地说，"女人总是喜欢心血来潮……"

"我们要带点儿什么喝的吗？"黛尔西突然在楼上的窗口喊道。

"我去拿些威士忌。"汤姆迅速答道。他走到屋子里去了。

这时盖茨比才硬邦邦地转向我说："这是他家，我不能说些什么，老兄。"

"黛尔西说话真是非常地不谨慎，"我说，"它似乎充满了……"我犹豫了一下，不知道该怎么说。

"她的声音里充满了金钱。"他忽然接过去说。

正是如此。我以前却从不曾领悟到这一点。

它的确是充满了金钱——这也正是她那抑扬起伏的声音里永无止境的魅力的源泉，金钱叮叮当当的声音，铙钹齐声奏鸣的歌声……如同一座高高的白色宫殿里富贵的皇后，国王的女儿，或者说黄金女郎……

此时汤姆从屋子里走出来，正用毛巾把一瓶一夸脱的酒包起来，后面黛尔西和乔丹也跟着出来了，两个人都戴着用一种亮晶晶的硬布做成的又紧又窄的帽子，手臂上还搭着一条薄纱披肩。

"大家都一起坐我的车去吧，好吗？"盖茨比提议道。他又伸手摸了摸被晒得滚烫的绿皮坐垫，"我应该把它停放在树荫下面的。"

"你这车是用的普通排挡吗？"汤姆问道。

"是的。"

"那好吧，你来开我的小轿车，你的车让我开。"

可是这个建议很不合盖茨比的胃口。显然，他是很不情愿的。

"车里的汽油恐怕不多了。"他委婉地表示拒绝。

"我看汽油多得很。"汤姆还是不依不饶地嚷嚷着说，仿佛今天这车是非得他开不可了。他又看了看油表，"就算用完了，我也可以随便找一个药房停下来。现在这年头，药房里什么都买得到。"

在这句看似没有什么言外之意的话说完之后，大家不约而同地沉默了一会儿。黛尔西皱着眉头看了看汤姆，而此时盖茨比的脸上却掠过了一种难以言喻的表情，既很陌生又仿佛似曾相识的样子，似乎我以前曾听第三者描述过似的。

"来吧,黛尔西,"汤姆一面说,一面用手微微使劲将她向盖茨比的车子推去,"让我来带你坐这辆从马戏团里开出来的花车。"

可是等他刚一打开车门,她便从他手臂围成的圈子里绕了出去。

"你用那辆车带尼克和乔丹去吧。我们开着小轿车跟在你们的后面。"

她过去紧紧地挨着盖茨比走,还伸手抚摸着他的上衣。乔丹、汤姆和我一起坐进盖茨比那辆车子的前座,汤姆尝试着扳动他并不熟悉的排挡,然后我们就一股脑儿地冲进了闷热,将他们远远地甩在后面看不见的地方。

"你们看到没有?"汤姆气冲冲地问。

"什么?"

他目光锐利地看着我,似乎明白了我和乔丹一直都知道的。

"你们是不是都以为我很傻?"他接着说,"也许我是有点傻,可是有的时候我几乎有一种———一种第二视觉,它会告诉我应该怎么办。或许你们根本不相信这个,然而科学……"

他停顿了一下。

眼下事态紧急,将他从理论深渊的边缘赶紧拉了回来。

"我早已经对这个奇怪的家伙做了一番调查,"他又继续说道,"我甚至还可以调查得更加深入一些,如果我知道……"

"你是说你曾经找过一个巫婆吗?"乔丹十分幽默地问道。

"什么?"他一下子摸不着头脑,干瞪着眼看我们哈哈大笑,"巫婆?"

"去问她盖茨比的事。"

"去问盖茨比的事?不,我没有。我刚刚是说我对他的来历已经做了一番调查。"

"于是你发现了他是牛津大学的毕业生。"乔丹在一旁帮忙地说。

"哼,牛津大学毕业生!"他根本就不相信,"他要真的是才他妈的怪呢!穿一套粉红色的衣服!"

"可他毕竟还是牛津毕业生。"

"恐怕是新墨西哥州的牛津镇,"汤姆嗤之以鼻地说,"或者相类似的地方。"

"我说汤姆,既然你这样地瞧不起人,那又为什么要请他吃午饭呢?"乔丹生气地质问道。

"是黛尔西请他的。她早在我们结婚以前就认识他了——天知道是在什么地方!"

这时啤酒的酒劲已经过了,我们都开始感到烦躁,因为意识到了这一点,我们接下来便一声不响地专心开了一会儿车子。

之后,当 T.J. 艾克尔堡大夫那暗淡的大眼睛在前方出现时,我忽然间想起了盖茨比说的汽油不够的警告。

"只是开到城里,我们的汽油足够了。"汤姆说。

"可是眼前就有一家车行,"乔丹反对道,"我可不要在这种大热天抛锚。"

汤姆很不耐烦地同时踩了两个刹车,车子瞬间扬起一阵尘土,然后突然地停在了威尔森的招牌下面。过了好一会儿老板才从里面走出来,两眼直愣愣地盯着我们的车子。

"来给我们加点儿汽油!"汤姆粗声粗气地叫道,"你以为我们是停下来看风景的吗?"

"我生病了,"威尔森站在那儿不动,无精打采地说道,"病了一整天啦。"

"怎么啦?"

"我整个身体都垮了。"

"难不成你要我自己动手吗?"汤姆质问道,"我听你刚刚在电话里的声音还挺好的嘛。"

威尔森相当费劲地从门口那片阴凉的地方走了出来,喘着粗气拧下了汽油箱的盖子。他的脸色在太阳里显得发青。

"我不是有意要在午饭的时候打扰你,"他解释道,"可我现在急需用钱,所以我很想知道你打算把你那辆旧车怎么办。"

"你喜欢我现在这一辆吗?"汤姆问,"这是我上个星期才买的。"

"这黄车真漂亮。"威尔森一面说,一面使劲地打着汽油。

"你想买吗?"

"没门儿。"威尔森自嘲地一笑,"我不想这个,但我倒是可以在你那部旧车上赚点钱。"

"你这么急着要钱干什么,是有什么突然的需要吗?"

"我已经在这儿待得太久了。我想离开这里。我和我老婆想搬到西部去住。"

"你老婆想去西部吗?"汤姆大为吃惊地叫道。

"她说要去已经说了十年了,"他半靠在加油机上歇了一会儿,把手搭在眼睛上,遮住那刺目的阳光,"现在她可真的要去了。不管她想不想去,我都要让她尽快离开这里。"

说话间,小轿车已经从我们身旁疾驰而过,一阵尘土飞扬,车上有人向我们挥了挥手。

"我要付你多少钱?"汤姆十分粗鲁地问。

"我在这两天发现了一些蹊跷的事情,"威尔森还在自顾自地往下说,"这就是我为什么要赶紧离开这儿的原因,也是我为什么会那么急着为那辆车子打扰你的原因。"

"我到底该付你多少钱?"汤姆已经十分不耐烦地呵斥道。

"一块两角。"

迎面而至的滚滚热浪已经开始让我有点头晕眼花,有好一会儿我都感到很不舒服,因此我很久以后才意识到,直到那时为止,他的疑心还一直没有落到汤姆的身上。他终于发现了茉德尔在背着他的另外一个世界里过着她自己的生活,而仅仅是这个震动便使他的身体病到了如此地步。我盯着他看了一会儿,又回过头来盯着汤姆看,他显然在不到半小时以前也跟我有了同样的发现,也因此我想到,如果一定要说人们在智力或者种族方面有任何差异的话,这也远不如一个病人和一个健康的人之间的差异那么大。

威尔森突然病得那么厉害,看上去就好像他犯下了什么不可饶恕的罪一般——仿佛他刚刚得知他把一个可怜的姑娘搞大了肚子。

"我决定把那辆车子卖给你了,"汤姆说,"明天下午就给你送来。"

那一带一向让人有隐隐约约的心神不安的感觉,即便是在如此耀眼的阳光里也一样,因此我不由自主地掉过头去,仿佛在提防着背后的什么东西。T. J. 艾克尔堡大夫的巨眼正在灰堆上守望着我们,然而没多久我便觉察到,还有另外一双眼睛正从不到二十英尺远的地方聚精会神地盯着我们。

在这家车行上面的一扇窗户前,窗帘稍微向旁边拉开了一点,此时茉德尔·威尔森正在悄悄地向下窥视着这辆车子。她是那样地全神贯注,以至于根本没有觉察到还有人在注意着她,一种接一种的感情依次在她的脸上显露出来,就好像某物体在一张缓缓显影的照片上显现。她的表情很熟悉——是我经常能够在女人脸上看到的表情,然而这种表情此刻出现在茉德尔·威尔森的脸上却似乎是毫无意义并且十分难以理解的,直到我突然间发现她那两只睁得大大的充满妒火的眼睛并非盯在汤姆身上,而是盯在他旁边的乔丹·贝科身上时,我才恍然大悟,原来她以为乔丹是他的妻子。

当一个原本十分简单的头脑陷入慌乱之中时,那是非同小可的,此时的汤姆便感到十分地惊慌失措,就好像热锅上的蚂蚁一样。

直到一小时之前,他的妻子和情妇都还是安安稳稳地待在她们各自的位置上不可侵犯,可现在却冷不丁地她们都要从他的控制下溜走。一种下意识的本能促使他猛踩油门,他要把威尔森远远地抛在脑后,同时还要尽快赶上黛尔西。于是我们接下来便以每小时五十英里的速度向着阿斯托里亚飞奔而去。在高架铁路那如同蜘蛛网一般的钢架中间,我们终于看见了那辆得意而逍遥的蓝色小轿车。

"我知道五十号街附近的那些大电影院里很凉快,"乔丹建议说,"我喜欢夏天下午的纽约,所有人全都跑光了。仿佛有一种非常性感的滋味——已经熟透了,各种奇妙的果实都会接二连三地落到你手里。"

从乔丹口中说出的"性感"这两个字令汤姆更加感到惶惑不安,然而在他还没来得及找出话来反驳时,那辆小轿车突然停了下来,黛尔西还打着手势让我们也开上去并排停下。

"接下来我们到哪儿去?"她喊道。

"去看电影怎么样?"

"天太热了，"她撒娇一般地抱怨道，"要不你们去吧。我们先随便去哪儿兜兜风，待会儿再来和你们碰头。"她接着又勉强说了两句俏皮话，"我们约好在另外一个路口与你们碰头。那个抽两支香烟的男人就是我。"

"我们不能一直在这里争论不休。"汤姆很不耐烦地说道，这时有一辆卡车的司机正在我们后面拼命地按喇叭，"我们去中央公园南边的广场饭店，你们跟着我开到那前面去。"

在路上的时候，有好几次他都特地掉过头去向后看，寻找他们的车子，假如路上的交通耽误了他们一会儿，他就会将速度放慢，一直到他们重新出现在他的视野为止。我想他很怕他们会突然钻进一条小胡同，从此永远地消失在他的生活里。然而他们终究没有这么做。

大家采取了一个更难以理解的办法——我们租用了广场饭店里一间套房的客厅。那场持续了很长时间的无聊的争论，终于以我们都走进了那间屋子而告终，而我现在也已经弄不清楚到底是怎么回事了。

我只记得在这整个过程中，我身上的内衣就像一条湿漉漉的蛇一样，沿着我的腿不断地往上爬，同时汗流浃背。黛尔西一开始建议我们干脆租五间浴室去洗冷水澡，经过争论之后又采取了找个地方"喝杯凉薄荷酒"这个更为明确而简单的形式。然而我们每一个人都反复地说这真是个馊主意，因为大家同时开口跟一个神色颇有些为难的旅馆办事员说话，我们自认为这样实在是很滑稽可笑……

那间房子虽然很大，但是很闷热，虽然已经是下午四点了，可是即便打开所有窗户也只不过能感受到一股从公园的灌木丛里刮来的热风。黛尔西自顾自地走到镜子前，背对着我们整理她的头发。

"这个套间可真高级。"乔丹肃然地低声说道，大家都忍不住笑了起来。

"再开一扇窗户。"黛尔西头也不回地命令道。

"已经没有窗户可开了。"

"那我们最好赶紧打电话要把斧头……"

"最好的办法是忘记热，"汤姆很不耐烦地打断道，"像你这样不停地唠唠叨叨，只会热上十倍。"

他从毛巾里拿出那瓶威士忌放在桌上。

"何必跟她过不去呢，老兄？"盖茨比开口说，"是你自己说要进城来的。"

房间里沉默了一会儿。

此时电话簿突然从钉子上滑开，啪的一声掉在了地上，乔丹低声说了句："对不起。"可是这次没人再笑了。

"我去捡。"我赶紧抢着说。

"我已经捡到了。"盖茨比还仔细观察了一下断开的绳子，感兴趣地哼了一声，随手把电话簿扔在一张椅子上。

"那是你非常得意的口头禅是不是？"汤姆突然十分尖锐地说。

"什么？"

"开口闭口都是'老兄'，你到底从哪儿学来的？"

"听着，汤姆，"黛尔西立刻从镜子前掉转身来说，"倘若你预备进行人身攻击的话，我就一分钟也不待了。去打个电话要点冰，我们来做薄荷酒。"

汤姆刚一拿起话筒，屋子里那令人窒息的热气突然有声音爆发出来，是门德尔松的《婚礼进行曲》，那惊心动魄的和弦声正从下面的舞厅里传来。

"竟然有人在这么热的天结婚！"乔丹十分难受地喊道。

"虽然如此——我也是在六月中旬结婚的，"黛尔西顿时陷入了回忆，"六月的路易斯维尔！我记得当时还有一个人昏倒了。昏倒的那位是谁，汤姆还记得吗？"

"毕罗克西。"他十分简慢地答道。

"对，是一个姓'毕罗克西'的人没错。'木头人'毕罗克西，他事实上是做盒子的，而他又恰好是田纳西州毕罗克西市的人。"

"后来他们把他抬到我家里，"乔丹接着补充道，"因为我们家和教堂距离很近。他在我们家一住就住了三个星期，直到我爸爸开口叫他走路。可是他走后的第二天爸爸就突然死了。"过了一会儿她又补充道，"当然，这两件事并没有什么联系。"

"我以前也认识一个来自孟菲斯的叫比尔·毕罗克西的人。"我说。

"那是他的堂兄弟。在他走之前我已经对他的整个家族史都非常清楚了。他还曾经送了我一根打高尔夫球的轻击棒,我现在还在用。"

当婚礼正式开始时音乐就停了,而此刻又从窗口飘来一阵持续时间很长的欢呼声,紧接着便是一阵阵"好啊!好啊"的叫喊声,最后响起的则是爵士乐的声音,跳舞开始了。

"我们都已经老了,"黛尔西感慨道,"倘若我们还年轻的话,我们肯定会站起来跳舞的。"

"我们正在说毕罗克西。"乔丹警告她说,"对了汤姆,你是在哪儿认识他的?"

"毕罗克西?"他认真地想了一会儿,"我根本不认识他。他应该是黛尔西的朋友。"

"才不是哩,"她很快否认道,"我在那之前根本从来没见过他。我记得他是坐你的专车来的。"

"对啦,我想起来了,他说他认识你。他说他也是在路易斯维尔长大的。阿莎·伯德在最后一分钟把他带了进来,问我们还有没有地方让他坐。"

乔丹笑了笑说:"他多半是搭不花钱的车回家。他还告诉我说他在耶鲁的时候是你们的班长。"

汤姆和我茫然地对视了一眼。

"毕罗克西?"

"可是我们压根儿就没有班长……"

此时盖茨比的脚有些不耐烦地一连敲了几声,引得汤姆瞧了他一眼。

"话说回来,盖茨比先生,我听说你是牛津校友。"

"不完全是。"

"哦,可是我听说你上过牛津。"

"是的,我的确上过那儿。"

沉默了一会儿。然后汤姆的声音又响起来,用一种带有怀疑和侮辱的口吻说:

"你是在毕罗克西上纽黑文的时候去的牛津吧!"

又沉默了一会儿。

此时一个服务生端着碎薄荷叶和冰块走进来,然而他的一声"谢谢您"

和接下来的关门声也没能打破沉默。

看来这个关系十分重大的细节此刻终于要澄清了。

"我刚跟你说了我上过那儿。"盖茨比终于开口说。

"我听见了,可我想知道是在什么时候。"

"是在一九一九年,我只在那儿待了五个月。这也是我之所以不能自称为牛津校友的原因。"

汤姆看了大家一眼,试图在我们脸上找出与他同样的怀疑。可我们此时都在盯着盖茨比。

"那实际上是停战以后特意为一些军官提供的机会,"他接着说下去,"当时我们可以自由选择上英国或者法国的任何一所大学。"

我此刻真的很想站起来拍拍他的肩膀,以示对他的完全信任,这也是我以前曾经体验过的。

黛尔西微微一笑,站起来走到一张桌子前。

"把威士忌打开,汤姆,"她突然命令道,"我要给你做杯薄荷酒。然后你就会觉得自己到底有多么地愚蠢了……你看看这些薄荷叶子!"

"等一等,"汤姆厉声说道,"我还有一个问题要问盖茨比先生。"

"请问吧。"盖茨比十分客气地说道。

"你究竟想在我们家里制造什么样的纠纷?"

终于把话挑开了,盖茨比对此倒也十分满意。

"他没制造什么纠纷,"黛尔西见状惊惶起来,她看看这一个,又看看那一个,"我看是你在制造纠纷。请你也稍微自制一点儿。"

"自制?"汤姆提高了音调重复道,"我想现在最时髦的事大概就是装聋作哑,让那些不知道从哪里冒出来的阿猫阿狗跟自己老婆调情。哼,如果要那样才算时髦的话,你完全可以把我排除在外……这年头的人已经开始对正规的家庭生活和家庭制度满不在乎甚至嗤之以鼻了,我看再下一步他们就会抛弃一切,让黑人和白人也去通婚了。"

他气急败坏,满口胡言乱语,脸也涨得通红,俨然一副单独坚守文明的最后壁垒的模样。

"可是我们都是白人啊。"乔丹小声地咕哝着说。

"我知道我很不得人心。我从来不举行什么大型宴会。在现在这个世界上,恐怕你非得把自己的家弄得跟猪圈一样才能交到朋友。"

听到这样的话,我也和大家一样感到很气愤,可我还是有些忍不住想笑。像汤姆这样一个酒徒色鬼竟然摇身一变,就成了捍卫伦理学教条的道学先生。

"我也有话想对你说,老兄⋯⋯"盖茨比也开始说。黛尔西很快就猜到了他的意图。

"请不要说!"她迅速而无奈地打断了他的话,"咱们回家去吧。咱们都回家好不好?"

"我想这是个好主意。"我赶紧站了起来,"走吧汤姆,这里没有人要喝酒了。"

"不,我很想知道盖茨比先生要对我说些什么。"

"你的妻子根本不爱你,"盖茨比说,"她根本从来没有爱过你。她爱的是我。"

"你疯了!"汤姆激动地脱口而出道。

盖茨比也突然猛地跳了起来,情绪变得异常激动。仿佛此时此刻岩浆正在剧烈地运动,马上就要火山爆发似的。

"她从来都没有爱过你,你听明白了吗?"他大声喊道,"她之所以跟你结婚,只不过是因为我当时还很穷,而她已经等我等得不耐烦了。你们结婚是一个天大的错误,她的心里除了我,从来没有爱过别的任何人!"

乔丹和我见状都想离开,可是汤姆和盖茨比却不约而同、争先恐后地阻拦,他们坚持要我们留下,似乎两个人都在向对方表明自己并没有什么不可告人的事情,而能分享他们各自的感情对乔丹和我而言也是一种特殊的荣幸。

"黛尔西,坐下,"汤姆尽力装出一种父辈威严的口吻,可惜不怎么成功,"这究竟是怎么一回事? 我要听整个事情的经过。"

"我刚刚已经告诉过你了,就是这么回事,"盖茨比抢着说,"已经五年了——只是你不知道而已。"

汤姆猛地转向黛尔西。

"难道你五年来一直在和这家伙见面吗？"

"不，并没有见面。"盖茨比又说，"事实上我们见不了面。可我俩在那期间一直都是彼此相爱的，老兄，只是你不知道。我有时候真忍不住发笑，"然而他的眼中并无笑意，"一想到你什么都不知道。"

"哼，原来也不过如此。"汤姆把他的粗指头合拢在一起，轻轻地敲了敲，随后就像牧师一样往椅背上一靠。

"我看你真是疯了！"他开始破口大骂，"五年前的事我自然没法说，那时候我还不认识黛尔西，可我真他妈想不通，像你这种人怎么能够沾到她的边！当然除非你是负责把食品杂货送到她们家的后门口的。至于其他的话我看你都是他妈的在胡扯。我敢说，黛尔西在跟我结婚的时候也是爱我的，她直到现在还是爱我的。"

"不对。"盖茨比摇头否认道。

"可事实上她确实爱我。只不过她有时候喜欢胡思乱想，还会经常干一些连她自己也觉得莫名其妙的事。"他充满智慧地点点头，"不仅如此，我也深爱黛尔西，虽然我偶尔也会荒唐一阵，做些蠢事，但我总是记着回头，而且我的心里始终都是爱她的。"

"你说这话真令人恶心。"黛尔西突然说，此刻她的声音突然较平时降低了一个音阶，使得整个屋子里顿时充满了难堪的轻蔑。她又转身向着我，"你知道我们当时为什么离开芝加哥吗？我真觉得奇怪，竟然没人给你说过那次的'小胡闹'。"

这时盖茨比走了过来，站在她的身边。

"一切都过去了，黛尔西，"他无比认真地说，"现在已经没有什么关系了。你就跟他说实话——你从来都没爱过他——一切就可以永远地一笔勾销了。"

她茫然若失地看着他："是啊，我不爱他，我怎么会爱他呢？这怎么可能呢？"

"你从来没有爱过他。"盖茨比坚持说。

她有些迟疑不决,她哀诉似的眼光正落在乔丹和我身上,好像她此刻才终于意识到她正在干些什么——仿佛她一直都没有打算要干任何事,然而现在却突然发现事情已经在不知不觉中干了,为时已晚了。

"我从来没有爱过他。"她终于说了,但看得出十分勉强。

"即使是在凯皮奥兰尼的时候也没爱过吗?"汤姆突然间质问道,眼神中充满了焦灼的等待。

"没有。"

沉闷的乐声从下面的舞厅里随着一阵阵的热浪飘了上来,显得异常的不和谐,跟目前的气氛比起来。

"那天我亲自把你从'甜酒钵'上抱下来,只为了不让你的鞋子沾湿,这样你也不爱我吗?"如水一般的柔情从汤姆那沙哑的嗓音中流露出来,"黛尔西?"

"请你别再说了。"她用冷淡的声音说,但是刚刚那种怨尤已经从中消失了。她又看了看盖茨比。"你瞧,杰伊。"她勉强说,可是当她要点支烟的时候,她的手却在发抖。她突然把香烟和点燃的火柴一下子全扔到了地毯上。

"哦,你的要求真是太过分了!"她控制不住地朝盖茨比喊道,"我现在爱的人是你,难道这样还不够吗?已经过去的事我没办法再挽回。"她抽抽噎噎地哭了起来,"我曾一度爱过他,可我也爱过你。"

听到这话,盖茨比的眼睛张开又闭上了。

"你也爱过我?"他喃喃地重复道。

"我看连这个都是胡说八道,"汤姆很严厉地说,"她压根儿就不知道你还活着。你要明白,黛尔西和我之间的许多事情你永远都不会知道,可那些都是我俩永远也不会忘记的。"

他的话瞬间刺痛了盖茨比的心。

"我要单独跟黛尔西谈谈,"他说,"她现在的情绪太激动了……"

"就算是跟你单独谈我也不能说我从来没有爱过汤姆,"她的语调听起来十分伤心,"那么说也不会是我的真心话。"

"当然不是真心话。"汤姆赶紧附和道。

她又转过身对着她的丈夫。

"好像你还挺在乎似的。"她不屑地说。

"我当然在乎。以后我一定会更好地照顾你。"

"不,你还不明白,"盖茨比有些慌张了,抢着说道,"你已经没有机会再照顾她了。"

"你说我没有机会了?"汤姆瞪着他,纵声大笑。黛尔西刚刚的话给了他不少信心,他现在完全可以控制自己了,"这是什么道理?"

"黛尔西马上就要离开你了。"

"你胡说八道。"汤姆十分坚定地回答道。

"可我确实决定要离开你了。"她显然十分勉强地说。

"她绝对不会离开我的!"汤姆突然又激动地对着盖茨比破口大骂,"她绝不会为了一个该死的鸟骗子而离开我,一个连送给她的戒指都得靠去偷才有的鸟骗子。"

"你这么说可太过分了!"黛尔西生气地喊道,"哎呀,咱们走吧。"

"你是什么人?"汤姆更加大声地嚷嚷起来,"你不过是迈尔·霍尔夫山姆那帮臭名昭著的狐群狗党里的一个货色。这一点可瞒不过我,我早已经对你的事做了一番调查,虽然只是小小的调查——可我明天还要进行一些更加深入的调查。"

"随你的便,老兄。"盖茨比十分镇定地说。

"至于你那些所谓的'药房'都是些什么名堂,我也已经打听出来了。"他又转过身来对我们说,"他和那个姓霍尔夫山姆的家伙合伙在本地和芝加哥买下了大量的药房,就是小街上的那种,然后私下里把酒精卖给别人喝。而那还只不过是他所变的众多小戏法中的一个而已。我头一次看见这个家伙时就猜他是个私酒贩子,看来我猜得还真准。"

"可那又怎么样呢?"盖茨比不急不躁,彬彬有礼地说,"你的朋友瓦尔特·蔡斯不也和我们合伙吗?我看他也不觉得丢人嘛。"

"你们连他也坑了不是吗? 就是你们令他在新泽西州坐了整整一个月

— 111 —

的监牢。天哪！你真应该听听瓦尔特评论你的那些话。"

"当初他来找我们的时候可是个彻彻底底的穷光蛋。他很高兴能赚几个钱,老兄。"

"别叫我'老兄'！"汤姆气冲冲地喊道,"本来瓦尔特完全可以告你违法的,只不过霍尔夫山姆吓唬他,让他不得不闭上了嘴。"

此时盖茨比的脸上出现了那种不熟悉但却似曾相识的表情。

"对你们来说,那个开药房的事儿也不过是小菜一碟,"汤姆故意慢慢地接着说,"至于你们现在又在搞些什么别的花样,瓦尔特可不敢告诉我。"

我瞟了黛尔西一眼,她早已吓得目瞪口呆。她一会儿看看盖茨比,一会儿又看看她的丈夫,再回头看看乔丹——乔丹似乎在用她的下巴顶一件虽然看不见但却十分引人入胜的东西,并努力保持着平衡的状态。然后我又回头看了一眼盖茨比,他的表情不由得令我大吃一惊,他的样子看上去就好像刚"杀了个人"似的——我这么说可跟他花园里那些流言蜚语没有丝毫关系,然而这一瞬间他脸上的表情恰恰就可以用那种无比荒唐的言语来形容。

在这种表情一闪而过之后,他开始激动地向黛尔西解释,他矢口否认一切,又为了一些根本没有人提出来的罪名辩护。然而他说得越多,她就越发显得疏远,最后他终于不说了,只剩下他那渐渐死去的梦仍然勉强随着下午的消逝而继续奋斗着,拼命地想要接触那不再能够摸得着的东西,痛苦但并不绝望地挣扎着。

黛尔西的声音终于响起,她央求着要走。

"求求你,汤姆！我受不了啦。"

她那惊慌失措的眼睛显示着,无论她曾经有过什么样的意图,积聚过什么样的勇气,现在都已经烟消云散了。

"我们这就动身回家,黛尔西,"汤姆得意地说,"你坐盖茨比先生的车子走。"

她大为惊恐地看着汤姆,但他故意要展现自己的宽大以示轻蔑,一定要她去。

"走吧。我想他一定不会麻烦你的。他很明白,他那小小的狂妄的调情已经玩完了。"

他俩一句话也没说地走掉了,一转眼便消失了,他们的背影如同一对无足轻重的孤零零的鬼影,甚至将我们内心的怜悯都隔绝了。

又过了一会儿,汤姆站了起来,用毛巾把那瓶压根儿没打开的威士忌重新包起来。

"要来点儿这玩意儿吗?乔丹?尼克?"

我没接腔。

"尼克?"他又叫了一声。

"什么?"

"要来点儿吗?"

"不要……我刚刚才想起来,今天是我的生日。"

我已经三十岁了。一条新的为期十年的凶多吉少、咄咄逼人的道路开始在我面前展现出来。

等到我们坐上小轿车,跟汤姆动身返回长岛时,已经将近七点钟了。汤姆一路上都在不停地说话,并且不时得意扬扬地哈哈大笑,然而对于乔丹和我来说,他的声音就如同人行道上嘈杂鼎沸的人声和高架铁路上那轰隆隆的车声一样空洞而遥远。

人类的同情心总是有限度的,我们也乐于让那些既可笑又可悲的争论同我们身后的城市灯火一道渐渐消失。我已经三十岁了——展望未来十年里的孤寂,可以交往的单身汉渐渐稀少,热烈冲动的情感渐渐稀薄,就连头发也渐渐稀疏。幸而我身边有乔丹,她和黛尔西不一样,她少年老成,绝不会把早就应该忘记的梦还一年又一年地埋藏在心里。在我们驶过那黑黝黝的铁桥时,她将自己苍白的脸颊懒懒地靠在我肩上,并且紧紧地握住我的手,帮我驱散了突然到来的三十岁生日给我带来的巨大冲击。

在略微凉爽一点的暮色中,我们向死亡驶去。

米契利斯——一个年轻的希腊人,他在灰烬谷旁边开了一间小咖啡馆,他是后来案件审理时的主要见证人。在那个大热天里,他一觉起来就已经是五点以后了,他溜到隔壁的车行,发现乔治·威尔森正在他的办公室里浑身发抖——他病了,真的病了,他的面色就和他本人的头发一样苍白。米契利斯好心地劝他赶紧上床去睡觉，但威尔森坚持不肯，说那样肯定会错过不少生意。当这位善良的邻居正费尽心思想要劝服他的时候，忽然听见楼上有人大吵大闹起来。

"我把我老婆锁在上面了，"威尔森异常平静地解释道，"她要在那儿一直待到后天，然后我们就会搬走。"

米契利斯忍不住大吃一惊。

他们已经做了四年的邻居，威尔森从来就不像是一个会说出这种话的人。通常他给人的印象是一副精疲力竭的样子，在不干活的时候，他经常会呆呆地坐在门口的一把椅子上，双目无神地注视着路上来来往往的车辆和行人。不论谁跟他说话，他都是一副和和气气、无精打采的模样。他完全听他老婆的指使，自己一点儿主张也没有。

惊奇之下，米契利斯很自然地想知道到底发生了什么事，可是威尔森始终一个字也不肯透露——相反，他还用一种奇怪的怀疑的目光端详起自己这位邻居来，并且不客气地盘问他某些日子的某些时间在干些什么。正当米契利斯渐渐有些不自在的时候，几个工人恰好从门口经过朝他的咖啡馆走去，他赶紧趁此机会脱身，打算过一会儿再回来。可是他并没有再过来，他想他或许是忘了，而不是因为什么别的原因。等到七点过一刻的时候，当他再到外面来时，才想起了自己与威尔森的这番谈话，因为他正巧听见威尔森太太在楼下车行里破口大骂："你打我!"他听见她正在大声嚷嚷，"让你推，让你打，你这个既肮脏又没种的鸟东西!"

没多久她便冲出大门向黄昏中奔去，一面叫喊一面挥手——米契利斯甚至还没来得及离开自己的咖啡馆门口，悲剧就发生了。

那辆肇事的"凶车"甚至连停都没停——这是沿袭报纸上的说法。那辆车子在暮色苍茫中出现，出事之后只犹豫了片刻，随后在前方一拐弯就不见了踪影。目击者马弗罗·米契利斯甚至连车子的颜色都没看清楚——他对第一个警察说是浅绿色。而相反方向的另一辆车，即开往纽约的那一辆，在一百码以外的地方停了下来，开车的人赶紧跑回出事地点，只见茉德尔·威尔森跪在公路当中，已经死于非命，她那渐渐开始发黑的浓血和地上的尘土混在一起,模样无比凄惨。

最先赶到她身旁的便是米契利斯和这个开车的人,等他们使劲撕开她那汗湿的衬衣时,他们见到她的左乳已经是松松地耷拉着了,因此也用不着再费劲去听那下面的心脏了。她的嘴巴大张着,嘴角稍微撕破了一点儿,肚子正朝车行的方向歪着,似乎她正在放出储存了一辈子的无比旺盛的精力时不小心噎了一下。

当我们离那儿还有相当一段距离的时候,三四辆汽车和一大群人就已经模模糊糊地进入了我们的视野。

"撞车!"汤姆叫道,"很好,威尔森总算会有一点生意了。"

他慢慢减速,但并没有打算停下来,直到我们已经开得比较靠近了,车行门口那群人异常的屏息敛容的面孔才使他情不自禁地踩下了刹车。

"我们也去看一眼,"他惊疑不定地说,"去看一眼就走。"

这时我听见了一阵空洞的哀号正从车行里面传出来,我们从小轿车上下来,走到车行门口,这才终于听出其中翻来覆去、断断续续地喊出的"我的上帝啊"这几个字。

"这儿肯定出了什么大乱子了!"汤姆情绪激动地说。

他踮着脚从围了一圈的人头上向车行里面望去,只看见车行的天花板上正点着一盏发黄的电灯。他十分不满地从喉咙里哼了一声,然后用两只颇有力气的手臂猛地向前一推,挤进了人群当中。

被汤姆挤开的那一圈人又迅速合拢来,同时还传出一阵嘀嘀咕咕的劝告声。开始的一两分钟里我什么都看不见,幸而后来新到的一些人又将圈子打乱了,乔丹和我忽然间就自动地被挤到里面去了。

此时茉德尔·威尔森的尸体已经被裹在了一条毯子里,还在外面又包了一层,似乎在如此炎热的夏夜里她还怕冷一样。

尸体被临时放在墙边的一张工作台上,此时汤姆背对着我们,正一动不动地低头看着。在他旁边站着的是一名摩托车警察,他负责把人的名字抄在他那本小本子上,他一面流汗一面写,还要时不时地涂改。一开始我并没有找到那些在空荡荡的车行里不断回响的高昂的呻吟声的来源,之后我才看见,威尔森正站在他那间办公室门口高高的门槛上,双手紧紧抓着门框,身体前后晃动着。旁边有一个人正在低声和他说话,并且不时地想把一只手搭在他的肩上,可是威尔森既听不到也看不见,他的目光只在那盏不断摇晃的电灯和墙边那张停放着尸体的桌子之间游移,同时不停地反复发出他那高亢而可怕的呼号:

"哎哟,我的上……帝啊! 哎哟,我的上……帝啊! 哎哟,上……帝啊!哎哟,我的上……帝啊!"

过了一会儿,汤姆猛地把头一甩,用他那呆滞的目光将整间车行扫视了一遍,然后向警察含含糊糊地说了一句,不知道什么话。

"M——y——v,"警察说,"o——"

"不对,r!"另外一个人更正道,"M——a——v——r——o——"

"你听我说!"汤姆恶狠狠地低声说道。

"r——"警察说,"o——"

"g——"

"g——"此时汤姆那双有力的大手猛地落在他肩膀上,他终于抬起头来,"你要干啥,伙计?"

"这是怎么回事? 我只想知道这个。"

"被汽车撞了,当场撞死。"

"当场撞死。"汤姆两眼发直,喃喃地重复道。

"她突然跑到了路中间。那狗娘养的连停都没停。"

"当时一共有两辆车子,"米契利斯在一旁补充说,"一来一去。"

"去哪儿?"那个警察机警地追问道。

"就是一辆车去一个方向,相对行驶。喏,她,"他的手指着毯子,可又突然打住,放回到自己身边,"她突然跑到外面的路上,从纽约来的那辆车就迎面撞上了她,那辆车的时速有三四十英里。"

"这里叫什么名字?"警察问。

"没有名字。"

这时又有一个面色灰白、穿着很体面的黑人走上前来。

"那是一辆黄色的车子，"他对警察说，"大型的黄色汽车，还是新的。"

"你亲眼看到事故发生了吗?"警察问道。

"没有。可是那辆车子从我旁边经过，而且速度不止四十英里，起码有五十英里。"

"你过来，让我把你的名字记下来。你们让开点，让我记下他的名字。"

我相信这段对话中至少有几个字传到了正在办公室门口摇晃着的威尔森的耳朵里，因为突然之间一个新的内容出现在了他的哀号里:"不用你告诉我那辆车什么样! 我很清楚那是一辆什么样的车!"

我下意识地注视着汤姆，见他肩膀后面的那团肌肉立刻在上衣下面紧张了起来。他连忙朝威尔森走去，站在他的面前，一把攥住他的上臂。

"你要镇定下来。"他说，粗犷而低沉的声音中带着少许的安慰。

威尔森的目光缓慢地落到了汤姆的身上。他立刻大吃一惊，踮起了脚，要不是汤姆扶住他的话，他几乎就会跪倒在地上了。

"你安静地听我说，"汤姆一面说，一面尽可能轻地摇晃着他，"我刚刚才到这里，是从纽约来的。我专程把我们曾经谈好的那辆小轿车给你送来。我今天下午开来的那辆车不是我的，你听明白了吗? 之后我整个下午都没再见过它。"

全场只有我和那个黑人靠得比较近，可以清楚地听到他所说的话，可是那个警察似乎也听出他音调里有点问题，于是用十分严厉的目光看向这边。

"你刚刚说什么?"他质问道。

"我是他的朋友。"汤姆迅速回过头来，两只手还紧紧地抓着威尔森的身体，"他刚刚说他认识那辆肇事的车子……是一辆黄色的车子。"

一种职业本能之类的模糊的冲动促使警察用怀疑的目光打量着汤姆。

"那你的车子是什么颜色的呢?"

"我是一辆蓝色的车子，蓝色的小轿车。"

"我们刚刚才从纽约来的。"我在一旁说道。

这时一个一直跟在我们后面不远的开车的人上前证实了这一点，于是那个警察就掉过头去了。

"好吧,让我再把那名字正确地……"

威尔森像失去生命的玩偶一样被汤姆提进了办公室里,又放在一把椅子上,然后汤姆走了回来。

"你们谁到这儿来陪他坐着。"他一面张望着,一面用发号施令的口吻说。这时站得离他最近的两个人互相望了望,十分勉强地走进了那间屋子。汤姆在他们身后"砰"的一声关上了门,走下那一级台阶,此时他的眼睛下意识地躲开了那张桌子。在经过我身边时,他低声说道:"咱们走吧。"

他非常不自在地用他那双具有威慑性的胳臂开路,我们从还在不断聚集和围拢的人群中挤了出去,还遇到一位匆忙赶来的医生,他的手里拎着皮包,大概是某个好心人在半个钟头以前抱着一线希望请来的。

接下来的路程汤姆开得很慢,直到异常缓慢地拐过那个弯之后,他的脚才突然使劲地踩了下去,小轿车在黑夜里疾驰而去,像一支利箭从弓里猛蹿出去。过了好一会儿,我突然听见了一声低低的呜咽,接着便看到汤姆正泪流满面。

"那没种的狗东西!"他呜咽着说,"连车子都没停。"

我还没有完全回过神来,布柯农家的房子忽然就在一片黑黝黝、同时还簌簌作响的树木中间浮现出来。汤姆将车停在门廊旁边,抬头望了望二楼,蔓藤中间的两扇窗户被灯光照得亮堂堂的。

"黛尔西已经到家了。"他说。就在我们下车时,他忽然想起什么似的看了我一眼,又微微皱了皱眉头。

"我应该放你在西卵下车的,尼克。今晚我们没什么事可做。"

他的身上一瞬间起了变化,他说话的时候很严肃,而且还很果断。当我们从那条洒满月光的石子道穿过向门廊走去时,他已经用三言两语十分利索地将眼前的情况处理妥当了。

"我这就去打电话叫辆出租车把你送回家。如果你想在等车的时候吃点东西的话,就和乔丹到厨房去让人给你们做点晚饭。"说话间,他已经推开了大门,"进来吧。"

"不啦,谢谢。麻烦你打电话替我叫出租车吧,我在外面等。"

听我这么说,乔丹把她的手放在我的胳臂上。

"一起进来不好吗,尼克?"

"不啦,谢谢。"

此时我心里觉得很不好受,想单独一个人待着,可是乔丹仍然有些依依不舍。

"现在才刚刚九点半。"她说。

可是我说什么也不愿意进去了。

我在这一天的时间里把他们几个人全都看够了,连乔丹也包括在内。我想她也一定从我的表情中或多或少地看出了一点苗头,于是她突然间猛地掉转身,迅速跑上门廊的台阶,很快走到屋子里去了。我双手抱头,呆呆地坐了几分钟,直到听见屋里有人在打电话,随后又听见男管家叫出租汽车的声音。于是我沿着汽车道慢慢地向大门口走去。

还没等我走上二十码,我忽然听见有人在叫我的名字,紧接着盖茨比便从两个黑黑的灌木丛中间走了出来。我想我当时一定处于神志恍惚的状态,因为我的脑子里一时间什么也想不到,除了他那套在月光下闪闪发光的粉红色衣服。

"你在这儿干什么?"我问道。

"没干什么,就在这儿站着,老兄。"不知道为什么,我突然觉得这是一种极为可耻的行径。

即便他说他正准备马上就去抢劫这户人家,我也不会觉得有什么奇怪的,因为此刻我看到了许多邪恶的面孔——"霍尔夫山姆的人"的面孔——躲在他后面那片黑黝黝的灌木丛中。

"你在回来的路上看见什么事了吗?"过了一会儿,他问道。

"看见了。"

他稍微迟疑了一下。"她死了吗?"

"死了。"

"我在当时就已经料到了。我对黛尔西说八成是撞死了。我想大惊一场或许还些,幸好她还表现得很坚强。"他竟然这样说,仿佛唯一要紧的事便是黛尔西的反应。

"我从小路开回了西卵，"他又接着说，"然后把车子停到车房里。我想应该没有人见过我们，当然，我不能百分之百地确定。"

这时我对他的厌恶情绪已经达到了顶点，我觉得完全没有必要告诉他他想错了。

"你知道那个女人是谁吗？"他突然问道。

"她姓威尔森。她的丈夫是附近那个车行的老板。这件事到底是怎么发生的？"我急切地想知道事情发生的经过。

"呃，我原本是想把驾驶盘扳过来的……"说到这里他突然打住话头，而我也在这一瞬间猜到了真相。

"当时是黛尔西在开车吗？"

"是的，"他沉默了好一会儿才说，"但我当然要说是我在开。事情是这样的：当我们从纽约离开的时候，她的神经非常紧张，她觉得开车可以让她镇定下来，后来那个女人突然向我们冲了过来。这个时候正好迎面又来了一辆车子跟我们相错，前后还不到一分钟的事。但我后来想想，总觉得她是想冲过来跟我们说话，好像以为我们是她认识的人。呃，当时黛尔西先是把方向盘从那个女人那边转向那辆车子，可接着她又惊慌失措地转了回去。我本想帮她扳过来，可我的手刚一碰到驾驶盘就感到了震动——我想她一定是当场就被撞死了。"

"她被撞开了花……"我低声答道。

"请别再跟我说这个，老兄。"他瑟缩了一下，又接着说道，"总而言之，黛尔西在紧张之下拼命地踩油门。我要她停下来，可她根本停不了，我只能赶紧拉上了紧急刹车。然后她晕倒在我的膝盖上，于是我就接过来向前开。"

"我想她明天就会好了，"过了一会儿他又说，"我担心他会因为今天下午的那场争执而找她麻烦，所以在这儿等等。她把自己锁在屋里了，如果他有什么野蛮举动的话，她就会立刻把灯关掉然后再打开。"

"他不会对她怎么样的，"我说，"他现在心里想的不是她。"

"我一点也不信任他，老兄。"

"那你准备等多久？"

"如果有必要的话，整整一夜。或者至少等到他们都睡下。"

我突然想到，如果汤姆知道了事实上开车的人是黛尔西，他或许会觉得这件事事出有因。我又看了看那座房子，楼下的窗户有两三扇是亮堂堂的，此外还有二楼黛尔西的屋子里也映出一片粉红色的亮光。

"那你在这儿等着，"我对他说，"我过去看看有没有吵闹的迹象。"

于是我又沿着草坪的边缘悄悄地走了回去。我轻轻地跨过石子车道，随后踮起脚往游廊的台阶上走去。客厅里的窗帘不知道被谁拉开，我一眼便发现屋子里是空的。然后我又穿过三个月以前我来和他们一道吃过晚餐的阳台，看到前面有一小片长方形的灯光，我猜那应该是食品间的窗户。里面的遮帘拉了下来，但我很幸运地在窗台上找到了一个小的空隙。

我看见黛尔西和汤姆正面对面地坐在厨房的桌子两边，在两人的中间放着一盘已经冷掉的炸鸡，还有两瓶啤酒。他正隔着桌子全神贯注地和她说话，说得如此热切，以至于他情不自禁地用手覆住了她的手背。她也不时地抬起头来看看他，并且用点头的方式表示同意。

他们看上去并不是十分快乐的，鸡和啤酒一点儿都没动。然而也不能说他们不快乐。眼前这幅图景很明显有一种自然而亲密的气氛，任何见到的人都会说他俩此时此刻正在一同谋划着什么。

只看了一会儿，我便又踮着脚走下了阳台，此刻我听见我的出租汽车正慢慢地沿着一条黑乎乎的道路向房子开过来。而盖茨比仍在我刚刚和他分手的地方不安地等着。

"怎么样？那上面一切都安静吗？"他一见我便焦急地问道。

"是的，一切都安静。"我稍稍迟疑了一下，还是忍不住对他说，"你最好也回去睡觉吧。"

他断然地摇了摇头。

"我要在这儿等着，直到黛尔西上床睡觉为止。晚安，老兄。"

说完，他把两手插在自己的上衣口袋里，十分干脆地掉转身去，热切地端详着那座房子，再也无视我的存在，仿佛我的在场还有损于他如此神圣的守望。于是我静静地走开了，留下他一个人站在月光里——空守着。

第八章

我整夜都无法入睡。海湾上有一个雾笛在不停地呜呜作响，我一整晚都在狰狞的现实和可怕的噩梦之间挣扎，辗转反侧，难以成眠。天快亮的时候，我听见有一辆出租汽车开上了盖茨比的汽车道，我立马从床上跳下来穿衣服——我从没有如此迫切地觉得我有话要跟他说，有事要警告他，甚至来不及等到第二天早晨。

我很快穿过他的草坪，一眼便看见他的大门依然开着，他正靠着门厅里的一张桌子站着，也许是因为沮丧或者是因为瞌睡而显得十分疲惫和颓唐。

"什么事都没发生，"他神情惨淡地说，"我一直等到四点钟左右，她走到窗前站了一会儿，然后就把灯关掉了。"

那天夜里，当我俩依次穿过那些空荡荡的大房间寻找香烟的时候，他的整幢别墅在我的眼里显得格外的巨大。我们将一重又一重帐篷布似的厚门帘推开，又沿着永无止境的黑暗墙壁胡乱摸寻着电灯开关，有一次我甚至轰的一声摔在了一架仿佛幽灵似的钢琴的键盘上。房子里到处都是灰尘，简直多得令人有些莫名其妙，所有的屋子都有一股发霉的味道，好像已经有很长的日子没通过气了似的。我终于在一张很不熟悉的桌子上摸到了烟盒子，里面放着两根已经走了味的干瘪瘪的纸烟。我们打开了客厅的落地窗，对着外面的黑夜坐下来抽烟。

"你应当离开一段时间，"我说，"他们肯定会追查你的车子。"

"你让我现在离开，老兄？"

"你可以到大西洋城去待一两个礼拜，或者是往北到蒙特利尔去。"

他完全不予考虑。他绝不可能在这个时候离开黛尔西，除非他已经知道她接下来的打算。他拼命地抓着最后一线希望不肯放手，而我也不忍心叫他就此撒手。就在这天夜里，他把他跟着丹·克蒂度过的那段年轻岁月里的种种离奇故事都告诉了我，因为"杰伊·盖茨比"在那天下午的时候已经像玻璃一样被汤姆那铁硬的恶意砸得粉碎，而那出长达五年的秘密狂想剧也就此落幕了。

我想这个时候的他无论什么都可以毫无保留地承认，然而他此刻只想谈有关黛尔西的事。

黛尔西是他此生所认识的第一个真正意义上的大家闺秀。以前他也曾经以各种不同的身份和这一类人有所接触，但每次总会有一层有形意义隔在中间。他为她着迷，完全地神魂颠倒。

他先是跟泰勒营的其他军官们一起去她的家里，后来便渐渐开始单独前往。她的家令他大为惊异——他从来没有出入过如此美丽动人的住宅。然而要不是因为她住在那里，这房子对他而言也不过就像军营里的帐篷一样平淡无奇，绝不会有一种如此强烈的扣人心弦的情调。这房子充满了引人遐思的神秘气氛，似乎暗示着楼上还有许多比其他卧室更加美丽而舒适的卧室，连走廊里也处处都是赏心乐事，令人愉快。

此外这里还有许多的风流艳史——不是用薰香草保存起来的发了霉的死物，而是活色生香的，能够令人联想到今年刚出的雪亮的汽车和鲜花尚未凋谢的舞会。很多男人都爱慕过黛尔西，这在他的眼中无疑大大提高了她的身价。他甚至能够感觉到她的家里到处都有那些爱慕者的存在，空气中也似乎弥漫着令人颤动不已的情感的影子和回声，而这些都使他激动。

但是他也很明白，他之所以能够出入黛尔西的家里完全是出于偶然，不管他以后作为杰伊·盖茨比将会有怎样的锦绣前程，可是目前他还只不过是一个一文不名的年轻人，甚至连他的军服——得以出入黛尔西家的最大倚仗都随时有可能从他的肩上滑落。因此他竭尽所能地利用他的时间，占有他目前所能得到的一切东西，以至于如饥似渴，肆无忌惮。

终于，在一个寂静的十月的夜晚，他占有了黛尔西，他如此迫切地占有了她，因为他当时实际上并没有真正的权利足以去摸她的手。

　　他也许应当鄙视自己，因为他用一种不光彩的欺骗的手段占有了她，我并不是说他利用了什么虚幻的百万家财，而是他有意地给黛尔西造成了一种安全感，让她完全相信他的出身和她不相上下，相信他有足够的能力照顾她。然而实际上他并没有——他的身后根本没有生活优裕的家庭为他撑腰，只要冷漠无情的政府一声令下，他随时可能被调往世界上的任何一个角落。

　　可是他并没有机会鄙视自己，因为事情的结果完全出乎他的意料。他最初很可能只是打算及时行乐，然后不负责任地一走了之，然而不久他便发现他已经将自己献身于一种理想的追求。他知道黛尔西不同寻常，但他一开始并没有认识到一位大家闺秀到底会有多么地不同寻常。她回到了她那豪华的住宅，回到了她那丰富而美好的生活后，突然就不见了，甚至没有给盖茨比留下任何东西。他只是觉得他已经跟她结婚了，仅此而已。

　　而在两天之后，当他们再次见面时，反倒是盖茨比显得更加心慌意乱，似乎上当受骗的人是他。她家的凉台沐浴在一片灿烂的星光里，她优雅地转身，让他吻她那张充满了奇趣的可爱的嘴，时髦的柳条长靠椅在她的身后吱吱作响，她着了凉，她的嗓音比平时多了一份沙哑，更显得妩媚动人。盖茨比在这一刻深切地体会到了财富怎样让青春保持长久和神秘；体会到一套接一套的衣装怎样让人保持清新；也体会到黛尔西就像白银一样，安然高踞于穷苦人激烈的生存斗争之上，皎皎发光。

　　"我简直无法向你形容当我发现自己爱上了她之后所感到的惊讶，老兄。有好一阵子我甚至希望她狠心把我甩掉，可她一直没有这么做，因为她也爱我。她觉得我懂很多事，而且我懂的和她懂的很多不一样……唉，我将雄心壮志就这么撇在了一边，每一分每一秒都在情网中越陷越深，甚至我忽然之间觉得自己什么都不在乎了。如果我只需告诉她我预备去做些什么便能从中得到更大的快乐的话，那我又何必费尽心思去做大事呢？"

　　在他即将动身到海外的最后一个下午，他默默地搂着黛尔西坐了很长时间。那是个寒气逼人的秋日，屋子里已经生了火，她的脸颊被烤得通红。

她不时地移动一下身体,他也随之微微挪动一下自己的胳臂,有一次他还吻了吻她那乌黑发亮的头发。

他们整个下午都很平静,仿佛是为了在他们彼此的记忆中留下一个无比深刻的美好的印象,为即将面临的遥远而长久的分离做好准备。

她的嘴唇无言地拂过他上衣的肩头,有时他会无比温柔地轻轻碰一碰她的指尖,仿佛她正沉睡于美梦之中。在这为期一月的相爱中,他俩从来没有如此这般亲密过,也从来没有如此这般深切地互通衷曲。

不知道是不是爱情的力量,他在战争中一帆风顺。还没上前线他就已经是上尉,阿贡战役之后,他很快便晋升少校,并且当上了师机枪连的连长。停战以后,他急切地要求回国,可是出于混乱或者是误会,他被稀里糊涂地送到了牛津。

于是他开始烦恼了——因为最近黛尔西的信里已经渐渐流露出一种紧张的绝望情绪。她想不明白为什么停战了他还不能回来,她开始遭受到了外界的压力,她需要马上见到他,需要他在她的身边安慰她,对她说她所做的事是完全正确的。

黛尔西毕竟还年轻,并且她那人为的世界里充满了兰花和乐队,而那些乐队当年正善于用新的曲调总结人生的哀愁和温情。在萨克斯通宵呜咽着《比尔街爵士乐》绝望的哀吟时,一百双金银舞鞋也同时扬起了闪亮的灰尘。所有的青年人都沉醉在这样迷乱的乐曲中,每天傍晚时分,总会有一些房间伴随着这种低甜迷醉的狂热乐曲在不停地震颤着,同时还有一大群鲜亮的面庞飘来飘去,如同被哀怨的喇叭吹落一地的玫瑰花瓣。

随着社交忙季的到来,黛尔西又开始活跃起来了。她重新每天和五六个男人订下五六次约会,直到破晓才疲惫不堪地入睡,晚礼服上的珠子和薄绸与已然凋零的兰花纠缠在一起,随意地扔在她床边的地板上,而在这整个忙碌的期间里,她的内心深处正在渴望着做出一个决定。她刻不容缓地要将自己的终身大事解决——并且这个决定还必须由一股就近在眼前的力量来做出,比如爱情啦、金钱啦等一系列实实在在的可以触摸到的东西。

在春天去了一半的时候，那股力量随着汤姆·布柯农的到来而出现了。他无论是身材还是身价都显得很有分量，因此黛尔西也觉得很有光彩。在经过一番激烈的思想斗争之后，她后来也如释重负。而盖茨比收到信的时候还在牛津。

这时长岛上已渐渐接近黎明，我们把楼下其他的窗子也都一一打开，屋子里开始充满了渐渐发白又渐渐金黄的光线。突然间有一棵树的影子横投在露水之上，同时精灵般的鸟儿开始在绿色的树叶中歌唱。空气里有一种缓慢而愉快的动静，或许还说不上是风，但却已经预示着一个凉爽宜人的好天气。

"我始终相信，她从来没有爱过他，"盖茨比忽然从一扇窗户前转过身来，用挑衅的神气看着我说，"你一定要记住，老兄，她昨天下午的神经一直非常紧张。他对她说那些话的方式和语气把她吓住了——他将我说成一个不值钱的骗子，她在混乱之下几乎根本不知道自己说了些什么。"

他又闷闷不乐地坐了下来。

"当然，她还是有可能爱过他一阵子，就在他们刚刚结婚的时候——可即便是在那个时候，她也是更加爱我的，你明白吗？"

接下来他又说了一句很奇怪的话。

"不管怎样，"他说，"这毕竟只是个人的事。"

我不知道该怎么理解这句话，只能猜测他在针对这件事情的看法当中蕴涵着一种无法估量的强烈感情。

当他从法国回来以后，汤姆和黛尔西仍然在结婚旅行中，他的内心痛苦不堪，因此不由自主地用他身上的最后一点钱又去了路易斯维尔一趟。他独自在那里待了一个星期的时间，走遍了当年他俩在十一月的夜晚曾经并肩散步的街道，重访了当年一同开着她那辆白色跑车所去过的那些偏僻的地方。在他看来，黛尔西家的房子一向都比别的房子有着更多的神秘和欢乐，同样的道理，现在路易斯维尔这个城市在他看来也是弥漫着一种忧郁动人的美，虽然她已经一去不复返。

在他离开的时候,他有一种感觉,假如他更努力地去寻找的话,他也许是可以找到她的,可是现在他却不得不留下她走了,他现在已经一文不剩了。三等车里很热,他走到了敞篷的通廊,坐在一张折叠椅上,眼看着车站溜了过去,然后是一幢幢陌生的建筑物的背面迅速地移动过去。接下来驶过春天的田野,与一辆黄色的电车在那儿并排飞驰了一阵子。他想,电车上可能也有人曾一度在街头无意间看到过她那张迷人的脸庞。

紧接着,铁轨拐了一个弯,现在背向着太阳走,渐渐西沉的太阳光华四射,似乎也在为这个慢慢消逝的、他曾经生活过的美丽的城市祝福。盖茨比绝望地伸出了手,仿佛想抓住一缕轻烟,想在那个因为她而变得可爱的地方至少留下一个碎片。然而在他已经模糊的泪眼前面,一切都消逝得太快了,他清楚地知道,他已经永远地失去了其中最重要的那一部分,最新鲜、最美好的部分,永远地失去了。

当我们吃过早饭走到外面的阳台上去的时候已经是九点钟了。就在短短的一夜之间,天气骤然变了,空气中已经有了些许的秋意。园丁——盖茨比以前的用人中唯一剩下的一名,来到台阶的前面。

"盖茨比先生,我准备今天把游泳池的水放掉。很快就要开始落叶了,那样的话水管子一定会堵塞的。"

"今天不要弄。"盖茨比回答道。他面带歉意地转身对着我道,"你知道吗?老兄,我这整个夏天还没用过那个游泳池哩!"

我又看了看我的表,有些无奈地站起身来。

"距离我那班车还有十二分钟。"

我心里其实并不愿意进城去。我此刻根本没有精神干一点像样的工作,不仅如此,我还很不愿意在这个时候离开盖茨比。我终究还是误了那班车,接着又误了下一班,最后才十分勉强地离开。

"我会给你打电话的。"我最后说道。

"一定,老兄。"盖茨比诚恳地答道。

"我会在中午的时候给你打电话。"

我俩慢慢地从台阶上走下来。

"我想黛尔西应该也会打电话来的。"他惴惴不安地盯着我,仿佛很希望得到我的证实。

"我想她会的。"

"那么,再见吧。"

我们握了握手,然后我就走开了。在我已经快走到树篱之前,我又突然想起了一件事,于是掉转身来。

"他们都是一帮浑蛋,"我隔着草坪向他喊道,"他们就算一大帮子都放在一起也还远远比不上你。"

我此后一直很欣慰当时说了那句话,那也是我对他说过的所有话中唯一的出自真心的好话,因为我其实是彻底不赞成他的。他最初只是有礼貌地点了点头,然后他的脸上便露出了那种充满了喜悦的、心领神会的微笑,似乎我俩在这件事情上早已疯狂地进行了勾结。他身上那套华丽的粉红色衣服在白色台阶的映衬下构成了一片鲜艳的色彩,于是我忽然想到三个月前我第一次来到他的别墅的那个晚上。

当时他的汽车道和草坪上都挤满了那些正在猜测他曾经犯下的罪行的人们的面孔,而他远远地站在台阶上,小心翼翼地珍藏起他那永不腐蚀的梦,郑重地向他们挥手道别。

我再次感谢了他的殷勤招待。我们似乎总是在为这件事向他道谢——我和其他的人都是如此。

"再见,"我大声喊道,"谢谢你的早饭,盖茨比。"

终于到了城里,我十分勉强地抄了一会儿那些不断变动的股票行情,没多久便在我的转椅里睡着了。中午前不久,突然有一个电话把我吵醒,我吓了一跳,脑门上直冒冷汗。原来是乔丹·贝科。她经常会在这个时间打电话给我,因为她不断地来往于大饭店、俱乐部和私人住宅之间,行踪飘忽不定,我很难用其他的办法找到她。通常情况下她从电话里传来的声音总是清凉悦耳的,仿佛一块从清爽碧绿的高尔夫球场上飘进办公室窗口的草根土一样,可是今天上午她的声音却显得十分生硬枯燥。

"我已经离开了黛尔西的家,"她对我说,"我现在正在海普斯特德,今天下午就要到索斯安普敦去了。"

她此时离开黛尔西的家无疑是很得体的,但她的语气却让我有些不高兴。而紧接着她下面的一句话就更叫我生气。

"昨天晚上你对我不好。"

"在当时那种情况下你还想怎么样呢?"我莫名其妙地问道。

片刻的沉默之后:

"不管怎样……我现在想见你。"

"我也很想见你。"

"那我就不去索斯安普敦了,下午进城来找你好不好?"

"不好……今天下午恐怕不行。"

"那随你的便吧。"

"今天下午实在是不可能。很多……"

我俩就这样说了一会儿,突然之间我俩都不再说话了。我也不知道是谁先把电话啪的一下挂掉了,但我已经不在乎了。那天我绝对不可能和她在茶桌上面对面地聊天,即使她因此决定永远不再跟我讲话,我也无法勉强自己做到。

几分钟以后,我拨打了盖茨比家的电话,但却是占线,我连着拨打了四次,最后终于有一个接线员不耐烦地告诉我这条线在专等底特律打过去的长途电话。我拿出了火车时刻表,在三点五十分的那班车上做了个小圆圈的标注。然后我无力地靠在椅子上,想安静地思考一下。

这时才刚刚中午。

在那天早上乘坐火车路过灰烬谷时,我特意走到了车厢的另外一边。我想那儿肯定整天都会有一群好奇心重的人在围观,我看见一群小男孩们正乐此不疲地在尘土中寻找着黑色的血斑,还有一个唠唠叨叨的人正在翻来覆去地叙述着出事的经过,说到后来,连他自己也觉得越来越不真实,于是再也讲不下去了,茉德尔·威尔森的悲惨结局也就渐渐被人遗忘了。然而现在我却要倒回去,向读者讲述一下前一晚在我们离开车行之后接下来所发生的情况。

他们费了很大的劲才终于找到了她的妹妹凯萨琳。那天晚上她一定是打破了她自己一向不喝酒的规矩,当她到达的时候,她已经喝得晕头晕脑的,根本无法理解救护车此刻已经开往弗勒兴区了。等到他们终于使她明白了这一点,她居然立刻就晕了过去,仿佛这便是整个事件中最令人难受的部分。这时有个人或是出于好心或是出于好奇地让她上了他的车子,跟在后面一路开了过去。

午夜已经过去了很久,可是川流不息的人群仍然拥在车行的前面,同时乔治·威尔森也仍然在里面的长沙发上不停地摇晃和哀号。最初办公室的门是敞开的,凡是到车行前面来的人都忍不住探头探脑地向里面张望。后来有人说这实在是太不像话了,才终于把门关上。米契利斯和另外几个男人轮番地陪着他。一开始有四五个人,后来便只剩下两三个人,再到后来,善良的米契利斯不得不厚着脸皮要求最后一个陌生人再多等十五分钟,好让他回到自己的铺子里去煮一壶咖啡。

在那之后,他便独自一个人待在那儿,一直陪着威尔森到天亮。

三点钟左右,威尔森那本来哼哼唧唧的胡言乱语忽然间起了质变——他渐渐平静了下来,开始与米契利斯谈起那辆黄色的车子。他说他有办法查出这辆该死的黄色车子是谁的,然后他又脱口说出他老婆两个月以前从城里回来的时候是鼻青脸肿的。

然而听到自己说出这件事后,他又瑟缩了一下,再次哭哭啼啼地叫喊道:"我的上帝啊!"米契利斯只好笨嘴拙舌地拼命想法子分散他的注意力。

"你结婚有多久了,乔治?行啦,安安静静地坐一会儿吧,回答我的问题。你结婚有多久了?"

"十二年。"

"生过孩子没有?行啦乔治,你坐着别动——我刚刚问了你一个问题,你生过孩子没有？"

暗淡的电灯上不停地有硬壳的棕色甲虫往上面乱撞。每当米契利斯听见外面的公路上有一辆汽车疾驰而过时，他总觉得就是几个小时以前的那辆没停的车。他非常不愿意走到汽车间里去，因为那张曾经停放过尸体的工作台上还残留着血迹。他只好很不自在地在办公室里头走来走去，他甚至还没到天亮就已经熟悉这里面的每样东西了——又不时地在威尔森身边坐下，想方设法让他安静一点。

"乔治，你有没有一个时常去的教堂？就算是很久没去过的也行。或许我可以打电话给教堂请一位牧师过来，让他跟你谈谈，好吗？"

"我不属于任何教堂。"

"你应当有一个教堂的，乔治，像你现在这种时候就有用了。你从前至少做过礼拜的吧？难道你不是在教堂里结婚的吗？听着乔治，我在问你问题，难道你不是在教堂里结婚的吗？"

"那已经是很久以前的事了。"

回答问题所要付出的努力终于打断了他来回摇摆的节奏——他终于安静了一会儿，然后和原来一样的那种半是清醒半是迷糊的眼神重新回到了他无神的双目里。

"你去打开那个抽屉看看。"他突然指着书桌说道。

"哪个抽屉？"

"那个抽屉——那一个。"

米契利斯按照威尔森的指示打开了离他的手最近的那个抽屉。里面除了一根用牛皮和银穗制作的小巧贵重的狗皮带以外，什么东西都没有。那根狗皮带看上去还是新的。

"你是说这个？"他举起那根狗皮带问道。

威尔森瞪着眼点了点头。

"是我在昨天下午发现的。她想方设法向我解释它的来由，可我知道这件事情很蹊跷。"

"你是说这是你太太买的吗?"

"她用薄纸包着,放在她的梳妆台上。"

米契利斯一点儿也看不出这里头有些什么古怪,于是他对威尔森一连说出了十几个理由为什么他老婆会买下这条狗皮带。不难想象,这些理由中有一大部分威尔森都已经从茉德尔那里听说过了,于是他又轻轻地哼起那一句"我的上帝啊",还有几个没说出口的理由,安慰者赶紧将舌头又缩回去了。

"那么一定是他杀害了她。"威尔森突然说,他的嘴巴张得大大的。

"谁杀害了她?"

"我会有法子打听出来的。"

"你一定是在胡思乱想,乔治,"米契利斯对他说,"我看你受了很大的刺激,连自己在说些什么都不知道了,你还是安静地坐着等天亮吧。"

"是他谋杀了她。"

"那是一桩交通事故,乔治。"

威尔森摇了摇头。他的眼睛眯成了一条缝,嘴巴也微微张开,鼻子里不以为然地轻轻"哼"了一声。

"我知道,"他十分肯定地说,"我一向都是一个信任别人的人,从来也不会随便怀疑任何人,但我一旦弄明白了一件事,我的心里就很清楚了。一定就是那辆车子里的那个男人,她急着跑过去想要跟他说话,但他就是不肯停下来。"

事实上米契利斯当时也发现这个情况了,可他绝不会想到其中还有什么特殊的含义。他对自己说威尔森太太是匆匆忙忙从她丈夫那里跑开的,并不是想要冲出来拦住某辆汽车。

"她怎么可能把自己弄成那样呢?"米契利斯疑惑地问道。

"她这个人很深沉。"威尔森说,仿佛这就是问题的答案,"啊——哟——哟——"

他又开始摇晃起来,米契利斯无奈地站在一旁,手里搓着那条狗皮带。

"你有什么朋友可以让我打电话请来帮帮忙吗,乔治?"

这是一个异常渺茫的希望——威尔森连个老婆都照顾不了,他几乎可以肯定他一个朋友也没有。又过了一会儿,他很高兴地看到屋子里慢慢起了变化,窗外渐渐变蓝,他知道这是天快亮了的表示。五点左右的时候,外面天色更蓝,屋子里的灯已经可以关掉了。

威尔森呆滞的目光又转向外面的灰烬谷,那上面一小朵一小朵的灰云正呈现出一些稀奇古怪的形状,在黎明的一阵阵微风中飞扬。

"我跟她谈过,"沉默了半天以后,他喃喃地说,"我跟她说,她也许可以骗我,但她骗不了上帝。我把她带到窗口,"他颇为费劲地站了起来,一直走到后面窗户那儿,把脸紧紧地贴在窗玻璃上,"然后我说:'上帝清楚你所做的一切事情。你可以骗我,但你绝对骗不了上帝!'"

米契利斯此时正站在他的背后,十分惊讶地看着他正死死盯着 T. J. 艾克尔堡大夫的眼睛,那双眼睛暗淡无光却又巨大无比,刚刚才从消散的夜色当中浮现出来。

"上帝看见了一切。"威尔森重复说道。

"那只是一幅广告而已。"米契利斯忍不住告诉他。随即他的目光便从窗口转开,回过头向室内看去,可是威尔森始终站在那里,他的脸一直紧紧地靠着玻璃窗,并且向着曙光不停地点头。

等到六点钟的时候,米契利斯已经完全地精疲力竭了,当他终于听到有一辆车子在外面停下的声音时,他顿时满怀感激。来的是昨天晚上也在帮着守夜的一位,他走之前答应了要回来的,于是他赶紧做了三个人的早饭,但只有他和那个人吃了。威尔森已经渐渐安静了下来,米契利斯见状,决定趁现在回家睡一觉。四小时之后,当他再次醒过来又急急忙忙跑回车行的时候,威尔森却已经不见了。

他的行踪——他一直都是步行的,经事后查明,是先到罗斯福港,接着又从那里到盖德山。他在罗斯福港买了一块三明治和一杯咖啡,可是并没有吃。在这样一个行程中他一定很累,走得很慢,因为他直到中午的时候才走到盖德山。一直到这里为止，他的行踪都很清楚——有好几个男孩子都说自己看到过一个十分奇怪的"疯疯癫癫"的男人，此外还有几个路上开车的人也记得这个在路边上古里古怪地盯着他们看的男人。

可是之后的三小时里他就无影无踪了。警察根据他对米契利斯说过的那句"有办法查出来"，猜想他或许是利用那段时间在那一带向各家车行打听那辆黄色的汽车，然而奇怪的是，并没有一个汽车行的人说自己见过他，因此他一定还有更直接可靠的办法去打听到他想要知道的事情。

下午两点半钟的时候，他来到了西卵，并且在那里询问往盖茨比家去的路。因此可以确定，他在那个时候就已经知道盖茨比的名字了。

下午两点钟，盖茨比穿上了游泳衣，并且留话给男管家说，倘若有人打电话来，就到游泳池那里给他送个信。他特地拐到汽车房去拿了一个橡皮垫子，就是夏天供客人们娱乐用的那种，他让司机波的给垫子打足了气，然后吩咐他无论在任何情况下都不得把那辆黄色的敞篷车开出来——这是一个在司机看来很奇怪的命令，因为这辆车前面左边的挡泥板显然需要修理。

盖茨比将垫子扛在肩上，向着游泳池走去。中途他停下来将垫子换到了另一个肩上。司机问他是否需要帮忙，但他摇了摇头，过了一会儿，他的背影就消失在叶片正在变黄的树木之中了。

没有任何人打电话来，尽忠职守的男管家一直等到四点，连午觉也没睡——而那时即便有电话来也已经没有人接了。我觉得盖茨比本人其实已经不相信会有电话来，他或许已经对此无所谓了。而如果真是这样的话，他一定会觉得他已经彻底失去了那个旧日里温暖的世界，他因为怀抱着一个梦想太久而付出了相当昂贵的代价。他一定曾经因为透过可怕的树叶仰视一片完全陌生的天空而感到毛骨悚然，同时他会发现玫瑰花原来是多么丑恶的东西，至于阳光照在那些刚刚露头的小草上，这又是多么残酷的一件事情。

这是一个全新的世界，充满了物质，然而并不真实。那些可怜的幽魂在这里呼吸着如同空气般的轻梦，东飘西荡……就好像那个灰蒙蒙的、异常古怪的人形正穿过杂乱无章的树木悄悄地向他走来。

汽车司机——也是霍尔夫山姆手下的一个人,事实上听到了枪声。事后他说这当时并没有引起他的重视。我从火车站直接把车子开到盖茨比的家里,等我心急火燎地冲上前门的台阶,才终于使屋里的人感到或许是出事了,但我始终认为他们之前就已经知道了。我们四人:司机、男管家、园丁和我,一言不发地向游泳池边匆忙奔去。

泳池里的水有一点细微得几乎看不出的流动,清水从一头放进来,然后又流向另一头的排水管。伴随着那微微的涟漪,那只承担了重负的橡皮垫子正在池子里盲目地漂着,连水面也吹不皱的一阵轻微的风就足以让它载着莫名的重负偏离原来的航向。它在一堆落叶的力量下慢慢旋转,仿佛经纬仪一样,在水面上转出了一道细细的红色的圈子。

在我们将盖茨比抬起,朝屋子里走去以后,园丁又在不远的草丛中发现了威尔森的尸体,于是这场悲剧就彻底地结束了。

第九章

事隔两年,我回想起那天下午剩余的时间,那一晚以及第二天,只记得一批又一批的警察、摄影师和新闻记者在盖茨比家的前门口来来往往。外面的大门口有一根绳子拦住,旁边站着一名警察,不让看热闹的人进来,但是小男孩们不久就发现他们可以从我的院子里绕过去,因此总有几个孩子目瞪口呆地挤在游泳池旁边。那天下午,有一个神态自信的人,也许是一名侦探,低头检视威尔森的尸体时用了"疯子"两个字,而他的语气偶然地为第二天早上所有报纸的报道定了调子。

那些报道大多数都如同一场噩梦——离奇古怪,捕风捉影,煞有介事,而且不真实。

等到米契利斯在验尸时的证词透露了威尔森对他妻子的猜疑以后,我以为整个故事不久就会被添油加醋在黄色小报上登出来了。不料凯萨琳，她本可以信口开河的，却什么都不说，并且表现出惊人的魄力——她那描过的眉毛底下的两只坚定的眼睛笔直地看着验尸官，发誓说她姐姐从来没见过盖茨比，说她姐姐和她丈夫生活在一起非常美满，说她姐姐从来没有什么不端的行为。她说得自己都信以为真了，又用手帕捂着脸痛哭了起来，仿佛连提出这样的疑问都是她受不了的。于是威尔森就被归结为一个"悲伤过度精神失常"的人，以便这个案子可以保持最简单的情节。案子也就这样了结了。

但是这些过程似乎都是不痛不痒、无关紧要的。

我发现自己是站在盖茨比一边的，而且只有我一人。从我打电话到西卵镇报告惨案那一刻起，每一个关于他的揣测、每一个实际的问题，都提到我这里来。起初我感到又惊讶又迷惑，后来一小时又一小时过去，他还是躺在他的房子里，不动，不呼吸，也不说话，我才渐渐明白我在负责，因为除我以外没有任何人有兴趣——我的意思是说，那种每个人身后多少都有权利得到的强烈的个人兴趣。

在我们发现他的尸体半小时之后我就打了电话给黛尔西，本能地、毫不迟疑地给她打了电话。但是她和汤姆那天下午很早就出门了，还随身带了行李。

"没留地址吗?"

"没有。"

"他说他们几时回来吗?"

"没有。"

"知道他们到哪儿去了吗？我怎样能和他们取得联系?"

"我不知道,说不上来。"

我真想给他找一个人来。我真想走到他躺着的那间屋子里去安慰他说:"我一定给你找一个人来,盖茨比。别着急。相信我好了,我一定给你找一个人来……"

迈尔·霍尔夫山姆的名字不在电话簿里。男管家把他百老汇办公室的地址给我,我又打电话到电话局问讯处,但是等到我有了号码时已经早就过了五点,没有人接电话了。

"请你再摇一下好吗?"

"我已经摇过三次了。"

"有非常要紧的事。"

"对不起,那儿恐怕没有人。"

我回到客厅里去,屋子里突然挤满了官方的人员,起先我还以为是一些不速之客。虽然是他们掀开被单,用惊恐的眼光看着盖茨比,可是他的抗议却不断在我脑子里回响:

"我说,老兄,你一定得替我找个人来。你一定得想想办法。我一个人可受不了这个罪啊。"

有人来找我提问题,我却脱了身跑上楼去,匆匆忙忙翻了一下书桌上没锁的那些抽屉,他从没明确地告诉我他的父母已经死了,但是什么也找不到——只有丹·克蒂的那张相片,那已经被人遗忘的粗野狂暴生活的象征,从墙上向下面凝视着。

第二天早晨我派男管家到纽约去给霍尔夫山姆送一封信,信中向他打听消息,并恳请他搭下一班火车就来。我这样写的时候觉得这个请求似乎是多此一举。我认为他一看见报纸肯定马上就会赶来的,正如我认为中午以前黛尔西肯定会有电报来的——可是电报也没来,霍尔夫山姆先生也没到,什么人都没来,只有更多的警察、摄影师和新闻记者。等到男管家带回来霍尔夫山姆的回信时,我开始感到傲视一切,感到盖茨比和我可以团结一致横眉冷对他们所有的人。

　　亲爱的卡拉威先生:

　　　　这个消息使我感到万分震惊,我几乎不敢相信是真的。那个人干的这种疯狂行为应当使我们大家都好好想想。我现在不能前来,因为我正在办理一些非常重要的业务,目前不能跟这件事发生牵连。过一些时候如有我可以出力的事,请派埃德加送封信通知我。我听到这种事后简直不知道自己身在何处,感到天昏地暗了。

您的忠实的,
迈尔·霍尔夫山姆

下面又匆匆附了一笔:

关于丧礼安排请告知。又及:根本不认识他家里人。

那天下午电话铃响,长途台说芝加哥有电话来,我以为这总该是黛尔西了,但等到接通了一听却是一个男人的声音,很轻很远。

"我是斯莱格……"

"是吗?"这名字很生疏。

"那封信真够呛,是不?收到我的电报了吗?"

"什么电报也没有。"

"小派克倒霉了,"他话说得很快,"他在柜台上递证券的时候给逮住了。刚刚五分钟之前他们收到纽约的通知,列上了号码。你想得到吗?在这种乡下地方你没法料到……"

"喂!喂!"我上气不接下气地打断了他的话,"你听我说,我不是盖茨比先生。盖茨比先生死了。"

电话线那头沉默了好久,接着是一声惊叫……然后咔嗒一声电话就挂断了。

我想大概是第三天,从明尼苏达州的一个小城镇来了一封署名亨德利·C. 盖茨的电报。上面只说发电人马上动身,要求等他到达后再举行葬礼。

来的是盖茨比的父亲,一个很庄重的老头子,非常可怜,非常沮丧,这样暖和的九月天就裹上了一件蹩脚的长外套。他激动得眼泪不住地往下流,我从他手里把旅行包和雨伞接过来时,他不停地伸手去捋他那撮稀稀的花白胡须。我好不容易才帮他脱下了大衣。他人快要垮了,于是我一面把他领到音乐厅里去,让他坐下,一面打发人去搞一点吃的来。但是他不肯吃东西,那杯牛奶也从他哆哆嗦嗦的手里泼了出来。

"我从芝加哥报纸上看到的,"他说,"芝加哥报纸上全都登出来了,我马上就动身了。"

"我没法子通知您。"

他的眼睛里一片茫然,却不停地向四面看。

"是一个疯子干的,"他说,"他一定是疯了。"

"您喝杯咖啡好吗?"我劝他。

"我什么都不要。我现在好了,您是……"

"卡拉威。"

"呃,我现在好了。他们把杰伊放在哪儿?"

我把他领进客厅里他儿子停放的地方,把他留在那里。有几个小男孩爬上了台阶,正在往门厅里张望。等到我告诉他们是谁来了,他们才勉勉强强地走开了。

过了一会儿盖茨先生打开门走了出来,他嘴巴张着,脸微微有点红,眼睛断断续续洒下几滴泪水。他已经到了并不把死亡看作一件骇人听闻的事情的年纪,他看见门厅如此富丽堂皇,一间间大屋子从这儿又通向别的屋子,他的悲伤就开始和一股又惊讶又骄傲的感情交织在一起了。我把他搀到楼上的一间卧室里。他一面脱上衣和背心,我一面告诉他一切安排都推迟了,等他来决定。

"我当时不知道您要怎么办,盖茨比先生……"

"我姓盖茨。"

"盖茨先生,我以为您也许要把遗体运到西部去。"

他摇了摇头。

"杰伊一向喜欢待在东部。他是在东部上升到他这个地位的。你是我孩子的朋友吗,先生?"

"我们是很好的朋友。"

"他是大有前程的,你知道。他只是个年轻人,但是他在这个地方很有能耐。"

他郑重其事地用手碰碰脑袋,我也点了点头。

"假使他活下去的话,他会成为一个大人物的,像詹姆斯·J. 希尔那样的人,他会帮助建设国家的。"

"确实是那样。"我局促不安地说。

他笨手笨脚地把绣花被单扯来扯去,想把它从床上拉下来,接着就直挺挺地躺下去,立刻就睡着了。

那天晚上一个显然害怕的人打电话来,一定要先知道我是谁才肯报他自己的姓名。

"我是卡拉威。"我说。

"哦!"他似乎感到宽慰,"我是克利斯普。"

我也感到宽慰,因为这一来盖茨比的墓前可能会多一个朋友了。我不愿意登报,引来一大堆看热闹的人,所以我就自己打电话通知了几个人。他们可真难找到。

"明天出殡,"我说,"下午三点,就在他家里。我希望你转告凡是有意参加的人。"

"哦,一定,"他忙说,"当然啦,我不大可能见到什么人,但是如果我碰到的话。"

他的语气使我起了疑心。

"你自己当然是要来的。"

"呃,我一定想法子来。我打电话来是要问……"

"等等,"我打断了他的话,"先说你一定来吗?"

"呃,事实是……实际情况是这样的,我目前待在格林尼治这里的朋友家里,人家指望我明天和他们一起玩。事实上,明天要去野餐什么的。当然我走得开一定来。"

我忍不住叫了一声"嘿",他也一定听到了,因为他很紧张地往下说:

"我打电话来是为了我留在那里的一双鞋。不知道能不能麻烦你让男管家给我寄来?你知道,那是双网球鞋,我离了它简直没办法。我的地址是B.F⋯⋯"

我没听他说完那个地址就把话筒挂上了。

在那以后我为盖茨比感到羞愧——还有一个我打电话去找的人竟然表示他是死有应得的。不过,这是我的过错,因为他是那些当初喝足了盖茨比的酒就大骂盖茨比的客人中的一个,我本来就不应该打电话给他的。

出殡那天的早晨,我到纽约去找迈尔·霍尔夫山姆。似乎用任何别的办法都找不到他。在开电梯工人的指点之下,我推开了一扇门,门上写着"控股公司",可是起先里面好像没有人,我高声喊了几声"喂"也没人答应之后,一扇隔板后面突然传出争辩的声音,接着一个漂亮的犹太女人在里面的一个门口出现,用含有敌意的黑眼睛打量我。

"没人在家!"她说,"霍尔夫山姆先生到芝加哥去了。"

前一句话显然是撒谎,因为里面有人已经开始不成腔地用口哨吹奏《玫瑰经》。

"请告诉他卡拉威要见他。"

"我又不能把他从芝加哥叫回来,对不对?"

正在这时有一个声音,毫无疑问是霍尔夫山姆的声音,从门的那边喊了一声"斯特拉"。

"你把名字留在桌上,"她很快地说,"等他回来我告诉他。"

"可是我知道他就在里面。"

她向我面前跨了一步,开始把两只手气冲冲地沿着臀部一上一下地移动。

"你们这些年轻人自以为你们随时可以闯进这里来,"她骂道,"我们都烦死了。我说他在芝加哥,他就是在芝加哥。"

我提了一下盖茨比的名字。

"哦……啊!"她又打量了我一下,"请您稍……您姓什么来着?"

她不见了。过了一会儿,迈尔·霍尔夫山姆就庄重地站在门口,两只手都伸了出来。他把我拉进他的办公室,一面用虔诚的口吻说在这种时候我们大家都很难过,一面敬我一支雪茄烟。

"我还记得我第一次见到他的情景,"他说,"刚刚离开军队的一名年轻的少校,胸口挂满了在战场上赢得的勋章。他穷得只好继续穿军服,因为他买不起便服。我第一次见到他那天,他走进四十三号街怀恩勃兰纳开的弹子房找工作。他已经两天没吃饭了。'跟我一块儿吃午饭去吧。'我说。不到半个钟头他就吃了四美元多的饭菜。"

"是你帮他做起生意来的吗?"我问。

"帮他?! 我一手造就了他。"

"哦。"

"是我把他从零开始培养起来,从阴沟里捡起来的。我一眼就看出他是个仪表堂堂、文质彬彬的年轻人,等他告诉我他上过牛津,我就知道他可以派上大用场。我让他加入了美国退伍军人协会,后来他在那里面地位挺高的。他一出马就跑到奥尔巴尼去给我的一个主顾办了一件事。我俩在一切方面都像这样亲密,"他举起了两个肥胖的指头,"永远在一起。"

我心里很纳闷,不知这种搭档是否也包括一九一九年世界棒球联赛那笔交易在内。

"现在他死了,"我隔了一会儿才说,"你是他最亲密的朋友,因此我知道今天下午你一定会来参加他的葬礼的。"

"我很想来。"

"那么,来就是啦。"

他鼻孔里的毛微微颤动,他摇摇头,泪水盈眶。

"我不能来……我不能牵连进去。"他说。

"没有什么事可以牵连进去的。事情现在都过去了。"

"凡是有人被杀害,我总不愿意有任何牵连。我不介入。我年轻时就大不一样——如果一个朋友死了,不管怎么死的,我总是出力出到底。你也许会认为这是感情用事,可是我是说到做到的———直拼到底。"

我看出了他决意不去,自有他的原因。于是我就站了起来。

"你是不是大学毕业的?"他突然问我。

有一会儿工夫我还以为他要提出搞点什么"关系",可是他只点了点头,握了握我的手。

"咱们大家都应当学会在朋友活着的时候讲交情,而不要等到他死了之后。"他表示说,"在人死以后,我个人的原则是不管闲事。"

我离开他办公室的时候,天色已经变黑,我在蒙蒙细雨中回到了西卵。我换过衣服之后就到隔壁去,看到盖茨先生兴奋地在门厅里走来走去。他对他儿子和他儿子的财物所感到的自豪一直在不断地增长,现在他又有一样东西要给我看。

"杰伊寄给我的这张照片。"他手指哆嗦着掏出了他的钱包,"你瞧吧。"

是这座房子的一张照片,四角破裂,也给许多手摸脏了。他热切地把每一个细节都指给我看。"你瞧!"随即又看我眼中有没有赞赏的神情。他把这张照片给人家看了那么多次,我相信在他看来现在照片比真房子还要真。

"杰伊把它寄给我的,我觉得这是一张很好看的照片,照得很好。"

"非常好。您近来见过他吗?"

"他两年前回过家来看我,给我买下了我现在住的房子。当然,他从家里跑走的时候我们很伤心,但是我现在明白他那样做是有道理的。他知道自己有远大的前程,他发迹之后一直对我很大方。"

盖茨先生似乎不愿意把那张照片放回去,依依不舍地又在我眼前举了一会儿工夫。然后他把钱包放了回去,又从小口袋掏出一本破破烂烂的旧书,书名是《生仔卡西迪》。

"你瞧瞧,这本书是他小时候看的。真是从小见大。"

他把书翻开,掉转过来让我看,在最后的空白页上端端正正地写着"时间表"几个字和一九〇六年九月十二日的日期。下面是：

起床　上午6：00

哑铃体操及爬墙　6：15—6：30

学习电学等　7：15—8：15

工作　8：50—下午4：30

棒球及其他运动　下午4：30—5：00

练习演说、仪态　下午5：00—6：00

学习有用的新发明　晚上7：00—9：00

个人决心

不要浪费时间去沙夫特家或（另一姓，字迹不清）

不再吸烟或嚼烟

每隔一天洗澡

每周读有益的书或杂志一份

每周储蓄五美元（涂去）三美元

对父母更加体贴

"我无意中发现这本书，"老头说，"真是从小见大，是不是？"

"真是从小见大。"

"杰伊是注定了要出人头地的，他总是定出一些诸如此类的决心。你注意到没有，他用什么办法提高自己的思想？他在这方面一向是了不起的。有一次说我吃东西像猪一样，我把他揍了一顿。"

他舍不得把书合上，把每一条大声念了一遍，然后眼巴巴地看着我。我想他满以为我会把那张表抄下来给我自己用。

快到三点的时候，路德教会的那位牧师从弗勒兴来了，于是我开始不由自主地向窗户外面望，看看有没有别的车子来。盖茨比的父亲也和我一样。随着时间过去,用人都走进来站在门厅里等候,老人的眼睛开始焦急地眨起来,同时他又忐忑不安地说到外面的雨。牧师看了好几次表,我只好把他拉到一旁,请他再等半个钟头,但是毫无用处。没有一个人来。

五点钟左右,我们三辆车子来到墓地,于密密的小雨中在大门旁边停了下来——第一辆是灵车,又黑又湿,怪难看的,后面是盖茨先生、牧师和我坐在大型轿车里,再后面一点的是四五个用人和西卵镇的邮差坐的盖茨比的旅行车,大家都被淋得湿透。正当我们穿过大门走进墓地时,我听见一辆车停下来,接着是一个人踩着湿透的草地在我们后面追上来的声音。我回头一看,原来是那个戴猫头鹰眼镜的人,三个月以前的一个晚上我发现他一边看着盖茨比图书室里的书一边惊叹不已。

从那以后我没再见过他。我不知道他怎么会知道今天安葬的,我也不知道他的姓名。雨水顺着他的厚眼镜流下来,他只好把眼镜摘下擦了擦,再看着那块挡雨的帆布从盖茨比的坟上卷起来。

这时我很想回忆一下盖茨比,但是他已经离得太远了,我只记得黛尔西既没来电报,也没送花,然而我并不感到气恼。我隐约听到有人喃喃念道:"上帝保佑雨中的死者。"接着那个戴猫头鹰眼镜的人用洪亮的声音说了一声:"阿门!"

我们零零落落地在雨中跑回到车子上。戴猫头鹰眼镜的人在大门口跟我说了一会儿话。

"我没能赶到别墅来。"他说。

"别人也都没能来。"

"真的?!"他大吃一惊,"啊,我的上帝! 他们过去一来就是好几百嘛。"

他把眼镜摘了下来,里里外外都擦了一遍。

"这家伙真他妈的可怜。"他说。

我记忆中最鲜明的景象之一就是每年圣诞节从预备学校,以及后来从大学回到西部的情景。到芝加哥以外的地方去的同学往往在十二月一个黄昏六点钟聚在那座古老、幽暗的联邦车站,和几个已经沉浸在节日气氛中的家在芝加哥的朋友匆匆话别。我记得那些从东部某某私立女校回来的女学生的皮大衣，以及她们在严寒的空气中叽叽喳喳的笑语，记得我们发现熟人时抢先呼唤，记得互相比较收到的邀请："你到奥德威家去吗？赫西家呢？舒尔茨家呢？"还记得紧紧抓在我们戴了手套的手里的长条绿色车票，最后还有停在月台门口轨道上的芝加哥—密尔沃基—圣保罗的朦胧的黄色客车，看上去就像圣诞节一样使人愉快。

火车在寒冬的黑夜里奔驰，真正的白雪、我们的雪，开始在两边向远方伸展，迎着车窗闪耀，威斯康星州的小车站暗灰的灯火从眼前掠过，窗外一片漆黑，只有火车里灯火通明。这时空中突然出现一股使人神清气爽的寒气。我们吃过晚饭穿过寒冷的通廊往回走时，一路深深地呼吸着这寒气，在奇异的一小时中难以言语地意识到自己与这片乡土之间的血肉相连的关系，然后我们就要重新不留痕迹地融化在其中了。

这就是我的中西部——不是麦田，不是草原，也不是瑞典移民的荒凉村镇，而是我青年时代那些激动人心的还乡的火车，是严寒的黑夜里的街灯和雪橇的铃声，是圣诞冬青花环被窗内的灯火映在雪地的影子。我是其中的一部分，由于那些漫长的冬天我为人不免有点矜持，由于从小在卡拉威公馆长大，态度上也不免有点自满——在我们那个城市里，人家的住宅仍旧世世代代称为某姓的公馆。

我现在才明白这个故事到头来是一个西部的故事——汤姆和盖茨比、黛尔西，乔丹和我，我们都是西部人，也许我们具有什么共同的缺陷使我们无形中不能适应东部的生活。

即使东部最令我兴奋的时候，即使我最敏锐地感觉到比之俄亥俄河那边的那些枯燥无味、乱七八糟的城镇，那些只有儿童和老人可幸免于无止无休的闲话的城镇，东部具有无比的优越性——即使在那种时候，我也总觉得东部有畸形的地方，尤其西卵仍然出现在我做的比较荒唐的梦里。在我的梦中，这个小镇就像埃尔·格列柯画的一幅夜景：上百所房屋，既平常又怪诞，蹲伏在阴沉沉的天空和暗淡无光的月亮之下。在前景里有四个板着面孔、身穿大礼服的男人沿人行道走着,抬着一副担架,上面躺着一个喝醉酒的女人,身上穿着一件白色的晚礼服。她一只手耷拉在一边,闪耀着珠宝的寒光。那几个人郑重其事地转身走进一所房子——走错了地方。但是没人知道这个女人的姓名,也没有人关心。

盖茨比死后,东部在我心目中就是这样鬼影幢幢,面目全非到超过了我眼睛可以矫正的程度,因此等到烧枯叶的蓝烟弥漫空中,寒风把晾在绳上的湿衣服吹得硬邦邦的时候,我就决定回家来了。

在我离开之前还有一件事要办,一件尴尬的、不愉快的事,本来也许应当不了了之的,但是我希望把事情收拾干净,而不指望那个乐于帮忙而又不动感情的大海来把我心中的杂念冲掉。

我去见了乔丹·贝科,从头到尾谈了围绕着我们两人之间发生的事情,然后谈到我后来的遭遇,而她躺在一张大椅子里听着,一动也不动。

她穿的是打高尔夫球的衣服,我还记得我当时想过她活像一幅很好的插图,她的下巴根神气地微微翘起,她头发像秋叶的颜色,她的脸和她放在膝盖上的浅棕色无指手套一个颜色。等我讲完之后,她告诉我她和另一个人已经订了婚,别的话一句没说。我怀疑她的话,虽然有好几个人是只要她一点头就可以与她结婚的,但是我故作惊讶。一刹那间我寻思自己是否正在犯错误,接着我很快地考虑了一番就站起来告辞了。

"不管怎样,还是你甩掉我的,"乔丹忽然说,"你那天在电话中把我甩了。我现在拿你完全不当回事了,但是当时那倒是个新经验,我有好一阵子感到晕头转向的。"

我俩握了握手。她只瞟了我一眼,神态镇定。

"哦,你还记得吗?"她又加了一句,"我们有过一次关于开车的谈话?"

"啊……记不太清了。"

"你说过一个开车不小心的人只有在碰上另一个开车不小心的人之前才安全吧?瞧,我碰上了另一个开车不小心的人了,是不是?我是说我真不小心,竟然这样看错了人。我以为你是一个相当老实、正直的人,我以为那是你暗暗引以为荣的事。"

"我三十岁了，"我说，"要是我年轻五岁，也许我还可以欺骗自己，说这样做光明正大。"

她没有回答。我又气又恼，对她有几分依恋，同时心里又非常难过，只好转身走开了。

十月下旬的一个下午我碰到了汤姆·布柯农。他在五号路上走在我前面，还是那样机警和盛气凌人，两手微微离开他的身体，仿佛要打退对方的碰撞一样，同时把头忽左忽右地转动，配合他那双溜溜转的眼睛。我正要放慢脚步免得赶上他，他停了下来，皱着眉头向一家珠宝店的橱窗里看。忽然间他看见了我，就往回走，伸出手来。

"怎么啦，尼克，你不愿意跟我握手吗？"

"对啦。你知道我对你的看法。"

"你发疯了，尼克！"他急忙说，"疯得够呛。我不明白你是怎么回事。"

"汤姆，"我质问道，"那天下午你对威尔森说了什么？"

他一言不发地瞪着我，于是我知道我当时对于不明底细的那几小时的猜测果然是对的。我掉头就走，可是他紧跟上一步，抓住了我的胳臂。

"我对他说了实话，"他说，"他来到我家门口，这时我们正准备出去，后来我让人传话下来说我们不在家，他就想冲上楼来。他已经疯狂到可以杀死我的地步，要是我没告诉他那辆车子是谁的。到了我家里他的手每一分钟都放在他口袋里的一把手枪上……"他突然停住了，态度强硬起来，"就算我告诉他又该怎样？那家伙自己找死。他把你迷惑了，就像他迷惑了黛尔西一样，其实他是个心肠狠毒的家伙。他撞死了茉德尔就像撞死了一条狗一样，连车子都不停一下。"

我无话可说，除了这个说不出来的事实："事情并不是这样的。"

"你不要以为我不痛苦——我告诉你，我去退掉那套公寓时，看见那盒倒霉的喂狗的饼干还搁在餐具柜上，我坐下来像小娃娃一样放声大哭。我的天，真难受……"

　　我不能宽恕他，也不能喜欢他，但是我看到，他所做的事情在他自己看来完全是有理的。一切都是粗心大意、混乱不堪的。汤姆和黛尔西，他们是粗心大意的人——他们砸碎了东西，毁灭了人，然后就退缩到自己的金钱或者麻木不仁或者不管什么能使他们维系在一起的东西之中，让别人去收拾他们的烂摊子……

　　我跟他握了握手。不肯握手未免太无聊了，因为我突然觉得仿佛我是在跟一个小孩子说话。随后他走进那家珠宝店去买一串珍珠项链，或者也许只是一副袖扣，永远摆脱了我这乡下佬吹毛求疵的责难。

　　我离开的时候，盖茨比的房子还是空着——他草坪上的草长得跟我家的一样高了。镇上有一个出租汽车司机载了客人经过大门口没有一次不把车子停一下，用手向里面指指点点。也许出事的那天夜里开车送黛尔西和盖茨比到东卵的就是他，也许他已经编造了一个别出心裁的故事。我不要听他讲，因此我下火车时总躲开他。

　　每个星期六晚上我都在纽约度过，因为盖茨比那些灯火辉煌、光彩炫目的宴会使我记忆犹新，我仍然可以听到微弱的音乐和欢笑的声音不断地从他园子里飘过来，还有一辆辆汽车在他的车道上开来开去。有一晚我确实听见那儿真有一辆汽车，看见车灯照在门口台阶上，但是我并没去查看。大概是最后的一位客人，刚从天涯海角归来，还不知道宴会早已收场了。

　　在最后那个晚上，箱子已经装好，车子也卖给了杂货店老板，我走过去再看一眼那座庞大而杂乱的、意味着失败的房子。白色大理石台阶上不知哪个男孩用砖头涂了一个脏字眼儿，映在月光里分外触目，于是我把它擦了，在石头上把鞋子刮得沙沙作响。后来我又溜达到海边，仰面躺在沙滩上。

　　那些海滨大别墅现在大多已经关闭了，四周几乎没有灯火，除了海湾上一只渡船的幽暗、移动的灯光。当明月上升的时候，那些微不足道的房屋慢慢消逝，直到我逐渐意识到当年让荷兰水手的眼睛放出异彩的这个古岛——新世界的一片清新碧绿的地方。那些消失了的树木，那些为了给盖茨比的别墅让路而被砍伐的树木，曾经一度迎风飘拂，低声响应人类最后的也是最伟大的梦想，在那昙花一现的神奇的瞬间，人们面对这个新大陆一定屏息惊异，不由自主地堕入他既不理解也不企求的一种美学的观赏中，在历史上最后一次面对着和他感到惊奇的能力相称的奇观。

当我坐在那里，缅怀着那个古老而未知的世界时，我又想到了盖茨比第一次认出黛尔西家码头尽头那盏绿灯时所感受到的惊奇。他经历了那么漫长的道路才终于来到这片绿色的草坪上，他觉得他的梦一定近在眼前，不可能抓不住的。可他不知道，那个梦早已经丢失在他的身后了，丢失在漫漫长夜里的合众国的一望无垠的黑色的田野上。

盖茨比是如此信奉这盏绿灯，相信这个极乐的未来，虽然它一年年地在我们眼前远去。它曾经从我们的追求中逃脱，不过没关系——明天我们可以跑得更快一些，将胳臂伸得更远一些……总有一天……

我们奋力往前划，逆流而上的小舟不停地倒退，进入过去。

一颗像里茨饭店那么大的钻石

一

　　约翰·T.昂格尔出生于密西西比河畔的海地斯,他的家族在这个小城已经闻名好几代了。约翰的父亲是一名业余的高尔夫球运动员,曾经多次获得高尔夫球赛的冠军;昂格尔太太经常因为偷偷发表政治言论而招来麻烦,这在当地是很多人都知道的事;而刚满十六岁的年轻的约翰,在他换上长裤以前就已经跳遍了从纽约传来有最时新的舞蹈了。眼下,他要离开家一段时间了。看重新英格兰式教育是所有外省城镇的一个通病,他们每年都要送去一批最有出息的小伙子。约翰的父母也得了这种病,非得把他送到波士顿附近的圣梅达斯学校去不可,否则有失他们的体面——海地斯这个地方太小了,搁不下他们这个有天赋的宝贝儿子。

　　如今在海地斯——要是你在那儿待过,你就知道——那些更时髦的预备学校和大学的名字已经没有多少意义了。这里的居民尽管在衣着服饰、生活方式以及阅读文学作品方面都显示出他们是跟时代亦步亦趋的,但是他们与世隔绝已久,在了解外界信息方面非常欠缺。他们所知道的外界信息,大多来自一些小道消息,或是在海地斯举办的盛大集会。所谓的盛大集会,在海地斯人看来可能是一次精心筹划的盛大集会,但是在芝加哥这种大地方无疑会显得有点寒碜。

　　这是约翰·T.昂格尔离家的前夕。昂格尔太太怀着母性的慈爱在他那些衣箱里装满了亚麻衬衫和电扇;昂格尔先生呢,还送给儿子一只塞满了钱的石棉钱包。

"要记住,这儿永远是欢迎你的,"他说,"你可以放心,孩子,我们一定把家里的炉火烧得旺旺的。"

"我知道。"约翰嗓子嘶哑地回答说。

"别忘记你是谁,又是从哪儿去的,"他的父亲骄傲地继续说,"而你绝不能做出任何事情来伤害自己。你是昂格尔家的人——从海地斯出去的。"

就这样,老人跟小伙子握手告别,约翰流着眼泪走了。十分钟以后,他出了城,停下来最后一次掉头回顾。大门上方那句古色古香的维多利亚时代格言,在他看来似乎显得出奇地动人。他的父亲曾经多次想换一些稍稍有点冲劲和活力的词句,比如"海地斯——这里充满机遇",或者干脆在一幅热情握手的画上竖一块普普通通的"欢迎"的牌子,在电灯光照耀中高高地耸入天空。那句古老的格言未免使人感到有点沉闷,昂格尔先生曾经这样想——可是现在……

约翰这样瞅了一会儿,接着便毅然把脸往自己的目的地方向转去。在他转身离去的时候,海地斯的万家灯火映衬着天空,似乎充满了一种温暖和热情的美。

从波士顿到圣梅达斯学校,乘一辆罗尔斯—皮尔斯汽车只需半个钟头就到了。实际距离到底是多少,谁都不会知道,因为除了约翰·T.昂格尔,谁都是乘罗尔斯—皮尔斯汽车去的,而且可能也没有人再像他那样去了。圣梅达斯是世界上学费最高的一所专收男生的预备学校。

开头两年,约翰在那儿过得很愉快。同学们的父亲全都是财神爷,每逢夏天约翰就上他们的时髦的度假山庄去玩。他非常喜爱他去看望过的那些同学,同时使他感到惊奇的是,这些同学的父亲都是一个模样。他孩子气地纳闷:他们怎么会这样出奇地相像?约翰告诉他们他的家在哪儿,他们就乐呵呵地问他:"那儿挺热吧?"约翰会挤出一抹淡淡的笑容回答说:"是的。"如果他们不是在开玩笑,他的反应也许会更亲切一些——这种玩笑有时也换成"你们那儿不很热吗?"这也一样使他生气。

他在学校第二学年中期,一个名叫珀西·华盛顿的漂亮的男生给安插到了他的班级里。这个新生举止彬彬有礼,衣着服饰即使在圣梅达斯那样的学校也算得上是出类拔萃了。但是不知什么缘故,他跟别的男孩并不合,唯一跟他亲密的人是约翰·T.昂格尔。可是涉及他的家乡在哪里或者家庭情况如何这类问题,即使对昂格尔他也是闭口不谈的。至于他是富家子弟这一点,那是不言而喻的。但是除了像这样一些推论以外,昂格尔对他就知之甚少了。因此,当珀西邀请约翰到他"在西部"的家里去度暑假的时候,约翰毫不犹豫地接受了邀请。这对约翰的好奇心来说,简直是一次丰盛的美餐。

等他们两个人坐在火车里的时候,珀西才破天荒地变得爱说话起来。一天,他们在餐车间吃着午饭评论学校里有些同学品行欠佳的时候,珀西突然改变语调,简短地说了一句话。

"我的父亲,"他说,"可是世界上最有钱的人。"

"啊!"约翰彬彬有礼地说。他不知道该用什么话来回答这样推心置腹的话。他想说"那挺好呀",但是这听起来很空洞,他正要说"真的吗",但又忍住了,这会给人一种感觉,好像怀疑珀西说的话。而这样一句惊人的话几乎是不能怀疑的。

"最最有钱的人。"珀西重复说了一句。

"我刚才在看《世界年鉴》,"约翰开始说,"上面说在美国一年收入超过五百万元的有一个人,一年收入超过三百万元的有四个人,而……"

"啊,他们这些人都算不上什么,"珀西的嘴巴讥讽地撇成了半月形,"那是些捞小钱的资本家,金融界的小人物,小商人,放债人。我的父亲能把他们的财产一股脑儿都买下来,而他们还不知道是他干的呢。"

"那他是怎样……"约翰慢吞吞地说。

"你是说他为什么没有缴所得税的记录? 那是因为他根本就不缴税。最多只缴一点儿——他从来都不会按照自己的实际收入来缴税。"

"他一定很有钱,"约翰坦率地说,"我很高兴。我很喜欢有钱人。"

"越有钱的人,我就越喜欢。"他黝黑的脸庞上呈现出一股热忱和坦率,"上次复活节的时候,我去了施尼利扎·墨菲他们家。维维安·施尼利扎·墨菲有许多像鸡蛋那么大的红宝石,还有许多蓝宝石,就像灯泡那么大,里面还在闪闪发光呢……"

"我爱珠宝,"珀西十分热烈地回应道,"当然,我不会让其他任何人知道,我自己已经收集了好多。过去我一直在收集宝石,以此来代替集邮。"

"还有钻石,"约翰有些急切地往下说,"施尼利扎·墨菲家有好多钻石,还有胡桃那么大的……"

"那也算不了什么。"珀西神秘地向前探了探身子,压低了嗓门说道,"那根本就不算什么。我父亲有颗钻石,比里茨·卡尔顿饭店还要大。"

二

蒙大拿的落日悬挂于两座山峰之间,看起来像一块巨大的瘀痕,黑色的动脉由此向四周延展,布满了中毒的天空。在遥远的天际下,蜷伏着一个名叫菲希的村庄,渺小而阴沉,早已为世人所遗忘。

据说这里住着十二个男人,在这片几乎寸草不生的岩石上,一股神秘的力量催生了这十二个忧郁而神秘的男人,他们靠着吸吮那贫瘠岩石上稀有的乳汁而长大。菲希村的这十二个男人成了一个与外界隔绝的种族,他们就像大自然一时心血来潮创造出来的物种一样,经过一番思量之后,大自然便弃之不顾,任凭他们挣扎、灭亡。

透过那青紫色如瘀痕般的落日,远处荒无人烟的大地上有灯光正在缓慢地移动,菲希村的这十二个男人如鬼魂一般聚集在车站简陋的小屋旁,等着观看七点将要从这里驶过的火车。也不知是谁下的命令,这趟从芝加哥始发的横贯大陆的特快列车,居然每年都要在菲希村停靠六次左右。而每逢这个时候,就会有一两个人在这里下车,登上一辆从来都是在暮霭中出现的四轮马车,朝着那瘢痕般的落日方向驶去。观看这反常而又无聊的场面已经成为菲希村一种像做礼拜一样的仪式。

但他们也仅仅是观看而已,因为他们身上并不具备那种能让他们惊奇或者思考的重要品质,不然的话,围绕着这些神秘的来访,早就会产生一种宗教信仰了。

然而,从某种程度上来说,菲希村的男人们也是超越一切宗教的——因为在这片贫瘠的土地上,即使是基督教最基本、最原始的信条也丝毫没有立足之地——这里没有祭坛,没有牧师,更没有祭祀,只有每晚七点在简陋的车站小屋旁,一群人集合在一起,发出一阵微弱的声音,权当祷告声。

倘若菲希村的男人们曾经把什么人奉为神明的话,那他们很可能就会把火车上的司闸员当作他们心目中的天神。就在这样一个六月的晚上,他们那伟大的司闸神命令七点钟的这趟火车在菲希村这里卸下旅客和货物。七点刚到,珀西·华盛顿和约翰·T.昂格尔就下了火车,从菲希村这十二个仿佛着了魔似的、目瞪口呆的、胆小怯懦的男人面前匆匆走过,坐上一辆似乎是从天而降的四轮轻便马车走了。

半个小时以后,暮霭凝成了黑暗。

先前一直沉默着的黑人马夫朝前面黑暗中的一个模糊的影子吆喝了一声。回应他的是一个随即转向他们的明亮耀眼的圆盘,就像一只邪恶的眼睛在深不可测的黑暗里注视着他们。当他们渐渐靠近,约翰才看清那原来是一辆大轿车的尾灯,他从没见过比这更大更豪华的汽车了。车身用一种闪闪发亮的金属做成,这种金属比镍更珍贵、比银子更亮,车毂上还镶着黄绿相间的熠熠生辉的几何图形——到底是玻璃还是宝石,约翰也不敢妄自揣测。他从来没有见过如此神秘而又华贵的汽车。

两名黑人侍者身穿闪闪发亮的制服,与人们在电影里看到的伦敦皇家仪仗队相差不远。他们立正站在车旁,当两名年轻人从马车上下来的时候,就向他们致意,可约翰完全听不懂他们所说的话,只觉得听上去像是南方黑人的一种极为古老的方言。

“我们上车吧！”珀西对他的朋友说，此时他们的行李已经被扔在了这辆豪华轿车的乌木顶棚上。“非常抱歉，我们不得不先用那辆马车把你送到这儿，要是让火车上的那些乘客或者菲希村那些早已被上帝遗弃的倒霉鬼看见这辆车，非得出事儿不可。”两名侍者郑重地说。

“天哪，这车可真棒！”看到车内的装饰，约翰禁不住赞叹道。车内的装饰是以金丝织物为底衬，由无数块做工精美的丝绒绣成，上面还缀满了宝石和刺绣。两个少年尽情享受着扶手座椅上铺的毛茸茸的织物，它们看上去好像是用一种五彩斑斓的鸵鸟羽梢织成的。

“这车实在是太漂亮了！”约翰再次惊叹道。

“就这玩意儿？”珀西嗤笑道，“这只不过是我们用来到车站接人的一辆破车罢了。”

说话间，他们穿过黑暗，向着两座山中间的缺口驶去。

“再过一个半小时就能到了，”珀西看了看时间说道，“我可以向你保证，你将会看到你有生以来从没见过的东西。”

如果说眼下这辆轿车就是约翰即将见到的那些东西的象征，那他确实准备着要大吃一惊了。海地斯所流行的那种淳朴的虔诚，正是以对财富的真诚崇拜和尊敬为第一信条的——倘若约翰在财富面前都不觉得诚惶诚恐的话，那么他的父母肯定会认为他亵渎神灵，以至于吓得掉头就走。

现在他们已经到达了两山之间的缺口，正朝里面驶去，脚下的路马上就变得崎岖不平了。

“如果月光能照到这里，你就会看到我们此刻正在一个大峡谷里。”珀西说着，使劲朝窗外望去。接下来他对着传声筒说了几句话，仆人立即打开了一盏探照灯，顿时，一束巨大的光柱扫向山坡。

“你看，全都是岩石。普通的轿车如果在这儿开上半小时准会颠散架。事实上，倘若不熟悉这里的路的话，你至少得开一辆坦克才能通过。注意到没有？我们此刻正在往山上开呢。”珀西解释道。

约翰也感觉到他们显然是在爬高,不一会儿,汽车就翻越了一块高地,一轮惨淡的明月正在远处升起。车子忽然停下了,黑暗中又钻出了好几个身影——他们也是黑人。这些黑人再一次用着他们那同样无法辨认的土话向两个年轻人请安,紧接着就干起活来,用从上面悬垂下来的四根巨大的带有钩子的缆绳钩住四个嵌满宝石的车毂。

随着洪亮的"嘿——哟"声,约翰感到自己乘坐的汽车被慢慢地从地面上抬起来了……越升越高……以至于越过了两侧最高的岩石……继续升高,直到一个洒满月光的、如波浪般起伏的峡谷呈现在他们面前,与他们刚刚脱离的怪石堆积的险境有着天壤之别,其中一侧还能看见岩石……然后,忽然间,岩石也不见了踪影。

显然,他们刚刚已经越过了巨大的、如刀刃般直耸入云的岩壁。没多久,他们又开始往下降,在感到一阵轻微的碰撞后,他们落到了一片平坦的土地上。珀西很了解地说:"最糟糕的一段路已经过去了。"珀西眯着眼望着窗外说道,"离我家还有五英里地,接下来的这条路是我们自己家的,整条都是用花砖铺成的。据我父亲说,这里就是美国的尽头。"

"难道我们现在已经到了加拿大吗?"

"不是的。我们现在位于蒙大拿境内的落基山脉中部。但你现在所处的位置是这个国家唯一一处没被勘测过的土地。"

"这里为什么没有被勘测过呢?是他们忘了吗?"

"不,"珀西笑道,"他们曾有三次想测量这片土地。第一次是我的祖父贿赂了国家测量部的所有人。第二次也是我的祖父让人在美国官方的地图上动了手脚,就这样欺骗了他们十五年。最后一次则困难得多了,我的父亲想方设法让他们所用的指南针处于人工设置的这个世界上最强大的磁场当中。他还叫人准备了一整套有微小偏差的勘测仪器,并用它们替代了原本要用的那一套,这样一来就测不出我们所在的这块土地了。

"之后他又强行让一条河流改道,并且在河的两岸建起一座仿佛村庄似的建筑……好让那些人以为这是一个小镇,离山谷上游十英里远。我的父亲只害怕一样东西，"他最后总结说，"就是这世上唯一一样可以发现我们的东西。"

"是什么？"

珀西压低了声音说道："是飞机，"他低低地说，"我们现在有六门高射炮，并且已经布置停当——我们打死了好几个，还俘虏了不少人。你知道，父亲和我是不在意这些的，可这难免使我的母亲和姐妹们心神不宁。况且，我们有时候也会有些措手不及。"

天空中挂着一轮新月，那如同破碎的栗鼠皮似的云朵正殷勤地从新月面前飘过。约翰感觉此刻仍然像是白天，他似乎看见一群男孩子从他头顶上空飞过，向这些被岩石包围着的绝望的小村庄撒下一些宣传的小册子或推销某药品的广告，给它们多多少少带来一些希望的信息。

他又仿佛看见他们正透过云层向下凝望——凝望着他此刻即将要去的地方和那里所有的一切……接下来又会怎样呢？他们会不会受到某种阴谋诡计的引诱而在那里降落，从而远离那些宣传广告和小册子，直到世界末日？或者，如果他们没有落入圈套的话，会不会被一团快速喷发的烟雾和一枚爆破的炸弹射向地面，从而使得珀西的母亲和姐妹们"心神不宁"呢？约翰暗暗地摇了摇头，咧咧嘴干笑了一声。这当中到底隐藏着什么疯狂的交易？这位古怪的富豪在道德上采用了什么样的权宜之计？而这一切到底是怎样一个可怕而又令人心动的秘密呢？……

那片栗鼠皮般的云彩已然飘过去了，约翰看着车窗外，蒙大拿的夜晚如白昼般明亮。当他们绕着一个静悄悄的、洒满月辉的湖泊行驶时，那铺满花砖的路面在巨大轮胎的碾轧下变得无比平滑。片刻间，他们驶入一片黑暗的松林，一阵刺鼻的气息和一丝凉意扑面而来。

紧接着他们驶出松林，又上了一条绿草如茵的分外宽阔的林荫大道。约翰看到这番景象，不禁惊喜地叫出声来，而与他同行的珀西只是低低地说了句："我们到家了。"

在一片耀眼的星光下，一座无比华美的城堡矗立在湖畔，它整体闪耀着大理石的光泽,有毗邻山峰的一半那么高,无比优美地、非常匀称地,并且带着一种半透明的女性的娇慵气质融入那片黑暗的松林之中。此时的景致真是美极了。城堡上的众多塔楼,倾斜的女儿墙上纤巧美丽的窗饰,那些令人赞叹不已的雕成椭圆形、六边形或者三角形的金色窗子。在蓝色的星空下,地面上阴影交错,看上去柔美多情。这一切都好像美妙的和弦一般,深深地拨动了约翰的心扉。其中那座最高、底部最暗的塔楼的顶部还在外面装饰着彩灯,一眼望去,恍若飘浮的仙境。正在约翰痴迷地望着这座高塔的时候,忽然有一阵小提琴轻柔而又短促的和弦声飘入他的耳中,那是他从来没有听过的洛可可式的和谐乐曲。

不一会儿,汽车便在那高大而宽阔的大理石台阶前停下。在台阶的四周,浓郁的花香弥漫。台阶顶上的两扇大门无声无息地打开了,琥珀色的柔和灯光立即涌出来,驱走了黑暗,同时在灯光下映出一位贵妇人的身影。她将乌黑的头发高高地绾起,张开双臂迎接他们的到来。

"妈妈,"珀西介绍说,"这是我的朋友,约翰·昂格尔,从海地斯来的。"

此后,每当约翰再次回忆起在那儿的第一个夜晚,那令人目眩神迷的斑斓色彩,转瞬即逝的感官印象,缱绻动人的柔和音乐,以及各种美妙的事物,光影交错,还有形形色色的人,都出现在他的脑海中。一位白发男子手持金柄的高脚水晶杯,惬意地喝着里面的甜酒。一位貌若天仙的姑娘,打扮得正如泰坦尼亚仙后一般,她的头发还用蓝宝石编成的发带绾着。

在一个房间里,那纯金制成的墙壁柔软得他连用手都按得动;而另一个房间的天花板、地板等一切地方都铺着大小、形状各异的钻石,在房间的四角还有紫罗兰色高脚灯,照得整个房间一片炫目的雪白,当真是无与伦比,超出了世人所有的愿望和梦想。

两个少年漫步在这如同迷宫般的房间里。脚下的地板在灯光的映衬下呈现出瑰丽多姿的图案:有粗犷而刺目的图案,有色调柔和的图案,有纯白的图案,还有一些精致复杂的马赛克图案。约翰心想,这些图案一定是根据亚得里亚海滨的某座清真寺仿造出来的。有时候,在那一层一层厚厚的水晶砖下面,他能够看到湛蓝或者碧绿的水流在打旋,水中还有鲜活的鱼儿和枝繁叶茂、色彩缤纷的植物。接着他们又踏上了质地各异、五彩斑斓的地毯,或者穿行在用洁白的象牙铺成的回廊之中。那象牙不仅颜色纯正,而且很完整。

接下来的一段记忆便有些模糊,不提也罢。

再后来他们就都坐到了餐桌前,餐桌上的每个盘子都是用不易觉察的两层纯净无瑕的钻石制成,在两层钻石之间,还嵌着一层翡翠,这些翡翠不但图案精细华美,而且仿佛是直接从绿色空气中削下来的薄薄一片。从远处的走廊飘来婉转而悠扬的音乐,在大厅里回荡着。座椅是用柔软的羽毛填充的,几乎不为人察觉地随着客人的脊背弯曲。当约翰饮下第一杯葡萄酒时,他觉得那椅子即将要把他吞没似的。他朦朦胧胧地想要回答别人正在问他的一个问题,可这周围缠绕着他身体的醉人的奢华使他平添了一股睡意——珠宝、锦缎、美酒和各色器皿在他眼前渐渐模糊成一片甜美的迷雾……

“是的,”他尽量温文有礼地答道,“我们那里的确很热。”

他又费力地咧嘴干笑了一声,然后便无法抗拒地觉得自己似乎飘浮了起来,并且越飘越远,只留下一份冰镇的甜点,就像一个粉色的梦……他睡着了。

当他从美梦中醒来的时候,已经过去好几个小时了。他躺在一间宽敞安静的房间里,周围都是乌木砌成的墙壁,那昏暗的灯光简直太微弱太轻柔了,甚至不能被称作灯光。而那年轻的主人此刻正俯身站在他的床边。

“你吃饭的时候睡着了,”珀西说,“不过我也差点儿睡着……在学校待了一年以后又可以享受这样的生活,实在是太好了。你睡觉的时候,仆人们已经帮你脱了衣服,还洗了个澡。”

“这到底是张床还是片云彩啊?”约翰深深叹息道,“珀西,珀西……我想向你道个歉。”

“为什么?”

"因为那时候你说你们家有颗像里茨·卡尔顿饭店那么大的钻石时,我还不信呢!"

珀西笑了。

"我早就猜到你不会相信的。我说的钻石就是那座山,这下你明白了吗?"

"什么山?"

"这座山就是我们的城堡所在。就山来说,它并不算大。可是除了山顶上有五十英尺厚的草皮和碎石外,这整座山其实就是一块纯粹的钻石,一整块的钻石,它在一立方英里的体积里一点瑕疵也没有。你在听吗?喂……"

约翰·T.昂格尔又睡着了。

三

第二天清晨,他醒来时虽然依旧睡眼蒙眬,但也察觉到阳光已经洒满了整间屋子。一面墙上的乌木滑板已顺着轨道拉开,他的房间顿时半露在阳光下。一位身材高大、穿着白色制服的黑人正站在他床前。

"晚上好!"约翰喃喃道,一面尽力使自己的大脑清醒过来。

"早上好,先生。您现在打算洗个澡吗,先生?哦,您不用起来……您只需要解开睡衣就行,我会把您放到浴池里去的……对,就是这样。谢谢您,先生。"

约翰一动不动地躺在那儿,黑人帮他脱去了睡衣……他觉得很高兴,也很有趣。他原本以为这个负责伺候他的大个子黑人会将他像小孩子一样地举起来,然而这样的事情并没有发生;相反,他感觉到床正在朝一侧慢慢地倾斜过去……他的身体朝着墙壁的方向滚去。起初他吓了一大跳,可是当他一接触到墙壁,墙上的帷帐就自动打开了,于是他又顺着一个铺着柔软的羊毛毯的斜坡往前滑了两码远,接着便轻轻地滑入与他体温相同的水中。

他这才来得及环顾四周。刚刚他滑过的那条跑道已经被轻轻地收了起来。

他已经到了另外一间房,此刻正坐在一个凹陷的浴池里,脑袋刚好超出地板的平面。他的四周——屋内的四壁,也是浴池的四边和底部,实际上是一个蔚蓝色的鱼池。透过水晶池底,可以清楚地看见鱼儿正在琥珀色的灯光下游动,甚至还若无其事地游过他的脚趾边,中间只隔着一层透明的水晶。头顶的上方,阳光正透过海绿色的玻璃照射进来。

"先生,我想您今天早上会中意泡一个热的玫瑰香泡沫浴……然后再用冷盐水冲洗干净。"

那个黑人又站到了他身旁。

"好吧,"约翰笑着附和道,"就按你说的。"如果按照他自己那种过于贫乏的生活标准来吩咐怎样洗澡,恐怕会显得他过于自负,甚至有些不怀好意了。

黑人摁下一个按钮,温暖的洗澡水立刻便从头顶上方倾泻而下。过了好一会儿,约翰才发现那如雨水般的洗澡水原来是从附近的一个喷泉装置里喷射出来的。慢慢地,洗澡水变成了浅玫瑰色,而沐浴露也从浴池四角安放的小海象头上喷入水中。装在浴池四壁的十二只小桨轮很快就把混合了沐浴露的洗澡水搅拌成如同彩虹般绚丽的粉色泡沫,将约翰无比轻柔地包裹了起来,并在他的四周绽开了一串串闪亮的玫瑰色水泡。

"您需要打开电影放映机吗,先生?"黑人毕恭毕敬地问道,"今天正好有一部很不错的喜剧片在机子里,不过要是您更喜欢一些严肃的影片的话,我也可以马上给您更换。"

"哦,不用了,谢谢。"约翰礼貌而坚决地回答道。他正全身心地享受着洗浴的乐趣,一点儿也不想分心。然而令他分心的事还是不期而至了,不一会儿,他便凝神听起了外面飘来的笛声。那笛声飞出的美妙旋律如同瀑布一般,又好像这间浴室一样清爽而碧绿,这音乐简直比那覆盖着他、令他心旷神怡的泡沫花边还要轻柔。

经过了冷盐水和清水的冲洗,他的精神顿时为之一振。约翰跨出浴池,披上一件异常柔软的袍子,躺在一张铺着同样柔软的面料的长榻上,让黑人在他全身抹上油、酒精和香料。随后,他起身坐在一张豪华而舒适的椅子上,等着黑人为他修面理发。

"珀西先生已经在客厅里等着您了,"等一切都安排妥当,黑人说,"我叫吉格森,尊敬的昂格尔先生。以后每天早上都会由我来伺候您。"

约翰神清气爽地走出浴室,步入那间同样洒满阳光的客厅。他发现早餐已经准备好了,珀西穿着一条白色的小羊皮灯笼裤,服饰华丽,正在桌旁等着他。

四

吃早餐的时候,珀西向约翰简单介绍了一下华盛顿家族的历史。

眼前这位华盛顿先生的祖父是弗吉尼亚人,号称巴尔的摩勋爵,是乔治·华盛顿的直系后裔。南北战争结束的时候,他还是一个上校,年仅二十五岁,手里还有着一座破败的种植园和大约一千美元的金币。

当时这位全名叫菲兹·诺曼·卡尔派普尔·华盛顿的年轻上校决定把他在弗吉尼亚的全部产业都送给他的弟弟,自己则到西部去。他亲自挑选了二十四名对他最为忠实,当然也是最为崇拜他的黑奴,又买了二十五张去西部的车票,打算在那里获取土地,并且办一个饲养牛羊的牧场。可是他在蒙大拿州待了还不到一个月的时间,情况便已经十分糟糕,然而这时他却无意中有了一个大发现。

有一天他在山里骑马的时候迷了路,一整天没有吃东西,饿得饥肠辘辘。而他那天又恰好没有带步枪,因此只好追赶松鼠觅食,就在追逐之中,他发现松鼠的嘴里叼着一块亮晶晶的东西。就在这只松鼠钻进洞穴的那一瞬间——可能是因为上帝还不打算让这只松鼠来做他的食物——它吐掉了嘴里的负担。菲兹·诺曼在洞口坐下来琢磨着该怎么办,这时他忽然瞥见身边草丛中有一个闪闪发光的东西。

在短短的十秒钟之后,他立刻就不觉得饿了,因为他在这一瞬间已经获得了十万美元。那只固执得叫人头疼的松鼠,终究不肯成为他的盘中餐,却送给了他一颗完美的大钻石。

那天深夜,他偷偷回到营地,十二个小时后,他带来的黑奴中所有的男人都在他的带领下折回到松鼠的洞穴,拼命地在山坡上挖掘。他告诉他们的是他发现了一个水晶矿,因为他们当中只有一两个人曾经见过小钻石,所以他们对他说的话都深信不疑。

不久,当他发现这座钻石矿竟然具有如此巨大的规模时,他陷入了两难的境地。

整座山就是一块钻石——一块纯粹的大钻石。

他装了整整四鞍囊的钻石样品,骑着马前往圣保罗。在那里,他想方设法地卖掉了六颗小钻石……而当他想要卖掉一颗稍微大一点的钻石时,店主当场便晕了过去,于是菲兹·诺曼即刻被以扰乱公共秩序的罪名抓了起来。他历尽辛苦从监狱里逃了出来,搭上一辆开往纽约的火车,在那里,他又出手了几块中等大小的钻石,赚了大约价值二十万美元的金币。这回他不敢再往外拿任何大号的钻石了——说起来,他离开纽约算是走得及时,因为这些钻石没多久便在纽约的珠宝界引起了轰动,不仅是因为钻石的个头大,还因为这些钻石出处神秘。

很快谣言四起,说法各异,有人说钻石矿是在卡茨基尔山发现的,也有人说是在泽西海岸、在长岛甚至在华盛顿广场下面发现的。游览列车满载着那些携带锄头和铁铲的人们,每隔一小时便从纽约发车,驶向邻近的埃尔多拉多。而这时候,这些钻石的主人——年轻的菲兹·诺曼已经踏上了返回蒙大拿的归途。

两周之后,他估算出山里的钻石储量大体上同世界上已知钻石的总量相当。可是令人苦恼的是,任何常规的计算方法都没办法测算出这里的钻石的价值,因为它是一整块纯净的钻石——如果把它拿到市场上去贩卖的话,不仅整个市场都会被它搅得风云变色,而且倘若按照常规的计价方法卖掉它,那只怕世界上所有的黄金都加起来也不够买下它的十分之一。面对着这样一颗巨型钻石,他又能有什么办法呢?这是年轻的菲兹·诺曼第一次感到头痛的事情。

这可真是一个令人两难的困境。从某种意义上来说,他已经是迄今为止世界上最富有的人了——可他是真的拥有这一切吗?一旦这个秘密泄露,谁猜得到政府会采取什么样的措施来预防黄金和珠宝市场可能产生的恐慌?他们很可能会立刻宣布接管矿山,从此实施政府垄断。他必须悄悄地、不动声色地卖掉这座矿山,除此之外别无选择。

他派人去南方把他弟弟找来,负责管理他的黑人奴隶。事实上这些黑人们从来没有意识到奴隶制已经废除。为了令他们对此确信不疑,他还宣读了一份由他自己动笔起草的宣言,称弗瑞斯特将军已经重新将溃散的南部联军集结起来,并且经过激战一举击溃了北方佬。这些黑奴们完全地相信了他。他们还通过投票表决,宣布这是一件好事,并立即举行了复兴仪式。

而菲兹·诺曼自己则怀揣着十万美元和两箱大小不等的钻石动身去了国外。他搭上一艘中国舢板去了俄罗斯。在离开蒙大拿六个月之后,他终于到了圣彼得堡。在一处不起眼的住处安顿下来以后,他立即开始四处拜访宫廷珠宝商,宣称他特地为沙皇准备了一颗大钻石。他一共在圣彼得堡停留了两周的时间,时刻担惊受怕,为了避免遭到谋杀,他甚至不断地更换住所。在这两周之内,他那装满钻石的箱子只被他战战兢兢地打开了三四回。

在承诺一年之后会再带些更大更精美的钻石来圣彼得堡之后,他才终于被准许离境赴印度。然而在他离开之前,俄罗斯的宫廷司库已经用四个不同的化名为他在几家美国银行存入了总共一千五百万美元。

菲兹·诺曼在国外游历了两年多之后,终于在一八六八年返回了美国。

　　他一共到过二十二个国家的首都，并且先后同五位皇帝、十一位国王、三位王子、一位沙赫、一位可汗和一位苏丹有过交谈。这时的菲兹·诺曼估计自己的财产已经有十亿美元了。而他的每一颗大钻石呈现在公众面前还不到一周的时间，就会传出历史上为争抢这颗钻石所发生的无数灾祸、奸情、革命和战争，其源远流长的历史甚至可以追溯到巴比伦第一帝国时代。

　　从一八七〇年到一九〇〇年——他去世的那一年为止，菲兹·诺曼·华盛顿的历史可以称得上是一部用黄金写就的长篇史诗。当然，其中也不乏一些微末的细节——比如说，他躲过了好几次的土地勘测，娶了一个弗吉尼亚的姑娘，生了唯一的儿子；又比如，由于遭遇了一连串的不幸，他被迫杀死了自己的弟弟。因为他不知何时养成了酗酒的坏毛病，经常喝得酩酊大醉，口风不严实，好几次都差点危及他们的安全。除此之外，就几乎没有其他的命案来影响这一段发展扩张的幸福岁月了。

　　在他临终之前，他又改变了策略，除几百万美元资产以外，他用所有的财产购买了大量的稀有矿石，标作古董之后存放在世界各地银行的保险库里。

　　而他的儿子布莱多克·塔尔敦·华盛顿更是不遗余力地执行了这项策略。他将所有的矿石转化为世界上最稀有的元素——镭，如此一来，价值十亿美元的东西只需用一个雪茄烟盒那么大的容器就能存放了。

　　在菲兹·诺曼去世三年之后，他的儿子布莱多克觉得他们的生意已经做得够大了。他和他父亲两人从这座钻石山上获得的财宝已经多得无法计数。他还专门用密码记在了笔记本上，上面记载着他所资助的千余家银行里每一家所存放的镭的大致数量，以及他存放时所用的化名。在这之后，他便做了一件再简单不过的事情——他封闭了这座钻石矿。

　　他封闭了整座矿山。

　　因为他们父子从矿山挖掘出来的财宝已经足够让华盛顿家族世世代代都过上奢华的生活。他此后唯一要担心的便是如何保守这个秘密。因为秘密一旦泄露，极有可能会引发恐慌，最终使他和其他的有钱人一样，变得一无所有。

这就是约翰·T.昂格尔现在所拜访的家庭。

这就是他在抵达的翌日早晨,在他自己那间连墙壁都是用银子铺成的起居室里听到的。

五

用过早餐之后,约翰走出了那扇大理石做的正门,十分好奇地注视着眼前这片景色。从钻石山一直绵延至五英里外那片陡峭的花岗岩峭壁,整个山谷喷出一片金黄色的晨雾,飘浮在美丽的草坪、湖泊和花园上空。遍布于各处的榆树林形成了一大片精致的树荫,与另一大片粗壮的裹着群山的墨绿色松树林形成了一种奇怪的对比。

约翰极目远眺,看见大约半英里之外的树丛中有三只小鹿正一只接一只地蹦出来,随即欢快地消失在另一片半明半暗的树丛中。此时此刻,即使是看见牧羊人吹着笛子在林间穿行,或是瞥见仙女们的粉红色肌肤和飘扬的金发在青翠的绿叶丛中,约翰也是丝毫不会感到惊讶的。

带着这样缥缈的希望,他走下了大理石台阶,稍稍惊扰了一下台阶下仍然在熟睡的两只毛色光亮的俄罗斯狼犬。他顺着蓝白相间的砖砌小径一直向前走去,却不知通往何处。

他尽情享受着眼前的这一切,仿佛自己置身于梦幻中。这一点既是年轻人的不足之处,也是他们的幸福所在——他们永远没办法生活在现实中,除非现实完全符合他们所憧憬的美好未来——包括鲜花和黄金、姑娘和星星,而眼前这些只不过是那遥不可及的、无与伦比的青春梦想的先兆和预示罢了。

约翰绕过一个拐角,一簇一簇的玫瑰花在空气里散发出馥郁的香气,他接着又穿过一座花园，向着树底下的一片青苔走去。他还从来没在青苔上躺过，因此想试试看它是否真像它的名字所形容的那样柔软。这时候，他看见一个姑娘正穿过草地向他走来。说实话，他从来没有见过这样漂亮的姑娘。

她身穿一件纯白色的刚刚过膝的裙子，头发则用木槿花环绾着，上面还镶嵌着蓝宝石片。她走来的时候，那双赤着的粉嫩的双足溅起了清晨的露珠。她比约翰还要年轻——还不到十六岁。

"你好，"她柔声说，"我叫吉斯敏。"

而对约翰来说，这已经不仅仅是个名字了。他迎上前去，正当他走近时，却又停下了脚步，唯恐踩到她那赤裸的脚趾。

"你还没见过我呢，"她柔声细气地说道。那双蓝色的眼睛似乎在说：噢，你可错过了许多！……"昨晚你见到的是我的姐姐贾斯敏。当时我不巧中了莴苣毒。"她又接着说道，而她的眼睛也似乎在接着说，我生病的时候都那么甜美，要是好了呢……

我已经对你留下了极好的印象，约翰的眼睛回应道，我可不笨呢……"你好！"他出声道，"希望你现在感觉好些了……"亲爱的——他的眼睛则颤抖着补充道。

约翰不由自主地跟着她沿着那条小径往前走。按照姑娘的提议，他们两人并肩坐到了青苔上，他可从没想到苔藓竟会如此柔软呢。

约翰对女人是很挑剔的。一点点的瑕疵——脚踝肥啦，嗓音沙哑啦，双目无神啦——就足以使他完全失去兴趣。此刻，他生平头一回坐在了一位姑娘的身旁，而这个姑娘在他看来正是完美的化身。

"你是从东部来的吗？"吉斯敏颇有兴致地问道。

"不，"约翰十分简短地回答道，"我是从海地斯来的。"

可能是因为她从没有听过海地斯这个地方，也可能是因为她暂时想不出什么动听的话来加以评论，因此，她不再接着这个话题往下说。

"今年秋天我就要去东部上学了，"她说，"你说我会喜欢那儿吗？我要去的是纽约的巴尔琪小姐学校。那里非常严格,不过每个周末我都会回我们在纽约的家和家人待在一起,因为听爸爸说那儿的女生都要三五成群地结伴行走。"

"你的父亲是想要你自尊自爱。"约翰说道。

"我们当然是了,"她立即答道,眼中闪烁着尊严的光芒,"我们当中谁都没有受过大人的处罚。爸爸说我们永远都不该受到处罚。我的姐姐贾斯敏在她还小的时候,有一次把父亲从楼梯上推了下去,可是父亲站起身来什么话也没说就一瘸一拐地走开了。"

"妈妈……稍微有点儿吃惊,"吉斯敏继续说道,"当她听说你是从……就是从你来的那个地方来的,她说当她还是小姑娘的时候……可你知道的,她是位老式守旧的西班牙人。"

"你们要在这儿待很久吗?"约翰问道,以此来掩饰由于刚才的话而在内心受到的伤害。那番话似乎非常不客气地暗示了他是个乡巴佬。

"珀西、贾斯敏和我每年夏天都会来这里,不过贾斯敏明年夏天会去纽波特。今年秋天后她就要去伦敦待上一年的时间。她还接到去皇宫的邀请呢!"

"你知道吗?"约翰有些迟疑地开了口,"你比我第一眼看到你时想象的要世故多了。"

"噢,不,不是这样的,"她十分急切地叫道,"噢,我不这么觉得。世故的年轻人可俗气透了,不是吗? 我可不是这样的。你硬要说我是的话,我就要哭了。"她伤心得连嘴唇都在发颤。

约翰不得不赶紧解释道:

"我不是那个意思,我只是想逗你玩儿的。"

"我如果真是那样的人,倒不会在意了,"她还是坚持道,"可我的确不是。我很纯真的,是个女孩子的样儿。我从来都不抽烟喝酒,只读一点诗歌。我对数学和化学更是一窍不通。我的穿着也很朴素……事实上我几乎从不打扮的。我认为你不管怎样都不能用世故这个词来形容我。我一直认为女孩子应该以一种健康向上的方式来享受青春。"

"我也是这么认为的。"约翰热烈地回应道。于是吉斯敏又快乐起来。

她微笑着凝视着他,一颗噙着的泪珠从她那双碧蓝眼睛的眼角滑落下来。

"我喜欢你,"她十分亲热地低声说道,"你待在这儿的时候会一直和珀西在一起吗?你会和我好吗?你想想看——我绝对是清白的,我从来没跟别的男孩子谈过恋爱。家里的人甚至不允许我和男孩子单独见面……除了珀西以外。为了遇见你而不被家里人撞上,我特地走了这么大段路到这片树林来。"

约翰顿时觉得受宠若惊,他撅起屁股向吉斯敏深深地鞠了一躬,这是他在海地斯的舞蹈学校学到的姿势。

"现在我们得离开这儿了,"吉斯敏喜滋滋地说,"我十一点钟得去妈妈那儿。你还没叫我吻你呢。我原本以为现在的男孩子都时兴这样的。"约翰又自豪地挺了挺身子。

"有些人是这样子的,"他回答道,"可我不是。在海地斯,姑娘们不干那种事……"

接着两人肩并肩朝房子走去。

六

约翰在阳光下面对着布莱多克·华盛顿先生站着。这位长者大概四十岁,长着一张傲慢而有些茫然的脸,还有一双智慧的眼睛和一副健壮的身躯。每天早晨他的身上都有一股马的气味——最好的马的气味。他手里挂着一根看起来十分普通的灰色桦木手杖,把手上则镶着一颗硕大无比的蛋白石。他和珀西正领着约翰到处走走看看。

"奴隶们的住所就在那里。"他用手杖指向他们左手边的大理石回廊,这个回廊顺着山腰向前伸展,是一排非常优美的哥特式建筑。"我年轻的时候曾经有一阵子深受愚蠢的理想主义的影响,以至于都脱离了生活的正轨。在那段时间里,我让奴隶们生活得极为奢侈。比方说,我在他们的每个房间都砌了花砖浴缸。"

"我想,"约翰讨好地干笑了一声,鼓起勇气道,"他们准是用浴缸来装煤球了。施尼利扎·墨菲先生跟我说过,他有一次……"

"施尼利扎·墨菲先生说什么都无关紧要,"布莱多克·华盛顿毫不客气地打断了他的话,"我的奴隶是不会用浴缸来装煤的。我命令他们天天洗澡,他们就照做了。要不然,我就会让他们用硫酸洗头。我之所以后来改变主意不让他们洗澡了完全是出于另外一个原因。他们当中有好几个人因为洗澡而受凉感冒,后来死了。看来水对某些种族来说没什么好处——做饮料则例外。"

约翰笑出声来,随后十分郑重地点头表示同意。说实话,布莱多克·华盛顿让他感到浑身都不自在。

"现在所有这些黑人都是我父亲当初带到北方来的那些黑奴的后代。现在一共有二百五十人左右。不知道你注意到没有,因为长期与外界隔绝,他们原本的方言已经变成了一种基本上无法听懂的土语了。我们特地培养了他们其中的几个人说英语,比如我的秘书,还有两三个负责照料屋子的仆人。"

"这里就是高尔夫球场,"华盛顿先生接着说道,这时候他们正沿着天鹅绒般柔软的冬日草坪漫步,"你瞧,一大片碧绿的草坪——没有平坦的球道,没有杂草,也没有任何障碍物。"

他难得地朝约翰愉快地笑了笑。

"笼子里关了许多人吗,爸爸?"珀西突然间问道。

布莱多克·华盛顿犹疑了一下,还是忍不住诅咒起来。

"还少一个,"他突然间阴沉着脸嚷道,随后又加了一句,"我们有麻烦了。"

"妈妈跟我说,"珀西大声说道,"那个意大利教师……"

"这是一个天大的失误,"布莱多克·华盛顿非常生气地说,"不过我们还是很有可能把他抓回来的。也许他已经在森林里倒了下来,或者从悬崖上摔了下去。最有可能的是,即使他确实逃出去了,也没有人相信他所说的话。不过不管怎样,我已经派出了二十四个人分头到附近的城镇去找他了。"

"那结果怎么样?"

"还行。他们当中有十四个人都各向我的手下报告说他们杀死了一个符合那个意大利教师相貌特征的人,不过要是他们只是冲着悬赏来的话……"他忽然停住了。

他们已经来到了一个巨大的洞穴前面,洞口差不多有一个旋转木马的直径那么大,上面还封着坚固的铁栅栏。布莱多克·华盛顿用手杖指向铁栅栏的下面,并且示意约翰上前。约翰走近洞口,朝下面望去。一瞬间他的两耳充斥着下面传来的一阵阵聒噪喧哗声。

"来,下地狱来吧!"

"喂,小家伙,上面空气怎么样?"

"嘿!扔根绳子给我们!"

"朋友,弄个不怎么新鲜的炸面包圈给我们,或者来几块吃剩下的三明治也行。"

"喂,伙计,假如你把和你待在一块儿的那家伙推下来,我们就会立即让你看到他是怎么消失的。"

"替我揍他一顿,行吗?"

这时天已经黑了,丝毫看不清洞里的情形,但根据他们的话语和声音中所透露出来的乐观和生气,约翰估计他们是一群充满活力的美国中产阶级。这时华盛顿先生抽出手杖,摁了一下埋在草丛中的按钮,洞里一下子亮堂了起来。

"这都是些冒险的海员,算他们倒霉,居然发现了埃尔多拉多。"华盛顿先生说。

一个碗状的大坑出现在眼前。四壁十分陡峭,很明显是用抛光玻璃做成的。底部凹陷,站着二十多个男人,一半平民装扮,一半身穿飞行员的制服。他们的脸庞朝上仰起,流露出各种各样的神情,愤怒、仇恨、绝望以及玩世不恭。他们都长满了长长的胡须。然而,除了少数几个人显得略微憔悴外,他们看上去都还不错,身体也很健康。

布莱多克·华盛顿拉过一张花园里的椅子到洞口,然后坐了下来。

"喂,你们好吗,亲爱的孩子们?"他和蔼地询问道。

除了有几个心情郁闷得叫不出声来以外,其他人顿时异口同声地咒骂起来。一片诅咒声在阳光明媚的空气中回响,可是布莱多克·华盛顿却始终平静地听着。当最后一波回声也过去之后,他才开口说道:

"你们想到摆脱困境的办法了吗?"

七嘴八舌的回答立刻从洞里飘了上来。

"为了消遣我们已经决定留在这儿了!"

"把我们弄上去我们就会有办法!"

布莱多克·华盛顿又一直等到他们都安静了下来才说:"我已经很坦白地告诉过你们整件事情的原委。我也不想留你们在这里,我甚至希望从来没见过你们。是你们自己那过于旺盛的好奇心把你们引到这里来的。不管任何时候,只要你们能够想出一个保护我和我的利益的办法,我都十分愿意考虑。可如果你们仍然只想着挖地道——不错,我已经知道你们现在又在动手挖一条新的地道了——你们就不会有任何的进展。既然你们因为思念家中的亲人如此呼天抢地,那让你们想个解决办法应该并不困难。不过话说回来,如果你们真是挂念家人的话,也就绝不会干上飞行员这个行当了。"

这时一个高个男人从人群中走了出来。

"让我来问你几个问题!"他大声喊道,"你刚刚不过是假装公正罢了。"

"多荒谬啊!像我这样有地位有身份的人怎么可能对你们公正呢?你倒还不如说西班牙人会对一块牛排公正呢!"

听到这番刻薄的话,二十多块"牛排"都愤愤地垂下了头,但是那个高个儿男人继续说道:"好了!关于这一点我们以前已经争论过了。你绝对不是一个人道主义者,你也并不公正,但你是个人——至少你自己说过你是,因此,你也应该能设身处地地为我们想想,这是多么地……多么地……多么地……"

"多么地什么?"华盛顿先生冷冷地问道。

"……多么地不必要……"

"可对我来说未必。"

"嗯……多么地残忍……"

"这一点我们以前也讨论过了。为了保护自己,不存在什么残忍不残忍的问题。你们都是当过兵的人,应该很明白这一点。还是换个说法吧。"

"那么,好吧,多么地愚蠢。"

"这倒是说对了,"华盛顿十分痛快地承认道,"我允许你这么说。可是想想看,难道你们还有别的办法吗? 我曾经提出过,只要你们愿意的话,我可以让你们所有人或者其中一人毫无痛苦地死去。我也建议过,可以把你们想念的妻子、恋人、孩子和母亲一起带到这里来,我会将你们的住处扩大,并且提供衣食,让你们后半生享用不尽。如果有什么办法能让你们永远地失去记忆,我也会毫不犹豫地让你们做手术丧失记忆,然后立刻释放你们,随便你们去我领地以外的任何地方。但这些都只不过是我的想法罢了。"

"相信我们绝不会告发你的,怎么样?"有人叫道。

"可惜你们并不是严肃认真地提出这个建议,"华盛顿冷冷地讥讽道,"我的确放了一个人出来教我的女儿意大利语。可他上周逃跑了。"

突然间,二十多个喉咙里同时迸发出欣喜若狂的欢呼声,紧接着的是一片欢腾。囚犯们欢呼着跳起了木屐舞,时而用真嗓时而用假嗓地唱着,继而又在一阵突然迸发的活力下相互扭打起来。他们当中的一些人甚至沿着那碗状大洞的玻璃墙壁往上爬,直到不能再向上为止,然后一下子滑回洞底,一屁股坐到地上。那个高个儿男人开始领着大家一起唱起歌来:

　　噢,我们把皇帝吊死

　　在一棵酸苹果树上……

布莱多克·华盛顿还是静静地坐着,直到他们把歌唱完。"你们瞧,"当他终于能够吸引底下那些人的一点注意力的时候,他开口说道,"我对你们完全没有恶意。我很喜欢看到你们这么开开心心的。正因为这样,我并没有一下子就把一切都告诉给你们。那个人……是叫什么来着?克利契提契罗?已经在十四个不同的位置被我的手下击中了。"

人们没有想到他所说的位置实际上是指的城市,快乐的喧哗立即停止了下来。

"可是尽管如此,"华盛顿有些愤愤地喊道,"他毕竟曾经试图逃跑。有了这次的教训,你们还指望我会再次冒险给你们当中任何人机会吗?"

下面再次喊声四起。

"当然啦!"

"你的女儿想学中文吗?"

"嘿,我也会说意大利语!我妈是意大利移民。"

"也许她想学纽约话。"

"倘若你的女儿是个长着蓝色大眼睛的小姑娘,我还可以教她很多比意大利语好得多的东西。"

"我会唱爱尔兰民歌……还会用铜管乐器伴奏。"

华盛顿先生突然伸出手杖,又戳了一下隐藏在草丛中的按钮,喧闹的地下情景立刻消失了,只留下黑糊糊的洞口,上面还阴沉沉地盖着铁栅栏,仿佛一排乌黑的牙齿。

"嘿!"洞下又传来一个不知死活的声音,"不祝福我们一声就走了吗?"

这时的华盛顿先生已经领着两个男孩朝着高尔夫球场的第九洞悠闲地走去,仿佛刚才的洞穴和那洞里的人不过是高尔夫球场上的一道障碍,华盛顿先生那灵活的铁杆丝毫不费力气地就取得了胜利。

七

在这座钻石山的遮蔽下,七月的夜里已经冷得要盖毯子了,白天却仍然温暖和煦、阳光灿烂。在这样的好天气下,约翰和吉斯敏甜蜜地恋爱了。约翰还不知道,他送给吉斯敏的那只小金球业已被她用一根铂金链子穿上戴在了胸前。而吉斯敏也不知道,某一天从她那简朴的头饰上掉下来的一大块蓝宝石业已被约翰小心翼翼地收藏在自己的首饰盒里。

某天傍晚,约翰和吉斯敏一起在那间用红宝石和貂皮装饰的音乐室待了一个小时。音乐室里寂静无声,他握着她的手,她含情脉脉地看着他,约翰忍不住轻声唤着她的名字。她俯身凑过去……却又犹豫起来。

"你刚才叫的确实是'吉斯敏'吗?"她小声问道,"还是……"

她想要问清楚。她生怕自己误解了他。

他俩之前都没有接过吻,但在这一个小时里,他们可以黏在一起,所以这似乎并没有什么影响。

一整个下午就这样悄然流逝。那天晚上,当最后一丝音乐从那座最高的塔楼上飘来时,他们两人还都无法入睡,仍在幸福地回味着白天两人在一起度过的每分每秒。他们已经决定要尽快结婚了。

八

每天,华盛顿先生都会和两个年轻人一块儿去树林深处打猎、钓鱼,或者在那令人昏昏欲睡的球场上打高尔夫球——在这些比赛中,约翰总是十分巧妙地让主人获胜——或者在山中清凉的湖水中游泳。约翰发现华盛顿先生的个性实在过于专横——对别人的想法和观念丝毫不感兴趣。华盛顿太太则成天冷冰冰的,十分沉默寡言。她对她的两个女儿都显得漠不关心,把全部的心思都放在了儿子珀西身上。她总是在吃饭的时候没完没了地用西班牙语和珀西聊天,语速还很快。

大女儿贾斯敏其实和吉斯敏长得很像——不过她有点儿罗圈腿,而且手脚很大——可是两人的性情却相差很大。她最爱看的是有关母亲死后,可怜的女儿如何替父亲操持家务这种故事。约翰从吉斯敏那儿得知,贾斯敏长久以来一直没有从世界大战的突然结束给她带来的震惊和失望当中恢复过来,当时的她作为一名餐饮专家,正准备远赴欧洲战场。为此她还憔悴了好一阵子。布莱多克·华盛顿曾经为了女儿想在巴尔干半岛发动一场新的战争,然而贾斯敏自从看过一张受伤的塞尔维亚士兵的照片之后,就对整件事情失去了兴趣。然而,珀西和吉斯敏似乎都从他们的父亲那里最大程度地继承了那种盛气凌人、目空一切的傲慢态度。他们的每一个想法都体现出彻头彻尾的自私自利。

这座城堡和山谷的美景让约翰着了迷。珀西告诉他说,布莱多克·华盛顿曾命人绑架了一位园林设计师、一位建筑师、一位舞台布景设计师和一位上世纪遗留下来的法国颓废派诗人。他把他手下的所有黑人奴仆都派给了他们,听候他们的差遣,并保证向他们提供世界上任何能够找得到的材料,只为了让他们能够搞出一些独一无二的设计来。可他们一个接一个地显出了自己的无能。那位颓废派诗人一到这里便开始悲叹自己远离了春天的林荫大道——他随随便便写了几句有关香料、猿猴和象牙的诗,毫无价值可言。那位舞台设计师则想把整个山谷布置成一套机关,以求获得一种轰动效应——那是华盛顿一家很快就会厌倦的玩意儿。而至于建筑师和园林设计师呢,他们只会按部就班、因循守旧,什么东西是怎样就怎样,一点创新也没有。

不过至少他们解决了如何处置他们自己的问题——为了就喷泉安放的

位置达成一致，他们待在一间房子里讨论了一整个晚上，结果第二天早上居然全都疯了，只能被送进康涅狄格州西港的一家精神病院。

"可是，"约翰十分好奇地询问道，"这些奇妙无比的会客室和大厅、过道和浴室到底是谁设计的呢？"

"噢，"珀西答道，"我真不好意思告诉你，那些都是一个拍电影的家伙设计的。他是我们所能找到的唯一一个会大肆挥霍的人，尽管他会把餐巾塞在领子里，而且甚至连读书写字都不会。"

八月就快要过去了，约翰开始为自己很快就得回到学校而感到懊恼起来。他和吉斯敏已经决定来年的六月一起私奔。

"如果能在这里结婚该有多好啊！"吉斯敏坦言道，"可是父亲是肯定不会同意把我嫁给你的。与其那样的话，还不如和你私奔呢。现如今在美国，有钱人结婚可真是糟透了——他们总要事先向报社发一份公告，说他们只能凭着所剩无几的那一点财产结婚了。其实他们想说的无非就是他们有一堆旧的二手珍珠和一些尤金妮娅女皇曾经用过的花边而已。"

"我明白，"约翰格外热情地附和道，"在我拜访施尼利扎·墨菲一家的时候，他们家的大女儿格温多琳嫁的那个男人的父亲拥有半个西弗吉尼亚州。她写信回家说，单靠她那做银行小职员的丈夫的微薄薪俸度日，生活是多么地不容易……然后在信的结尾她说：'感谢上帝，总算还有四个能干的女佣，她们还能帮上一点儿忙。'"

"这可太荒谬了，"吉斯敏评论道，"想想看，这世界上有成千上万的人，像工人啦，还有其他所有的人，他们可只有两个女佣，还不是照样过日子。"

时光在快乐中过去，然而，就在八月底的一个下午，吉斯敏无意间说出的一句话改变了整个的局面，也使约翰顿时陷入了极大的恐慌之中。

那天，他们正并肩坐在他们最为钟爱的树林里，在接吻之余，约翰突然沉浸在了一种浪漫而又不祥的预感之中，这预感很不幸地为他们两人之间的关系蒙上了一层阴影。

"我有时觉得我俩永远也不可能结婚，"约翰悲伤地说，"你太富有了，也太完美了。像你这么富有的女孩儿是独一无二的。我应该娶的是一个奥马哈或者苏城里家境比较殷实的五金批发商的女儿。她如果能有一份五十万美元的嫁妆，我就心满意足了。"

"我过去认识一个五金批发商的女儿，"吉斯敏随口说道，"不过我想你大概是不会对她满意的。她是我姐姐的朋友，曾经上我们这儿来过。"

"噢，难道说你们还有过其他的客人？"约翰十分惊讶地叫道。

吉斯敏好像很后悔说了刚才的话。

"嗯，是的，"她匆忙答道，"我们是有过几个客人。"

"但是，难道你……你的父亲就不怕他们会到外面去说吗？"

"嗯，从某种程度上来说，是这样的。"她十分敷衍地答道，"还是聊些别的愉快的事儿吧。"

可是这话反而大大激起了约翰的好奇心。

"愉快的事?!"他追问道，"难道有什么不愉快的事儿吗？她们不是好女孩吗？"

令他大吃一惊的是，吉斯敏居然开始哭了起来。

"不……呃……那……那就是问题所在。我非常喜欢她们当中的一些人，贾斯敏也是如此，可她却还是不断地邀请她们来到这里。我真不明白她为什么要这么做。"

约翰的心头不由得升起了一团疑云。

"你是说，她们回去以后到外面乱说了，然后你父亲就派人把她们给……给除掉了？"

"不，比那更糟，"她抽抽噎噎道，"父亲不想冒险……可是贾斯敏却不断地写信邀请她们来玩，而她们在这里又玩得那么开心。"

吉斯敏突然间悲伤得不能自抑。

约翰则被这番话惊得目瞪口呆，他瞠目结舌地坐在那儿，甚至感觉到身体里的每一根神经都在抽动，一时间就像有无数只麻雀在他的脊柱上叽叽喳喳。

"现在,我可是把一切都告诉你了。我原本是不该对你说的。"她忽然平静了下来,自己擦干了眼泪。

"你的意思是,在她们离开之前,你的父亲就已经叫人把她们给杀了?"

她点了点头。

"通常是在八月……或者九月初。我们先尽可能地从她们身上获取快乐,这也是十分自然的事情。"

"真是可恶啊! 怎么能这样——为什么? 我可真要疯了! 你真的承认……"

"是的,"吉斯敏耸了耸肩,打断了他的话,"我们不能够像囚禁那些飞行员一样把她们也给关起来,那样的话,每天看到她们,我们的良心就会受到谴责。而且父亲他总是能在我们都还没预料到的时候就抢先下手,我和贾斯敏也就不会那么难受了。而且这样一来,也省得我们和她们道别了……"

"她们就这样被你们谋杀了! 噢!"约翰失声叫道。

"这事干得非常干净利落。她们在熟睡的时候被药物毒死了……而她们的家人事后会得知她们是在比尤特得了猩红热死的。"

"可是……我不明白的是,你们为什么还要不停地邀请她们呢?"

"我没有,"吉斯敏急急说道,"我从没有邀请过任何人,她们都是贾斯敏邀请来的。而且她们在这儿玩得很高兴。临近最后的时候,贾斯敏还会送给她们很多最好的礼物。当然,将来我也可能会邀请客人来的——我也会硬起心肠这么做的。在应当享受生活的时候,怎么能让死亡这种不可避免的事情来妨碍我们呢? 想想看,如果从没有人来这儿,那我们将会多寂寞啊。要知道,父母亲也和我们一样,他们也牺牲了一些最要好的朋友的性命。"

"因此,"约翰大声地谴责道,"你让我向你求爱,并且假装爱我,还跟我谈什么结婚,事实上你打一开始就知道我是绝不可能从这里活着出去……"

"不,"她激动地辩解道,"不是这样的。我承认,一开始的时候是的。你

— 181 —

来到了这里,对此我也无能为力,那会儿我就想,也许我们能在你生命中的最后一段日子里共度一段美好的时光。可是我很快就爱上你了,我……我只要一想到你将会……将会被杀死就觉得很难过……可是我宁愿你被杀掉也不愿见到你再吻别的姑娘。"

"哦,你宁愿,是吗?"约翰凶狠地叫道。

"是,更何况,我经常听人们说,女孩子和一个她明知道不可能结婚的男人在一起会非常有趣。唉,我为什么要告诉你这些呢?我恐怕已经败了你的好兴致啦,当你什么都不知道的时候,我们过得多快活呀。我早就知道,说了这些一定会让你变得沮丧的。"

"哦,你早知道,不是吗?"约翰气得连声音也颤抖起来,"我已经听够了。你自己不管自尊和体面同一个已经比死尸好不了多少的家伙谈情说爱,但我可不想再跟你有任何关系了。"

"不,你不是一具尸体!"吉斯敏立刻惊恐地反驳道,"你不是一具尸体!我不准你说我吻了一具死尸!"

"我没这么说!"

"你刚刚就是这么说的!你刚刚说我吻了一具死尸!"

"我没说!"

他们的嗓门越来越高,此刻一阵突然的脚步声让他们立马安静了下来。他们听见有人正顺着那条小路朝他们这里走来,不一会儿,他们藏身的那片玫瑰花丛被往两边拨开,露出了布莱多克·华盛顿那张英俊而又茫然若失的脸,一双精明的眼睛正紧紧地盯着他们。

"谁吻了一具尸体?"他十分不快地问道。

"没有人,"吉斯敏赶紧回答道,"我们只是在开玩笑。"

"不管怎么样,你俩待在这里做什么?"他粗声粗气地责问道,"吉斯敏,这会儿你应该——应该是在读书或者和你的姐姐在一起打高尔夫球。快去读书!去打高尔夫球!等我回来的时候,别再让我看到你还在这里!"

随后他向约翰微微鞠了一躬,沿着那条小路走了。

"看到没有?"等到华盛顿先生走远,肯定已经听不见他们说话了,吉斯敏便生气地说,"你把一切都弄砸了。我们再也没办法见面了。父亲他不会让我再见你了。如果让他知道我们在恋爱的话,他一定会把你毒死。"

"我们没有相爱,以后也不会!"约翰愤怒地嚷道,"他完全没必要为这事儿操心。而且,你也别傻呆呆地以为我还会待在这里等着你们谋杀。六个小时之内,我就会翻越那座山峰,即使要我啃出一条道儿来,我也一定会踏上回东部的路。"

此时他们两人都已经站起身来,听到这话,吉斯敏靠近约翰,紧紧地挽起了他的手臂。

"我要跟你一起走。"

"你疯了……"

"我就要跟你一起走。"她十分不耐烦地打断道。

"你肯定不会的。你……"

"那好,"她平静地说,"现在我们就去追上我父亲,跟他说这件事。"

约翰顿时败下阵来,不由得苦笑一声。

"好吧,亲爱的,"他无奈地同意了,声音软弱无力,"我们一起离开。"

此刻,他对她的爱又复活了,爱情平静地停靠在他的心头。她终究是属于他的——她愿意和他一起出逃,共赴危难。于是他又搂着她,并且热烈地吻起她来。她毕竟是爱他的。而事实上,她还救了他一命。

他们慢慢地往回走,一路上细细地讨论着出逃的计划。由于布莱多克·华盛顿已经发现他们在一起了,因此他们决定第二天晚上就离开这里。在吃晚餐的时候,约翰觉得他的嘴唇异常干燥,喝了一大勺孔雀汤,紧张之下居然呛到了,最后不得不让一个管家把他抬进那间用绿松石和黑貂皮装饰的棋牌室里给他捶背,在珀西看来这当真滑稽可笑得很。

九

后半夜的时候,约翰的身体突然紧张地抽动了一下。他直挺挺地坐了起来,注视着房间里挂着的那片有催眠效果的窗帷。透过一扇扇敞开的窗户,他见到了被分割成一块块的蓝黑色的天空,从远处传来了一阵微弱的响声,被噩梦纠缠着的约翰还没来得及辨认,那声音便随风消逝了。然而接下来的刺耳的声音却近在咫尺,就在他的房门外——是转动门把手的声音、脚步声,还是低语声,他已经无从判断。他的胃一阵绞痛,在他万分痛苦地凝神细听那声音时,他浑身疼痛不已。突然间,他模模糊糊看见有一个身影揭开窗帘,站在了窗边,由于光线很暗,又有多重帷幕,所以只看得到轮廓,和那帷帐的皱褶重在一起,顿时变得扭曲起来,仿佛是一块很脏的玻璃里映出的影像。

不知道是出于突然而至的恐惧还是他内心的决断,约翰摁了一下床边的按钮,下一刻他就坐到了隔壁房间的浴池里,在半池冷水的刺激下,他顿时清醒过来。

他从浴池里跳出,湿漉漉的睡衣在他的身后洒下了一道长长的水迹。他朝着镶满海蓝宝石的那扇门跑去,因为他知道从那里可以通往二楼的象牙平台。门无声无息地开了。巨大的穹顶上悬挂着一盏深红色的吊灯,映照着那精雕细琢的华美的楼梯,呈现出一种炫目的美丽。片刻间,约翰犹疑了一下,这四周如此静谧的华美让他心惊胆战,他这个站在象牙平台上瑟瑟发抖的孤零零的浑身湿透的小人儿,似乎已经被裹进了它的重重帷幕里。接下来同时发生了两件事情。他自己那间起居室的房门被用力推开,三个浑身赤裸的黑人冲进了大厅——正当约翰在恐惧中身体摇晃着走向楼梯时,走廊的另一头墙上的一扇门也开了,约翰看见布莱多克·华盛顿正站在灯火通明的电梯里,他的身上穿了一件裘皮大衣,脚蹬一双齐膝的马靴,上面还露出了闪闪发亮的玫瑰色的睡衣裤。

这三个黑人立即——约翰从没有见过他们当中的任何一人,然而一个念头却从脑海中飞速闪过,这些人肯定是职业刽子手——停止了冲向约翰的步伐,转向电梯里的布莱多克·华盛顿,后者厉声喝道:"进来!你们三个!快点!"

一瞬间,三个黑人都冲了进去,当电梯门合上时,那盏长方形的灯也熄掉了,大厅里只剩下约翰一人。他几乎虚脱地倒在一级象牙台阶上。

很明显有什么不寻常的事情发生了,而这件事至少暂时延缓了针对他自身的小灾难。到底是什么事情呢?难道是黑奴起义了?还是那些飞行员终于冲开了铁栅栏?又或者是菲希村的那些男人们误打误撞地穿越山林来到了这里,看到了这片精致华美的山谷?约翰不清楚。他只听到一阵阵呼呼的风声。电梯一会儿升上来,一会儿又降下去了。很可能是珀西赶去帮他父亲的忙了。此时约翰忽然想到他得赶紧抓住这个机会和吉斯敏出逃。他一直等到电梯停了好几分钟,才穿着身上那件已经湿透的睡衣,忍受着寒冷的夜风,瑟瑟发抖地回到自己的房间,并且迅速换好了衣服。然后他走上一段很长的楼梯,又弯进一条铺着俄罗斯黑貂皮的走道,一直往下走,终于来到了吉斯敏的套间。

此刻吉斯敏的起居室灯亮着,房门也开着。她身穿一件安哥拉羊毛的和服,正站在窗户旁边侧耳倾听。约翰悄无声息地走进去,正好她转过身来。

"哦,是你啊!"她压低了声音说道,接着穿过房间向约翰走去,"你也听见它们的声音了吗?"

"我刚才听见你父亲的奴隶在我的……"

"不,"她异常兴奋地打断了他的话,"是飞机!"

"飞机?哦,也许把我吵醒的就是飞机的声音。"

"这次至少有十二架。几分钟之前我才刚看到一架飞机在月光下飞行。没多久后面悬崖上的卫兵就开了火,惊醒了父亲。看来我们马上就要和他们交火了。"

"他们这次是有备而来的吗?"

"没错,就是那个逃脱的意大利人……"

她话音未落,敞开的窗户那里就有一阵刺耳的爆炸声传了进来。吉斯敏见状低呼了一声,赶紧从梳妆台上的一只盒子里摸出一个分币,然后跑到一盏电灯前。整座城堡瞬间陷入一片黑暗——她切断了保险丝。

"快过来!"她向约翰叫道,"我们到屋顶花园去看!"

她迅速围上披肩,抓着约翰的手冲出了房门。吉斯敏的房间离上塔顶的电梯只有一步之遥。她摁下电钮,电梯快速上升,在一片黑暗中,约翰紧紧地搂住她,吻住了她的嘴唇。他得意地想,约翰·昂格尔终于也风流浪漫起来了。片刻之后,他们走出电梯,来到一个已经被星光照得发白的平台上。月亮也仿佛蒙上了一层轻纱,在乌云之间忽隐忽现。朦胧的月光下,有十二个黑翅膀的大家伙正不停地在高空中盘旋着。山谷的各处腾跃起一团团的火光,这火光径直向着它们扑去,紧接着是剧烈的爆炸声。看到这样的场景,吉斯敏快活地拍起手来。可是没多久,她却又变得沮丧起来,因为那些飞机按着事先约定好的信号已经开始投炸弹了,霎时间,整个山谷响声轰隆、火光冲天。

不久进犯者便开始集中火力轰炸那些安放了高射炮的据点,其中的一门高射炮已经化为一堆灰烬倒在玫瑰园里冒烟了。

"吉斯敏,"约翰用恳求的语气说道,"倘若我跟你说这次进攻正好发生在他们准备要杀我的前夜,你一定会高兴的吧。如果不是那个关卡卫兵的枪声惊醒了我,我可能早就不在人世了……"

"你说话我听不见!"吉斯敏大声叫道,她正聚精会神地盯着眼前的场景,"你说大声点!"

"我说,"约翰提高了音量喊道,"我们得赶在他们轰炸城堡之前离开这里。"

突然间,一股火焰从廊柱下冲天而起,黑奴居住区的整个门廊都被炸成了碎片，有许多甚至被震飞到了湖畔。

"这些黑奴价值五万美元，全完了，"吉斯敏大声喊叫起来，"这还是战前的价格呢。看来懂得尊重财产的美国人真是太少了。"

约翰再次逼着吉斯敏同他一起离开。飞机轰炸的目标越来越明确，眼下只有两门高射炮还有还击之力。这些被炮火围困的卫队显然已经坚持不了多久了。

"快点！"约翰叫道，一面拼命拽着吉斯敏的胳膊，"我们必须要走了。如果落到那些飞行员手里，你一定会没命的！"

她非常不情愿地同意了。

"我们得把贾斯敏叫醒！"她边说边同约翰一起迅速朝电梯走去。她还带着孩童般的喜悦加上一句，"我们是不是要变穷了？就像书上说的那样。我会成为一个无拘无束的孤儿，自由而贫穷！这可真有意思！"她甚至还停下来兴奋地亲了约翰一下。

"这二者是不能兼得的，"约翰十分严肃地说，"人们很早就已经认识到这一点了。在这两者之中，我宁可选择自由。所以为了以防万一，你最好是把你首饰盒里的珠宝都赶紧装进口袋里。"

十分钟后，约翰和两个姑娘在一片漆黑的走廊里会合了，然后一起下楼，来到城堡的最底层。他们最后一次穿过了那间富丽堂皇的大厅，又在露台上停留了一会儿，黑奴住所仍在熊熊燃烧，坠落在湖对岸的两架飞机残骸也仍然在冒着火苗。眼下还有一门高射炮仍然在负隅顽抗，而进攻的机群似乎也不敢飞得太低，只是连续不断地在它周围扔下震耳欲聋的炸弹，并希望有一发炮弹可以正巧命中目标，消灭那些黑人炮手。

约翰和两个姑娘此刻已经走下了大理石台阶，径直左拐，开始顺着一条十分狭窄的小径向上爬，这条小径仿佛吊袜带似的在钻石山间蜿蜒盘旋。据吉斯敏所知，半山腰有一处枝叶茂盛的地方可供他们藏身，还可以观看山谷中这幕疯狂的夜景……最后，等到必要的时候，他们便可以从溪谷间的一条秘密小路逃走。

十

凌晨三点的时候,他们终于抵达了目的地。一路上热心而又镇定的贾斯敏很快便靠着一棵大树的树干睡着了。约翰则与吉斯敏相拥而坐,一同观看远处那断断续续、即将结束的战斗,那里直到昨天早上还是一片美丽的花园,如今已成为废墟。四点刚过,仅存的最后一门高射炮突然发出哐当一声响,一阵红色的烟雾腾起,接着便彻底熄了火。

此时月亮已经下去了,可是他们仍然能够看见飞机正盘旋着贴近地面。一旦确定被围攻的目标再也没有还击能力的时候,飞机就会降落,而这个黑暗同时又闪着微弱光芒的华盛顿家族的统治便也宣告完结了。

激烈的交火结束之后,山谷又恢复了昔日的平静。两架飞机的残骸蜷伏在草丛中闪闪发亮,好像怪物的眼睛一样。黑暗中,整座城堡静静耸立,仿佛仍在阳光照耀下一样美丽。树叶在风中沙沙作响,天空中充斥着时起时落的哀怨声,仿佛正在哭泣的复仇女神。此时约翰发现吉斯敏已经和她的姐姐一样睡熟了。

四点过后很久,他听到从他们刚刚走过的小路上有脚步声传来。他下意识地屏住呼吸,他所占据的是有利地形,他正静静地等着那些人走过。空中发出了一阵轻微的骚动声,并非人引发的,露水也透着一缕寒意。他感觉到天就快亮了。约翰耐心地等着,直到那脚步声沿着山路渐行渐远,远到听不见了,这才悄悄地跟了上去。

半山腰的树木都被砍去了,一块坚硬无比的马鞍状的岩石伸展出来,遮住了底下的钻石。当约翰走近这里时,一种动物的本能告诉他前面有人,于是他放慢了脚步,悄悄走近一块很高的圆石,再慢慢地把头探出圆石的边缘。接下来他看到的情景让他的好奇心得到了极大的满足。布莱多克·华盛顿纹丝不动地站在那里,灰蒙蒙的天空映衬出他毫无生气的身躯。此时东方已经破晓,新的一天已经开始了,大地覆上了一层清冷的绿色,将这个孤孤单单的身影衬得越发渺小。

约翰目不转睛地看着他,很长一段时间他都沉浸在某种难以捉摸的沉思之中,然后他向那两个仍然匍匐于他脚下的黑奴示意,让他们将一件放置在他们两人之间的重物抬起。就在他们使劲往上抬时,第一缕金色的阳光照射在一块经过了精雕细琢的巨型钻石上,这块钻石的无数个棱角一瞬间绽放出白色的光芒,如同闪闪发亮的晨星碎片。

在钻石的重压下两个黑奴踉跄了一下,他们湿漉漉的皮肤黝黑发亮,下面结实的肌肉呈波状起伏,此刻正在重负下慢慢僵硬起来。眼前的三个人再一次静静地站在那里,一动也不动。

过了好一会儿,华盛顿终于抬起头来,慢慢地举起手臂,仿佛要召集一大群人过来听他发表演讲。可是这里并没有人群,只有山林的一片寂寥,间或还有几声林间微弱的鸟鸣声。此时,站在马鞍形岩石上的那个人生硬地说起话来,语气里有着一种奇异的自豪。

"你在那里……"他声音有些发颤地嚷道,"你……在那里……"他忽然停顿了一下,可是双臂仍然高举,头也始终专注地仰着,似乎在等着某人的回答。约翰睁大了眼睛想看清楚,是否真的有人会从山上下来,可是山上始终空无一人,只有无边无际的天空和从树梢吹来的似乎嘲弄一般的风声。华盛顿这是在祈祷吗?约翰十分疑惑。然而这个错觉很快便消失了——他的神情和举止都与祈祷恰恰相反。

"哦,你就在那上面!"

他的声音突然变得铿锵有力,同时又充满自信。这绝不是哀求的表现。

如果一定要说他的声音里有些什么特别的意味的话,那就是一种绝对令人难以相信的屈尊的口吻。

"你在那里……"

他语速太快,简直叫人无法听明白,有时前言后语又交织在一起……约翰屏住呼吸,细细倾听着,偶尔听懂一两句话。他说话时断断续续,有时又突然间停下来了……一会儿变得强硬而雄辩,一会儿又显得迟疑和困惑。突然之间,约翰这个唯一的听众灵光一闪,恍然大悟,在领悟的同时,他顿时觉得全身热血沸腾——原来布莱多克·华盛顿竟是在贿赂上帝!

毫无疑问,就是这么回事。他让手下的两个黑奴抬着的这块巨型钻石只是一件预付品,更多更好的还在后面呢。

又过了一会儿,约翰确定贿赂上帝果真是他所有话语的中心。现在,华盛顿就像拥有巨大财富的普罗米修斯,正召唤那些早已被世人遗忘的祭祀、宗教仪式,以及在基督诞生之前就已经废弃的祷告来为他作证。他提醒上帝说,上帝曾经屈尊接受过世人的种种礼物,比如上帝使城市免除了瘟疫,人们便为他献上宏伟壮丽的教堂。在贪欲和血战中,为了平息上帝的愤怒,人们又献出医药、黄金、人类的性命、美女、儿童、被俘的军队、森林、野兽、田地、五谷、城池,以及被征服的全部土地。而现在,他——布莱多克·华盛顿,黄金时代的国王和祭司,钻石之王,华丽和奢侈之主,愿意敬献一件历代王孙贵族连做梦也想不到的珍宝,不是哀求,而是以一种自豪的姿态将它呈献给上帝。

接下来他详细说明,他愿意呈献给上帝一块这世界上最大的钻石。这块钻石可以切出数千个剖面,甚至比树上的叶子还要多。而如果对它精雕细琢的话,需要很多人花费很多年才行。雕琢完成之后,它可以被镶嵌到教堂的纯金圆顶上,再给教堂的一道又一道的大门镶满璀璨的猫眼石和蓝宝石。他还可以为上帝建造一座镭元素祭坛,倘若哪一个胆大的祷告者敢抬起头来,双眼便会立即被镭射线烧瞎——在这个祭坛上,上帝可以随心所欲地将任何一个人作祭品,即使是这个世界上最伟大、最有权势的人也不能够幸免。

而作为回报,他也只要求一件事,对上帝来说,这件事再简单不过了——只要将所有的一切都恢复到昨天的这一时刻,并且永远保持不变。瞧,这多简单!只要天国的大门开启,吞下侵犯这里的所有人和他们仍在盘旋的飞机,然后再关上,让他重新拥有他的奴隶,令他们复活,让美好的生活重新到来。

除了上帝之外，他不需要孝敬任何人，也不需要与其他人做什么交易。

他只担心自己的贿赂不够大。上帝理所当然有他自己的价码，而且异乎寻常地昂贵——可是那些耗费多年时间修建的大教堂，动用上万人力精心打造的金字塔也远远比不上他所供奉的这座教堂、这座金字塔。

说到这里，他停住了。这就是他面对上帝所提出的。他坚持认为这件礼物并不昂贵，而且绝非有意亵渎，一切都会严格按照规定来做。至于接受与否，全由上帝自己决定。

他的演讲临近结束的时候，他说话变得有些断断续续，简短，但又有些不确定，而他的身体也渐渐紧张起来，似乎想要竭力抓住周围哪怕是最微弱的一丝压力和一声叹息。他的头发在说话时逐渐变白了。他向着天空高高地昂起头，仿佛一位古代的先知——极尽疯狂。

就在约翰痴迷地望着这一切时，他感觉到身旁的某个地方似乎发生了奇怪的现象。天空刹那间暗淡，风中隐约传来一阵低语，远处传来一阵号角声和一声类似于宽大的丝绸袍子所发出的窸窸窣窣的叹息。就在这一瞬间，周围仿佛阴沉了下来：鸟儿不再歌唱；树儿不再摇摆；山那边突然传来一阵沉闷的雷声，好像是在威胁着什么。

然而也就在一瞬间一切都结束了。风儿消逝在山谷里那片高高的青草丛中。黎明和白昼重新回到大地，随着初升的太阳，黄雾般的热浪喷薄而出，照亮了前面的小路。树叶在和煦灿烂的阳光下欢笑，那笑声甚至震得枝头乱颤，每根枝条都好像成了仙境中的一所女子学校。很明显，上帝拒绝了他的贿赂。

约翰又很愉快地欣赏了一会儿白天的胜利。当他转过身时，他远远地瞧见一个棕色的物体正扑棱着翅膀落在湖边，紧接着又有一个飘然而至，一个又一个，仿佛是从云端里降落的金色天使正在翩翩起舞。他知道，这是飞机着陆了。

约翰赶紧从圆石后溜走，顺着山坡跑下，回到树丛中。两个姑娘都已经醒了,正在等着他。吉斯敏见他回来立刻跳起身来,口袋里的宝石随着她的动作叮当作响。她微启双唇,想要向约翰发问,可是直觉告诉约翰,这会儿绝不是说话的好时机。他们必须赶紧下山。他一手抓着一个,三人小心翼翼、悄无声息地穿过树林,之后便沐浴在一片阳光和晨雾之中。在他们身后,山谷一片寂静,只听得到远处孔雀的哀鸣,还有清晨美妙的低语。

约莫走了半英里路之后,他们避开了花园的路径,走进一条能够通往另一座小山的狭窄小路。到达山顶时,他们准备停下来歇歇脚,顺便回首眺望那片他们刚刚离开的山坡——一种悲剧即将发生的不祥预感又压在了约翰的心头。

此时在天空的映衬下,一位满头白发、神情沮丧的男人正步伐迟缓地走下那片陡峭的山坡,他的身后还跟着两名黑奴,他们身材魁梧、面无表情,正合力抬着那块在阳光下熠熠生辉的大钻石。半路上又有另外两个人加入他们的行列当中——那是华盛顿太太和她的儿子。约翰看得很清楚,她正无力地倚靠在她儿子的肩膀上。飞行员们已经从飞机里爬了出来,来到城堡前那片宽阔的草坪上,他们一个个手里都端着来复枪,有的已经开始攀登钻石山,进行进一步的搜索。

而在山的更高处,刚刚会合的那五个人又吸引了所有看客的注意力,这会儿他们在一块突起的岩石上停了下来。一个黑奴弯下腰,拉开了一扇看起来像是建在山坡上的活动门。他们一个接一个地消失在这扇门里,最前面的是白发男人,紧接着是他的妻儿,黑奴最后,他们镶嵌着各色珠宝的头饰在阳光的照射下闪了一会儿,便随着活动门的落下而消失得无影无踪了。

吉斯敏紧紧地抓着约翰的胳膊。

"哦,"她不顾一切地大声叫道,"他们这是要去哪儿?他们到底在做什么?"

"那肯定是一条秘密的地下通道……"

可这时两姐妹同时发出了一声低呼,阻止了他接下来的话。

"你看到了没有?"吉斯敏歇斯底里般地嘶喊,"山上布满了电线!"

就在她说这话的时候，约翰举起双手遮住了自己的视线。因为整座山的表面突然之间变成了一片炫目的金黄的火焰，那火焰甚至从厚厚的草皮底下钻出来，就如同光线穿过人的手掌一般。这种令人难以忍受的烈焰持续了一阵，随后便像熄灭的灯丝一样消逝了，只露出一片黑漆漆的废墟，上面升起一阵蓝色的烟雾，将残余的植被和人的肉体都卷走了。至于那些飞行员们，他们既没有留下血迹也没有留下尸骨——和消失在秘道里的那五个人一样，他们被火焰完全吞噬了，消失得无影无踪。

而与此同时，伴随着一阵惊天动地的爆炸，整座城堡被连根拔起，在空中炸成了无数燃烧的碎块，一半坠回到地面，化成一堆冒着浓烟的灰烬，一半则落进了湖水之中。火焰渐渐熄灭，烟雾也飘散开来，和阳光交织在一起。又过了几分钟，连大理石粉末也从那一大堆废墟中飘走了，这座用珠宝堆砌而成的豪宅彻底地消失了。接下来再也没有其他声响了，空旷的山谷里，只剩下他们孤零零的三个人。

十一

日暮时分，约翰和两姐妹终于爬上了高高的悬崖，这里是华盛顿家族领地的边界。他们再一次回首眺望，在苍茫的暮色中，山谷一片寂静，居然有几分动人的魅力。他们坐下来，准备享用贾斯敏用篮子带出来的食物。

"你们瞧！"她一边说，一边把桌布铺开，又把三明治堆成整整齐齐的一堆，"它们看上去是不是很诱人？我总觉得在野外享用食物的时候味道要比在家里好得多。"

"就凭这句话，"吉斯敏接着说，"贾斯敏已经跨入了中产阶级。"

"现在，"约翰急急忙忙地说，"把你的口袋翻过来，我们看看你带了些什么珠宝出来。倘若你走运挑了一批好货的话，我们三个就可以衣食无忧地过下半辈子了。"

吉斯敏听话地把手伸进她的口袋,从里边掏出两把亮晶晶的宝石,在约翰面前晃动着。

"真不赖,"约翰顿时兴高采烈地叫起来,"虽然它们不是很大,可是……喂!"当他拿起一颗钻石对着落日仔细看时,他的脸色立马就变了,"哎呀,这些根本不是钻石! 见鬼啦!"

"天哪!"吉斯敏也惊叫起来,"我可真是一个白痴!"

"怎么都是些人造钻石?"约翰叫道。

"我知道是怎么回事啦。"吉斯敏笑出声来,"是我开错了抽屉。它们本来是来看望贾斯敏的一个姑娘镶在裙子上的东西,是我用真正的钻石和她交换来的。在那之前,我还从没有见过钻石以外的东西呢。"

"难道这就是你带出来的所有家当?"

"恐怕是的。"她饶有兴致地拨弄着那些亮晶晶的东西,"我想我更喜欢这些石头。我已经有点厌倦钻石了。"

"很好,"约翰沉着脸说,"看来我们必须得住到海地斯去了。你会对那些生性多疑的女人说你开错了抽屉,一直说到你上年纪为止。真是可惜,连你父亲的银行存折也烧成灰烬了。"

"呃,难道说回海地斯有什么不好吗?"

"像我这样的年纪就带个妻子回家的话,我父亲恐怕还不至于——按照他们的说法——用热炭和我断绝父子关系。"

"我喜欢干洗洗涮涮的工作,"这时贾斯敏开口了,她十分镇静地说,"我一向是自己洗手绢的。我来替别人洗衣服养活你俩吧。"

"海地斯也有洗衣女工吗?"吉斯敏天真地问。

"当然有,"约翰回答道,"就跟其他的地方一样。"

"我还以为……或许那儿太热,根本就用不着穿衣服。"

约翰忍不住笑了。

"你可以试试看!"他提议道,"恐怕你还没脱到一半,他们就会过来把你赶跑。"

"爸爸也会去那儿吗?"她突然问道。

约翰顿时惊讶地转身看着她。

"你的父亲已经死了,"他非常严肃地说,"他又怎么会去海地斯呢?海地斯和你心里想的那个地方不一样,你心里想的那个地方早就消失了。"

吃过晚饭后,他们把桌布叠好,把毯子铺好,准备过夜。

"真像是一场梦啊,"吉斯敏注视着天上的星星,深深地叹了口气,"真是奇怪啊,我竟然会在这儿,竟然只有一身衣服和一个一毛钱都没有的未婚夫!"

"星空下,"她接着说道,"我过去从没有留意过星星。我总是把它们当作一颗颗属于某个人的大钻石。可它们现在令我很害怕。它们让我觉得,眼下这一切都是一场梦,甚至连我的青春都是一场梦。"

"这确实是一场梦,"约翰十分平静地说道,"事实上每个人的青春都是一场疯狂的梦。"

"那发疯该有多么快乐!"吉斯敏天真地说。

"人们也都是这么告诉我的,"约翰又有些忧郁地说,"可我已经不再这么觉得了。不管怎样,让咱俩相爱一阵子吧,你和我,就爱个一年左右。恋爱是天赐的美酒,我们每个人都可以品尝。这世上有很多像钻石一样的东西,它们其实是卑劣的,因为它们会使人的幻想破灭。如果我有了这些东西,就不会把寻常的东西放在眼里了。"他忍不住打了一个寒战,"小姑娘,把你的衣领竖起来,夜里太凉,小心会得肺炎。是谁最先发明知觉的?可真是犯了大罪。还是让我们把它忘掉几个钟头吧。"

他一边咕哝着,一边用毛毯裹紧了身子,渐渐进入了梦乡……

重访巴比伦

一

"坎贝尔先生在哪儿?"查利问。

"上瑞士去了。坎贝尔先生病得可厉害呢,韦尔斯先生。"

"我听到了真难受。还有乔治·哈特呢?"查利打听。

"回美国去了,去工作了。"

"还有那个雪鸟呢?"

"他上礼拜还在这儿。反正他的朋友谢弗先生在巴黎。"

一年半以前那张很长的名单上的两个熟人的名字。查利在他的笔记本上潦草地写了个地址,把那一页撕了下来。

"你要是看到谢弗先生的话,把这交给他,"他说,"这是我连襟的地址。我还没有打定主意住哪一家旅馆。"

看到巴黎这么冷落,他并不真的感到失望。不过,里茨酒吧这么静悄悄,倒是叫人奇怪而吃惊的。这不再是一个美国人的酒吧了——他待在这儿觉得应该讲究礼貌,而不是好像他是这儿的主人。这儿归还给法国了。他一下出租汽车,看到那个看门的在用人的出入口跟一个旅馆里打杂差的聊天,就看到这种静悄悄的气氛,往常这个时候,看门的正忙得没命啊。

穿过走廊那会儿,在从前闹得沸沸扬扬的女盥洗室里,他只听到传来一个令人厌烦的声音。一拐进酒吧,他按照老习惯,眼睛笔直向前看,走过那二十英尺绿地毯,然后一只脚稳稳地踩在酒吧柜下面的横档上,回过头去,打量全室,没想到只看见角落里从一张报纸上露出一双眨巴的眼睛。查利要找酒吧间侍者头儿保罗,那个保罗在证券大涨的后期坐着定制的自备汽车来上班——不过,他干得很有分寸,把汽车停在最近的街角。可是,今天保罗在他乡下的别墅里,只得由亚历克斯来告诉他消息。

"行了,不要了,"查利说,"我近来喝得少了。"

亚历克斯恭维他:"两年前,你可真能喝。"

"我确实能坚持少喝,"查利有把握地向他说,"我到现在已经坚持了一年半以上了。"

"你看美国的情形怎么样?"

"我已经有几个月没到美国去了。我在布拉格做买卖,代表两三个企业,那儿的人不知道我的情况。"

亚历克斯微笑。

"还记得乔治·哈特在这儿举行的那次单身汉宴会吗?"查利说,"嗳,克劳德·费森登的情况怎么样?"

亚历克斯压低了声音,装出一副吐露机密的模样:"他在巴黎,可是他不再上这儿来了。保罗不准他进来。他喝的酒啊,吃的午饭啊,经常还吃晚饭哪,一年多没付钱,他一股脑儿欠了三万法郎。保罗要他把账付清,谁知道他开了一张空头支票给保罗。"

亚历克斯伤感地摇摇头。

"我真不明白,这么一个呱呱叫的人,现在浑身浮肿了……"他用手做了一个大苹果的模样。

查利看到一伙尖声尖气的男妓在一个角落里坐下来。

什么都影响不了他们。他想,股票有时候涨有时候跌,人有时候闲逛有时候工作,可是他们永远这个样。这地方叫他憋得慌。他要了一副骰子,跟亚历克斯赌酒账。

"在这儿待得久吗,韦尔斯先生?"

"我在这儿待四五天,看看我的小女孩。"

"啊!你有个小女孩?"

外面,细雨霏霏,霓虹灯招牌仿佛在烟雾中映出火焰似的红光、煤气似的蓝光、幽灵似的绿光。这是下午比较晚的时候,条条街上熙来攘往,小酒馆里灯光暗淡,在嘉布遣会修女大街的拐角上,他叫了一辆出租汽车。宏伟的粉红色协和广场在车窗外掠过,他们接下来就不可避免地越过塞纳河了,查利顿时感到塞纳河左岸那一派外省风光。

查利吩咐出租汽车开到歌剧院街,这并不顺路。不过,他要看暮色苍茫中歌剧院的豪华的正面,想象那不停地奏着《缓慢曲》开头几个小节的汽车喇叭声是第二帝国的号声。人们正在关上布伦塔诺书店前面的铁栅;迪瓦尔饭馆那一片具有中产阶级风味的整齐的小小树篱后面,已经有人在吃晚饭了。他从来没有在巴黎一家真正便宜的馆子里吃过一餐。五道菜的晚饭,四法郎五十生丁,只合十八美分,还包括酒哪。不知怎么的,他惋惜从来没去吃过。

汽车一路向左岸驶去,他一下子感到外省气息,心里想:我辜负了这座城市。我当时不认识,可是日子一天又一天过去,两年工夫完了,一切都完了,我也完了。

他三十五岁,长得挺俊。眉心间有一条很深的皱纹,使他那张爱尔兰人的表情灵活的脸显得严肃起来。他在帕拉蒂纳路上他连襟的家门前按门铃的时候,那道皱纹显得更深,使他的眉毛也皱起来了;他的肚子里有一种痉挛的感觉。从开门的女用人后面,冲出一个可爱的九岁的小女孩,她尖声尖气地叫:"爹爹!"接着猛地扑到他的怀里,像条鱼似的欢蹦乱跳。她拉着他的一只耳朵,把他的头拉得转过来,她的脸颊贴着他的脸颊。

"我的唧唧喳喳的喜鹊。"他说。

"哦,爸爸,爸爸,爸爸,爸爸,爸,爸,爸!"

她迅速将他拉进客厅,一家子的人都在里面等着,有和他女儿年纪相仿的一个男孩、一个女孩,还有他的妻妹和她丈夫。他在跟玛芮恩打招呼时,特别注意控制自己的音调,既不过分热情,也不流露出反感。可她的反应依然是不加掩饰的不冷不热,她很快将目光转向了他的孩子,以此冲淡她脸上流露出来的对他的一贯不信任的表情。两个男人倒是十分友好地握了握手,并且林肯·彼得斯的手还在查利的肩膀上停驻了片刻。

屋子里温暖而舒适,大体上是美国式的摆设。

三个孩子亲热地在一起走来走去,还在通往其他房间的黄色长方形的门框里穿来穿去。炉火发出的一阵阵噼里啪啦的响声,与厨房里传来的烹饪的忙碌声一起,使傍晚六点呈现出一派欢欣祥和的景象。然而查利却并不感到轻松,他的心仍然紧绷着,只能从他的女儿那里获得少许的信心。她手里抱着他刚给她买来的洋娃娃,时不时地跑到他身边。

"确实很好,"他大声回答着林肯的问题,"那里很多企业实际上根本没有什么生意,但我们的工作却干得比以往任何时候都好。真的是好极了。我还准备下个月就把我姐姐从美国接过来,替我照料房子。我去年的收入甚至超过了我有钱的时候。你知道的,那些捷克人……"

他这样的自吹自擂是有明显的目的的,可是过了一会儿,他机敏地发现林肯的眼里有了一丝不安,于是他立即转换了话题:

"你们那两个孩子真是不错,既有教养,又懂礼貌。"

"奥诺莉雅也是个很乖的孩子。"

玛芮恩·彼得斯这时从厨房里走回来。她个子很高,眼神有点郁郁寡欢,是一位十分可爱的美国姑娘。虽然查利从没有这样觉得过,并且每当人们说起她以前是多么漂亮的时候,他还总是感到惊讶。从一开始,他俩就没有理由地互相反感。

"嗯,你觉得奥诺莉雅怎么样?"她问道。

"好极了。十个月她居然长大了这么多,真令人惊喜。孩子们的气色看上去都很不错。"

"我们已经一年没看医生了。到巴黎来感觉怎么样?"

"几乎不大看得到美国人,真是奇怪。"

"我却感到十分高兴。"玛芮恩有些激动地说,"最起码现在你去商店的时候,不用再担心他们会将你看作百万富翁了。我们虽然与其他人一样吃了不少的苦头,但总的来说,现在比过去要好。"

"可是那段日子真是不错,"查利说,"我们就好像王公贵族一样,身上有着某种魔力,几乎让人无可挑剔。今天下午在酒吧的时候,"他顿了顿,立刻意识到自己说漏了嘴——"我却一个人也不认识。"

她眼神犀利地盯着他:"我原以为你已经去够酒吧了。"

"我在那里只待了一小会儿。每天下午我都只喝一杯,绝不会多喝。"

"晚饭前想来杯鸡尾酒吗?"林肯突然问道。

"不了,每天下午我只喝一杯,今天我已经喝了一杯了。"

"我很希望你能坚持下去。"玛芮恩说。

她说这话的口气十分冷淡,明显流露出对他的反感,可查利只是笑笑,因为他另有打算。而她的咄咄逼人恰恰是对他有利的,他知道他必须耐心地等待时机。他希望他们能够主动提起他这次到巴黎来的目的,反正这个目的他们实际上是知道的。

吃晚饭的时候,他琢磨着奥诺莉雅是更像自己一些还是更像她的母亲一些。如果她没有继承给他们夫妻俩带来灾难的那些性格,就可以算得上是万幸了。

想到这里,他的心头突然涌起一阵强烈的想要保护她的意愿。他觉得自己应该为她做些什么。他如此相信性格,他甚至想要退回整整一代的时间,再次将性格当作一种永远宝贵的因素。在他看来,其他的一切都是不可靠的。吃过晚饭后不久,他就离开了,不过他还不打算回旅馆。他渴望能用一双比以前更清晰、敏锐的眼睛来看一看巴黎的夜景。他先在游乐场买了一张加座票,观看由约瑟芬·贝科表演的黑人阿拉贝斯克舞。一个钟头以后,他走了出来,又朝着蒙马特方向踱去。他穿过皮加勒街,走进布朗奇广场。这时雨已经停了,几辆出租车在那些有歌舞表演的酒店门前停下来,车里走出来一群穿着晚礼服的男男女女。妓女们或是独自一人或是成群结伴地在街上转悠着,此外还有许多黑人。

查利走过一扇透着亮光的门,里面还有音乐声传来。他不由自主地停了下来,觉得有一种久违的亲切感,这里是布里克脱普酒吧,是他曾经消磨了大量时光的地方,也是挥霍了大笔金钱的地方。再过去几个店面,他又发现了另外一个过去常常光顾的地方,一时间便冒冒失失地探头进去。就在这一瞬间,乐队迫不及待地奏响了音乐,一对专业舞者也立刻跳了起来,而侍者领班则飞快地朝他冲过来,嘴里还嚷着:"马上就会有大批客人来啦,先生!"于是他很快把头缩了回去。

一进去肯定得喝个烂醉。他想。

此时泽利酒家已经关门了,周围那些阴沉寒碜的廉价旅馆都是黑漆漆的。倒是布朗奇街北面的灯光还亮堂些,还游荡着一群操着本地口音的法国人。那间"诗人洞穴"咖啡馆已经全无踪迹了,可天堂咖啡馆和地狱咖啡馆的两张大嘴却仍然咧开着。就在他驻足观看的时候,它们甚至一下子便吞噬了从一辆旅游车上下来的稀稀拉拉的几个乘客——其中包括一个德国人、一个日本人,还有一对美国夫妇,那对夫妇还惊恐地瞟了他一眼。看来蒙马特费尽心思也不过如此。这里对奢华堕落的所有迎合都显得那么幼稚可笑。忽然间,他领会了"挥霍"一词的真正含义——使用殆尽,化为乌有。

在每个夜晚的那短短几个钟头里,从一个地方到另一个地方,每一步都象征着身份的大幅度提升,而钱花得越多,便越有权利去慢条斯理地享乐。他记得他曾经给了乐团上千法郎的钞票,就为了点一首曲子,随手扔给看门的一百法郎,就让他喊一辆出租车。但这钱不是白花的。

他所花的钱,哪怕是在最最荒唐的情况下挥霍掉的金钱,都供奉给了命运,好让他或许能够忘掉一些最值得记下的事情,也就是那些他至今仍常常想起的事情——比方说,他的孩子被人从他身边夺走,他的妻子永远地离他而去,一个人躺在佛蒙特州冰冷的坟墓里。

在一家啤酒店刺目的灯光下,一个女人过来跟他搭讪。他给她买了些鸡蛋和咖啡,然后避开了她那挑逗的目光,顺手给了她一张二十法郎的票子,自己坐出租车回了酒店。

二

　　一觉醒来,他便发现今天是一个风和日丽的日子——是适合玩橄榄球的好天气。昨天累积下来的沮丧已荡然无存,他开始喜欢街上来来往往的行人。中午的时候,他与奥诺莉雅面对面坐在瓦泰勒大饭店里——只有这家饭店让他不会回忆起过去的香槟晚宴,以及从两点开始一直持续到暮色苍茫时才结束的漫长午宴。

　　"嗯,来些蔬菜怎么样? 你不是应当吃些蔬菜吗?"

　　"噢,好吧。"

　　"我们这里有菠菜、花椰菜、胡萝卜和四季豆。"

　　"我要花椰菜吧。"

　　"你难道不想吃两样蔬菜吗?"

　　"午餐我通常只吃一样蔬菜。"

　　那个侍者装出一副很喜欢小孩的样子:"真是个聪明可爱的小姑娘! 法语说得这么好。"

　　"还要来份甜点吗? 或者待会儿再说?"侍者终于走开了。

　　奥诺莉雅期盼地望着她父亲。

　　"接下去我们要做些什么?"

　　"我们先到圣奥多雷街的那家玩具店里,你想要什么就买什么。接着我们再去帝国剧院看杂耍。"

　　她稍微犹豫了一会儿:"我很喜欢看杂耍,可我不想去玩具店了。"

　　"为什么呢?"

　　"嗯,你已经买了这个洋娃娃给我了,"她将它随身带着,"而且我已经有不少玩具了。更何况,我们现在已经不再有钱了,不是吗?"

"我们一直都不是什么有钱人。可是今天不管你喜欢什么我都会给你买。"

"那好吧。"她十分听话地答应了。

过去,当她母亲和一个法国保姆都还在的时候,他对她是很严格的。可是现在他对她变得宽松多了,因为他要同时扮演父亲和母亲两个角色,要和他的女儿无所不谈。

"我想要更好地了解你,"他十分严肃地说道,"首先,请允许我自我介绍。我叫查理·J.韦尔斯,来自布拉格。"

"哦,爸爸!"她不禁咯咯地笑出声来。

"请问你叫什么名字?"他没理会她的笑声,坚持问道。而她也立刻进入了角色:"奥诺莉雅·韦尔斯,现在住在巴黎的帕拉蒂纳大街。"

"未婚,单身。"

他指指她抱在手上的那个洋娃娃:"可是你已经有一个孩子了,太太。"

她可不愿否认这娃娃是她的,紧紧地把它抱在胸口,眼珠转动着,很快便想到了应对之策:"不错,我的确结过婚,但目前我是单身。因为我丈夫已经死了。"

他又紧接着问:"那这个孩子叫什么名字?"

"她叫西蒙妮。是按我在学校一个最要好的朋友的名字起的。"

"你在学校里的成绩这么好,真让我高兴。"

"这个月我得了第三名,"她立刻自我吹嘘道,"埃尔西(她的表妹)只排到十八位,而理查德差不多快垫底了。"

"你是不是很喜欢理查德和埃尔西?"

"哦,是的,我非常喜欢理查德,埃尔西也很不错。"

他接着小心翼翼却又故作随便地问道:"那玛芮恩姨妈和林肯姨夫呢……他俩你更喜欢谁?"

"嗯,我想应该是林肯姨夫。"

此刻他越来越能够清楚地感受到她的存在。当他们进来的时候,他的身后便有人在低声赞叹："……真可爱。"而此时此刻,坐在旁边那张桌子上的人全都安静下来在听她说话,还紧紧地盯着她,仿佛在看一朵完全没有知觉的鲜花。

"为什么我和你不住在一起?"她冷不丁问道,"是因为妈妈死了吗?"

"你得在这里学法语。爸爸一个人很难把你照顾得这么好。"

"可是我已经不需要别人的照顾了。我样样事情都会自个儿做了。"

当他们走出饭店的时候,忽然有一男一女叫住了他。

"嘿,韦尔斯老兄!"

"噢,原来是你们,洛琳……邓肯。"

站在面前的仿佛是一下子从过去蹿出的两个鬼魂:邓肯·谢丹弗,他大学时代的老朋友;洛琳·夸尔斯,一位三十岁的脸色苍白的金发美人,在三年前那段疯狂的日子里,她正是让他觉得时间过得飞快的人之一。

"我丈夫来不了啦,"她在回答查利的问题时说,"我们现在穷得要命。他每个月只给我两百美元,叫我凑合着过……这是你的女儿?"

"不再进去坐一会儿吗?"邓肯问。

"不,现在不行。"他很高兴自己有一个借口。同以前一样,他觉得洛琳热情而又极有魅力,然而他现在的生活节奏已经和过去不一样了。

"嗯,那和我们一起吃晚饭怎么样?"她又问。

"我现在没有时间。你把地址给我吧,我回去给你打电话。"

"查利,我相信你现在没喝醉,"她断言道,"说实在的,我肯定他是清醒的。邓肯你掐他一下,看他到底是不是清醒的。"

他歪歪头,示意奥诺莉雅还站在旁边。于是他俩都笑了起来。

"那你的地址呢?"邓肯面带怀疑地问道。

他犹疑了一会儿,不想把他现在住的地方告诉他们。

"我还没有安顿下来,还是我去找你们吧。我们现在要去帝国剧院看杂要表演了。"

"真巧!我也想去看呢!"洛琳说,"我特别想看那些小丑、杂技演员和魔术师的表演。我们也正要去呢,是不是邓肯?"

"我们还要先去办另外一件事,"查利说,"或许我们能在那里碰头呢。"

"那好吧,你这个势利……再见,美丽的小姑娘。"

"再见。"

奥诺莉雅十分礼貌地点了点头。

不知道为什么,他非常讨厌这次偶遇。他觉得他们喜欢他是因为他现在在干正经事,因为他已经变得严肃认真;他们想见他不过是因为他现在比他们要强,他们或许是想从他的身上汲取力量。在帝国剧院里,奥诺莉雅拒绝坐在她父亲特意折叠起来的大衣上,并为此感到自豪。这个小姑娘已经是一个有主见的人了,并且有她自己的一套行为准则。

查利见状越来越有一种冲动,他想在她完全定型之前,让她在某些方面能够有点像他自己。不过在这么短的时间里要想完全了解她是根本不可能的。中场休息时,他们还是在大厅里遇到了阴魂不散的邓肯和洛琳,那里有个乐队正在表演。

"一块儿喝一杯?"

"好吧,不过不去酒吧。我们自己找张桌子吧。"

"真是个好父亲。"

查利一面心不在焉地听洛琳说话,一面注意到奥诺莉雅的眼睛已经从他们的桌子上离开了,他也随着她的目光向四下里看去,一心想要知道她看见了什么。

突然,两人的目光相遇了,她立刻笑了起来。

"那柠檬水真好喝。"她说。

当他们坐出租车回家时,他将奥诺莉雅抱在怀里,让她把头靠在自己胸口上。

"宝贝想过妈妈吗?"

"想过的,有时候想。"她在他胸前含含糊糊地答道。

"你一定不能忘记她。你有她的照片吗?"

"有的,我想应该有的。不管怎么样,玛芮恩姨妈是有的。为什么你不想让我忘了她?"

"因为她很爱你。"

"我也很爱她。"

两人沉默了片刻。

"我想和爸爸一起生活。"她忽然开口说道。

他的心一震,这正是他一直期盼的。

"你在这里过得不是很快乐吗?"

"是啊,可你是我最爱的人。妈妈已经死了,你也是最疼我的人,对不对?"

"当然。可是宝贝,你不会永远都最爱我的。你长大以后会遇到一个跟你年纪相仿的人,然后你会嫁给他,以后甚至会忘记你曾经有个爸爸。"

"是啊,这话倒不假。"她平心静气地附和道。

他没有进去。因为他九点钟还要回到这里,他想在等会儿说那件事情的时候,头脑能够保持足够的理智和清醒。

"你平平安安进去以后,在窗口露一下脸。"

"好的。再见,爸爸,爸爸,爸爸,爸爸。"声音里略带依依不舍的情感。

他就在漆黑的街道上一直等着,直到她出现在上面的窗口,一脸温馨,脸上绽放着光芒,向着外面茫茫的黑夜打了个飞吻。

三

大家都在等着他。玛芮恩穿着一身庄重的黑色晚礼服,坐在一套咖啡餐具的后面,神情肃穆。林肯则在屋子里踱来踱去,显得很兴奋,看样子他刚刚一直在说话。他们也和他一样,想尽快切入主题。于是他马上开门见山地说道:

"我想你们已经知道我这次来拜访你们的目的——这也是我这一趟来巴黎的原因。"

玛芮恩拨弄着她那串项链上的黑色星星,皱了皱眉头。

"我十分渴望有个家,"他继续说道,"我也十分渴望奥诺莉雅跟我一起生活在这个家里。我很感激你们念在她母亲的分上收留了她,可是现在情形已经发生了变化,"他稍稍犹豫了一下,更加坚定了语气,往下说道,"我已经彻底地改变了,我希望你们能够慎重考虑这件事情。当然,我不至于愚蠢到否认我在三年前干下的那些荒唐事……"

玛芮恩终于抬起头来,冷冷地瞥了他一眼。

"……但那一切已经过去了。正像我所说的那样,一年多以来,我每天喝酒都不超过一杯,而且就连这一杯也是我故意喝的,这样酒精就不会在我的想象中成为多了不起的东西。你们明白我的意思吗?"

"不明白。"玛芮恩冷冷地回答。

"这是我为自己想出来的绝招。这样做可以使事情保持适度。"

"我明白你的意思了,"林肯说,"你是想说酒精对你已经不再有吸引力了。"

"差不多就这个意思。有时候不记得了也就不喝了,但我还是尽量喝一点。不管怎么说,我现在所处的环境也不允许我喝太多酒。我代理的那些企业的老板都对我的工作非常满意,眼下我正准备从伯灵顿把我的姐姐接过来,帮我料理些家务,我非常希望奥诺莉雅能够回到我的身边。你们知道,即使是她妈妈和我相处得不大愉快的时候,我们也从不会让任何事情影响到奥诺莉雅。我知道她喜欢我,也知道现在的我有能力照顾她,而且……呃,大致上就是这样。你们觉得怎么样?"

他明白接下来一顿责骂是免不了的,也许还会持续一两个钟头。他知道那滋味一点也不好受,不过,倘若他能按捺住心中的怨气,装出一副洗心革面的诚恳样子,也许最终能达到目的。

千万不要发脾气,他暗暗告诫自己:你现在要的不是自我辩解,而是奥诺莉雅。

林肯首先发话："自从上个月我们收到你的信之后,就一直在讨论这个问题。我们是很乐意让奥诺莉雅待在这里跟我们一起的。她是个非常可爱的小家伙,我们也很高兴能够帮助她,当然问题的根本不在这里……"

玛芮恩突然开口打断了他的话。"你能坚持多长时间不喝醉酒呢,查利?"她问道。

"永远,我希望。"

"可是别人要怎样才能相信你呢?"

"你们知道的,当初我放弃生意来到这里,整天无所事事,才会开始酗酒。然后海伦和我又开始四处游逛,跟一些……"

"请不要把海伦牵扯进来。我没办法忍受听你把她说成那样。"

她沉下脸来瞪着他,事实上他一直无法判断,她们姐妹俩在现实生活中到底有多亲。

"我酗酒大概只有一年半的时间——从我们搬到这儿来,直至最后彻底崩溃。"

"这时间已经够长了。"

"是的,的确够长了。"他应承道。

"我现在完全是在替海伦尽责,"她说,"我总是在想,她会希望我怎么做。坦白说,自从那天晚上你做下一件那么可怕的事情之后,我就压根儿当你这个人不存在了。这没办法,她毕竟是我姐姐。"

"是啊。"

"她临终之前嘱托我照看奥诺莉雅。如果当时的你不在疗养院的话,事情可能还会好办些。"

他立刻无言以对。

"我这一辈子都不会忘记海伦那天早晨来敲我门时的情景,她浑身都湿透了,冻得直打哆嗦,说你居然把她关在门外。"

查利紧紧抓住椅子两旁的扶手。这可比他先前预料的还要难受。他原想进行一番辩解，但他刚说了"我把她关在门外的那个晚上"，玛芮恩就毫不客气地打断了他的话："那件事情我可不想再听一遍。"

于是众人都沉默了一会儿，林肯才说："我们扯远了。你的目的是想要玛芮恩放弃她的合法监护权，将奥诺莉雅还给你。我认为这个问题的关键在于玛芮恩是否对你有信心。"

"我并不怪玛芮恩，"查利缓慢地说，"但我认为她完全应该信任我。三年前那段荒唐的岁月之前，我的品行一直都没有出现过问题。当然，我还是随时有可能犯错，可这也是人之常情。如果我再这么干等下去的话，我毫无疑问就会错过奥诺莉雅的童年，连同我再次建立起一个家庭的机会。"他摇了摇头，"那我就会彻底地失去她了，你们明白吗？"

"是的，我完全明白。"林肯回答道。

"你以前怎么不想到这些？"玛芮恩问道。

"以前我也时不时地想到过，可那时我与海伦相处得非常糟糕。在同意把监护权交给你们的时候，我正躺在疗养院里呢，而且刚刚在证券市场上输了个精光。我知道我过去做错了很多事，所以我当时只想给海伦带来一点安慰，无论什么我都答应。可是现在情形已经不同了，我又开始工作，而且我干得真他妈好，就……"

"请不要当着我的面说脏话！"玛芮恩再一次不客气地打断了他。

他看着她，显然有些吃惊。似乎他每说一句话，她的厌恶情绪就随之增加一分，而且这种情形已经越来越明显。她已经用她迄今为止对人生的一切恐惧筑起了一堵结实的墙来抵挡他。虽然这个小小的责难很可能只是几个小时前她与厨师之间的不愉快造成的。查利越发感到心惊肉跳，他想，绝不能把奥诺莉雅留在这样一个对他充满着敌意的环境里。这种针对他的敌意迟早都会表露出来，这儿一两句话，那儿摇一下头，那种对他的深切的不信任感就会渐渐地在奥诺莉雅的心里扎根，一旦如此可就永远都无法挽回了。

可他还是强压下了心里的怒火，脸上没有露出一丝痕迹。他赢得了先

— 209 —

手,因为林肯已经意识到,玛芮恩刚刚说的话过于唐突,在一旁轻轻地问她是什么时候开始对"他妈的"这类词也认起真来。

"还有一点是,"查利又接着说,"我现在已经可以为她提供一些有利的条件。我准备带一位法国女家庭教师一同去布拉格。我还租了一套新公寓……"他顿了顿,立刻意识到自己又犯了一个错误。他可不敢指望当他们知道他的收入是他们两倍的时候还会心平气和。

"我知道你能给奥诺莉雅更豪华的生活,"玛芮恩说,"当年你在大把大把扔钞票的时候,我们可是过着连十个法郎都要费心计算一下的日子……我想你多半又会故技重施了吧。"

"哦,不,"他赶紧说,"我已经吸取教训了。我勤勤恳恳工作了十年,这你们是知道的……直到,我在股票市场上突然交了好运,真是幸运极了。在那时看来工作已经没有什么意义了,所以我才把工作辞了。我可以保证,这种事情再也不会发生了。"

又是一阵长时间的沉默。在场的所有人都觉得精神紧张,而查利呢,一年来头一回主动想喝上一杯。现在他敢肯定,林肯·彼得斯已经愿意把孩子还给他了。然而玛芮恩忽然哆嗦起来,她也有些明白,查利现在已经有很大的胜算了,而她自己身为母亲的体验也让她不得不承认,他的要求是合情合理的。

只不过一直以来,她都对他带有一种偏见——当初她就很莫名其妙地不肯相信她的姐姐会得到幸福,而在经过了那个可怕夜晚的惊吓之后,这种偏见迅速转变成了对他的仇恨。可能真的是凑巧,因为这件事情发生的时候,正好她身体状况不佳,境况也很不利,情绪极为消沉,使她不由自主地相信,这世上的确有邪恶和恶棍存在。

"我还是无法改变我的想法!"她突然大声嚷嚷起来,"我不知道海伦的死你到底该负多大责任。可这件事情你必须扪心自问!"

一阵刺痛顿时像电流一样传遍了他的全身。这一刻他差点跳起来,一个欲发不能的声音在他嗓子眼里打转。他使劲按捺住自己的性子,过了一会儿，又过了一会儿。此刻空气里弥漫了一种难以言语的压抑。

"忍耐一下吧，"林肯有些不安地说，"我从不认为你该为海伦的死负责。"

"海伦是死于心脏病。"查利表情呆滞地说。

"是啊，的确是心脏有毛病。"可是玛芮恩说这话的口气却让人觉得仿佛这个词对她而言还有什么别的含义。

这时的她已经从刚才的发作中平静了下来，她看清了他，发现他已经在不知不觉中掌控了全局。她又瞟了一眼她的丈夫，并没有得到任何支持，于是她忽然决定撒手不管了，好像这只不过是一件无关紧要的小事。

"你自己看着办吧！"她嚷嚷着，从椅子上站起来。"反正她是你的孩子，我犯不着来碍你的事。倘若她是我的孩子，我宁可眼看着她……"她勉强克制住自己的情绪，"这件事就由你们两个决定吧。我受不了了。我病了，我先去休息了。"

她急急忙忙地走出屋子。过了一阵子，林肯才说：

"今天可真够她受的。你也知道，当一个女人脑子里有某个想法的时候她的反应有多强烈……"林肯的口气听上去甚至像是在道歉了。

"可不是。"

"放心吧，一切都会好起来的。我想她也很明白，既然你……现在已经有能力抚养孩子，那我们也没有理由阻拦你或是奥诺莉雅。"

"谢谢你，林肯。"

"我去看看她怎么样了。"

"那我先走了。"

当他走到街上时，他浑身还在发抖，直到沿着波拿巴街一路走到码头，心情才终于平静下来。

而当他穿过塞纳河，在码头灯光的照耀下，他便感到自己已经神清气爽、兴高采烈。可是回到旅馆后，他却又久久无法入睡了。海伦的影子在他脑海里不断地出现。他曾经是那么爱海伦，可后来他们两个却愚蠢地相互践踏彼此的爱，直至将爱撕成了碎片。

在那个可怕的二月的晚上,他们已经断断续续地争吵了好几个小时。他们先是在佛罗里达饭店大吵了一架,随后他想把她带回家,可她却旁若无人地吻了吻坐在桌边的年轻的韦伯,再后来,她甚至歇斯底里地嚷嚷起来。他便独自一人回到了家,一怒之下还把门给反锁上了。他怎会知道她一个钟头以后又自个儿回来,还恰好遇上了一场暴风雪,只能穿着便鞋在雪地里晃悠,惊慌失措的甚至连出租车也不叫呢? 结果是她得了肺炎,虽然之后又奇迹般地好了,可是随之而来的恐慌却并没有消失。他们虽然"和解"了,可那不过是结局的开始,玛芮恩因为目睹了这一切,并把它想象成了她姐姐受的许多罪当中的一幕场景,从此就再也忘不了了。回忆往昔,查利渐渐觉得,海伦离自己更近了。

当一缕柔和的晨曦照在他身上时,在半梦半醒之间,他发现自己又开始跟她说话了。她对他说,奥诺莉雅的事他做得很好,还说她很希望奥诺莉雅今后能跟他生活在一起。接着她说她很高兴能看到他走上正道,并且还越干越好。她还说了许多其他的话……非常非常亲切的话……只是她穿着一件白色的衣服坐在秋千上,那秋千不停地荡啊荡啊,越荡越高,到最后他便完全听不清她说的话了。

四

一觉醒来,他觉得非常快乐。这个世界的大门再次向他敞开了。

他开始为自己和奥诺莉雅制订一系列的计划,安排旅游,并且展望未来。霎时间,他又想起了他当初和海伦一起制订的计划,立刻觉得悲从中来——当初他们可没有计划过死啊。不过不管怎样,眼下才是最重要的——有工作干,有人爱。但是也不能过分溺爱,因为他清楚地知道,一旦父亲对女儿、母亲对儿子爱过了头,将会造成怎样的伤害——当他们以后在外面独自闯荡时,便会在配偶身上盲目地寻找同样的温柔,而这种寻找自然都是会落空的，一旦如此，他们就会变得仇恨爱情，进而仇恨生活。

接下来又是一个阳光明媚、空气清新的好日子。

他打电话到林肯·彼得斯工作的那家银行，问他是否可以带上奥诺莉雅一道回布拉格时，林肯同意了，他也认为这件事情没有必要再耽搁下去。眼下只有一个问题尚未解决——合法的监护权。因为玛芮恩想再保留一段时间监护权。她被这件事情折腾得心烦意乱，如果能让她觉得在接下来的一年当中仍是由她掌控着整体的局势，事情将会好办很多。查利同意了，他现在只想要回那个看得见、摸得着的孩子。

接下来要解决的便是家庭女教师的问题。

查利坐在一间昏暗的职业介绍所里，先和一位性情有些古怪的贝亚恩女人聊了一会儿，又和一位体态丰满的布里多尼农妇谈了一阵子，可是两个人他都不喜欢。他准备明天再见一见另外几个人选。

他在格列芬斯餐馆和林肯·彼得斯一起用了午餐，尽可能地掩饰着自己喜悦的心情。

"自然什么都比不上自己的孩子，"林肯说道，"但你也应该稍微理解一下玛芮恩的心情。"

"她忘了我在那里辛苦工作七年，"查利抱怨道，"只记得那一个晚上。"

"还有一件事情，"林肯稍微犹豫了一下，"当你和海伦周游欧洲大肆挥霍的时候，我们却只能精打细算地过日子。我生性胆小，除了保险之外，其他什么也没有买过，因此就连发财的边也没沾过。我想玛芮恩可能觉得这很不公平——因为你到后来甚至连工作都不干了，却还是越来越有钱。"

"可是这钱来得快，去得也快啊。"查利赶紧说。

"是啊，大部分都进了饭店服务生、萨克斯演奏员还有侍者领班的腰包……呃，当然，盛大的宴会早已经结束了。我说这些也只是为了告诉你，玛芮恩对你们那几年疯狂岁月的感想。今晚六点左右，趁玛芮恩还不太累的时候，如果你能到我家来一趟的话，我们就可以当场把细节敲定下来。老兄，我这都是为你着想。"

回到饭店，查利意外地收到了一封从里茨酒吧转来的快信，他是为了寻找一个人才不得已把自己的地址留在那里，可没想到这么快就有信来。

亲爱的查利：

　　那天我们遇见你的时候，你真的很奇怪，我不确定自己是否曾经做了什么冒犯你的事。倘若真是那样的话，我也是无心的。事实上这一年来我非常想念你，我总是觉得如果我来到这里的话，或许能遇见你。我还记得，在那个疯狂的春天里，咱们玩得可真快活，就像那天晚上，你和我一起偷走了小贩的一辆三轮车。还有我们想去拜访总统的那次，你戴着一顶只有帽檐的旧圆顶窄边礼帽，手上还拿着一根铁丝手杖。近段时间以来，每个人看上去都像上了年纪，可我却一点儿也不觉得自己老。你能否看在过去的情分上，在今天找个时间和我聚一聚？虽然眼下我喝醉了酒，还没清醒过来，但我相信下午会好起来的，五点左右，我会在里茨酒吧的"活地狱"里等你。

永远忠诚的，

洛琳

读了这封信后，他的第一反应便是恐惧，他这个成年人居然偷了一辆三轮车，还载着洛琳逛遍了那座星形广场，从午夜一直到拂晓。现在回想起来，那可真是一场噩梦。将海伦锁在门外并不符合他一贯的作为，但偷三轮车这件事他倒是经常干的——而且这仅仅只是其中的一件而已。

天哪，他得放浪形骸多少个星期、多少个月才会落到这样无法无天的地步啊！

他试着回想洛琳当时在他眼中的形象——可以说非常迷人。海伦对此虽然很不高兴，倒也没有说些什么。可是昨天在饭店里，洛琳看上去却变得非常俗气、难看而且憔悴。他打心底不想再见到她，幸亏亚历克斯没有告诉她旅店的地址。这时他又想到了奥诺莉雅，想起跟她一道度过的那些周末，想到以后每天早上都能对她说"早上好"，到了晚上也清楚地知道她就待在他的房子里,在黑暗静谧中安睡,他又不禁感到十分宽慰了。

五点的时候,他叫了辆出租车,给彼得斯一家人都准备了礼物——一个可爱的布娃娃和一盒罗马士兵玩偶,预备送给两个小鬼,又为玛芮恩买了鲜花,给林肯的礼物则是几块亚麻大手绢。

当他来到他们所住的公寓后,他兴奋地发现玛芮恩已经基本上接受了这个不容更改的事实。现在她跟他打招呼的口气,更让人觉得他是这个家里的叛逆者,而不再是一个有威胁的外人。奥诺莉雅也已经知道她即将要离开这里了,查利很高兴看到她十分巧妙地掩饰了自己的欣喜若狂。只是坐到他膝盖上的那一会儿,她才低声道出了她的开心和激动,并且还轻声问了句:"什么时候?"然后就迅速滑下去,和其他两个孩子一起去玩了。

他和玛芮恩两人面对面在房间里待了一会儿,他在冲动之下大胆地脱口而出:"一家人争吵会让人很痛苦。根本没有任何规则可言。争吵与病痛或伤口是完全不一样的,它们更像是皮肤上的裂口,因为缺乏足够的材料,永远都不会愈合。我真诚地希望你我之间能够更加和睦地相处。"

"有些事情一下子很难忘掉,"她回答道,"这与信心有关。"她还是没有直接回答这个问题,随后她又问道,"你准备什么时候带她走?"

"等我找到合适的家庭女教师就带她走。我希望后天。"

"那不可能。必须要等到我把她的东西全都收拾好,最早也得到星期六。"玛芮恩用命令的口气答道。

他立刻让步了。这时林肯也回到屋子里来,并给他倒了一杯酒。

"我要喝每天例行一杯的威士忌了。"他高兴地说。

这里四周都是暖融融的,是个典型的家的样子,一家人围坐在火炉边。孩子们感觉到很安全,也感觉到自己很重要。妈妈和爸爸则认真、小心地呵护着孩子们。玛芮恩夫妇要为孩子们做许多事,这些甚至比接待他的来访更为重要。他们并不是冥顽不灵的人,只是为生活和环境所困。他暗自寻思着自己是不是能帮林肯摆脱银行的刻板工作。

门口突然传来一阵刺耳的门铃声。干杂活的女仆急忙穿过走廊去开门。紧接着又是一阵门铃声,门开了,然后就能听见说话的声音,此时客厅里的三个人都抬起头来张望着,林肯稍稍挪动了一下身子,以便能够看见走廊,而玛芮恩则站起身来。这时女用人已经沿着走廊回来了,后面还紧跟着一串说话声,随即却在灯光下变成了邓肯·谢丹弗和洛琳·夸尔斯。

他俩似乎非常开心,大吵大闹,还纵声大笑。查利则瞬间呆住了,不知道他们怎么会弄到彼得斯家的地址。

"啊——哈——哈!"邓肯向查利恶作剧般地摇了摇手指,"啊—哈—哈!"两人随即又爆发出一阵大笑。

查利焦虑不安却又不知所措,赶紧与他们握了握手,并介绍给林肯和玛芮恩。玛芮恩冷淡地点了点头,一言不发。她继而朝火炉边退了一步,她的小女儿倚在她身旁,玛芮恩伸出一只胳膊,搂住了她的肩膀。

对他们这样贸然地闯入,查利越来越觉得恼怒,他也一语不发地等着他们解释来意。邓肯见状,稍稍收敛了一下道:

"我们来邀请你一起吃晚饭。洛琳和我强烈要求你收起那套住址保密的鬼把戏。"

查利强压怒火走近他们,看起来像是要把他们逼回走廊去似的。

"对不起,我去不了。你们告诉我会去哪里,我半个钟头以后会给你们打电话。"

但是这话没起什么作用。洛琳一下子坐到了椅子边上,两眼盯着理查德,还嚷嚷起来:"哦,多可爱的小男孩啊!乖孩子,过来。"理查德看了一眼他的母亲,没有动弹。洛琳无所谓地耸了耸肩,又转向查利:"来和我们一起吃饭吧。你的亲戚们也不会介意的。大家难得一见,别这么一本正经的了。"

"真的不行,"查利断然地拒绝道,"你俩自己去吃吧,我会给你们打电话的。"

她的声音突然生硬起来:"那好吧,我们走。可我会记得你有一次在早上四点钟来捶我家的门,我当时可真够朋友,还请你喝了杯酒。咱们走吧,邓肯。"

他们满脸怒气,五官都挪了位置,动作迟缓、踉踉跄跄地退到走廊里。

"晚安。"查利说。

"晚安!"洛琳狠狠地说。

查利回到客厅,发现玛芮恩仍然一动不动地站着,这时她的另一只胳膊搂住了她的儿子。林肯把奥诺莉雅抱在手上使劲摇晃着,把她像钟摆一样摇来摇去。

"真是可恶!"查利大声地嚷道,"真是太可恶了!"

没有人接腔。查利泄气地一屁股坐在扶手椅上,端起他那杯酒,又放下来说道:"真没想到,我两年没见的人居然这么厚颜无耻……"

他打住了话头。因为玛芮恩急急地、十分气愤地发出一声"噢",就猛地背过身去,迅速离开了房间。

林肯这才小心翼翼地将奥诺莉雅放下。

"孩子们,你们自己进去喝汤吧。"他说。等他们都听话地走开后,他又对查利说,"玛芮恩的身体一向不好,受不得惊吓。那种人真会把她气出病来。"

"我绝对没叫他们上这儿来。不知道他们从哪里打听到你的名字。他们是故意……"

"呃,这可真是太糟糕了,说不定会把事情搞砸的。对不起,我先失陪一下。"

剩下查利一人局促不安地坐在椅子里。他可以听到,孩子们正在隔壁那间屋子里吃饭,一边还进行着简短的对话,他们已经忘记了刚刚在大人们之间发生的那一幕。他还听见远一点的一间屋子里传来了一阵低低的说话声,然后突然叮当一响,有人拿起了电话听筒。他突然感到一阵莫名的恐慌,他赶紧踱到了屋子的另一边,生怕听到些什么似的。

没过多久,林肯回来了:"查利,我想我们最好还是取消今晚的晚餐。玛芮恩现在很不舒服。"

"她在生我的气吗?"

"有点儿,"他态度有些生硬地说,"她身体不好,而且……"

"你的意思是,她对奥诺莉雅的事也改主意了?"

"这会儿她正在气头上,我也不知道。你还是等明天打电话到银行里来吧。"

"我希望你能帮我向她解释一下,我没有想过这些人会来这里,我也跟你们一样很生气。"

"可是眼下我恐怕什么都无法向她解释。"

查利只得站起身来,拿了他的帽子和外套,沿着走廊向外走。他推开了餐厅的门,用一种奇异的语气说道:"晚安,孩子们。"

奥诺莉雅起身从桌子旁边跑来,紧紧地抱住他。

"晚安,宝贝。"他模模糊糊地说。接着他尽力使自己的声音听上去更温柔些,仿佛在讨好谁一般,"晚安,亲爱的孩子们。"

五

查利气愤地前往里茨酒吧,想要立即找出洛琳和邓肯来,但他们并不在那儿,这时的他意识到,眼下无论他怎么做也已经于事无补了。他想起在彼得斯家还没有来得及喝那杯酒,于是叫了一杯威士忌加苏打水。保罗走过来跟他打招呼。

"变化真是太大了,"他颇为伤感地说,"现在我们的生意只有过去的一半左右。据说很多人回到美国后便失去了所有的一切,他们当中有的人逃过了第一次市场暴跌,却终究逃不过第二次。听说你的朋友乔治·哈特也输了个一文不剩。你也回美国去了吗?"

"没有,我现在在布拉格做生意。"

"听说你也在股票暴跌里亏了很多钱。"

"是啊,"他面无表情地又补充了一句,"可我却在股票大涨时便已经输掉了我想要的一切。"

"是做了空头?"

"差不多吧。"

那些疯狂的日子再一次像梦魇一样涌上了他的心头——他们在旅行的

时候遇到的那些人,那些连一行数字都不会相加、一句连贯的话都不会说的人,又陆陆续续出现在他的脑海中。紧接着一幅幅画面像放电影似的出现了,在船上举办的舞会上,海伦答应跟他跳舞的那个小个子男人,才离开桌子十英尺就肆无忌惮地非礼了她,还有那些喝醉酒或者吸毒的女人们,尖叫着被人抬出公共场所……

……男人们纷纷把他们自己的妻子锁在门外的雪地里,一九二九年的雪并非真正的雪。如果你不想让它成为雪的话,就尽管付钱好了。

他还是忍不住走到电话机前,往彼得斯家打电话。接电话的是林肯。

"我急着打电话来是因为这件事始终压在我的心头。玛芮恩现在明确说了她的意见吗?"

"玛芮恩病了,"林肯简短地回答道,"我也知道这件事不能完全怪你,但我不能让她因此而垮掉。恐怕我们不得不把这件事再往后推六个月了,我不能再冒险让她受到这样的刺激了。"

"我明白。"

"我很抱歉,查利。"

他回到自己的桌子旁边。他的酒杯已经空了,当亚历克斯用询问的目光望着他和他的杯子时,他摇了摇头。眼下除了能给奥诺莉雅送点东西之外,他什么都做不了。明天他可得买好多东西给她送去。他气愤地想,不过就是钱罢了——他曾经把钱给过太多的人……

"不,不要了。"他转身对另一个服务生说,"多少钱?"

终有一天他会回来的。他们不能永远只叫他付出。他只想要回他的孩子,除此之外,别的都算不了什么。他现在已经不再年轻了,曾经那么多美妙的想法和梦想也都消失了。他敢肯定,海伦也绝对不希望他始终这么孤苦无依的一个人。

五一节

一场战争结束了,取胜一方的伟大城市迅速建起了一座座凯旋门,撒满了各式各样的鲜花,白色的、红色的还有玫瑰色的,显出一派生机勃勃的景象。在整个漫长的春天里,从前线归来的士兵们都沿着主干道伴随着喧天的锣鼓和欢快嘹亮的铜管乐器迈着正步前进,商人和职员们也不再争吵,纷纷停止了算账,拥到窗前,簇拥成一堆白脸,郑重其事地望着从街上经过的军队。

这座伟大的城市从没有过这样的辉煌。

这场打胜的战争给人们带来了充足的物品,因此许许多多的商人都携带着家眷从南部和西部蜂拥而来。他们一边品尝着美味佳肴,一边观看精心打造的娱乐表演,还为他们的女人置办大量当年过冬穿的皮袄、金丝袋、五颜六色的丝织拖鞋、银白色和玫瑰色的绸缎以及金线织物等。

大街上凯旋的士兵气宇轩昂、精神抖擞、脸带笑意,仿佛他们做了世界上最光荣、最伟大的事情,如同拯救了世界一样,城里的人们个个欢呼、呼喊,兴奋不已……

即将到来的和平与繁荣使这座城市显得那么地欢乐而热闹,赢得了记者和诗人们的一致赞誉。于是来自各州的共饮欢庆之酒的有钱人在这里越聚越多,而商人们的小饰品和拖鞋自然也越卖越紧俏,于是他们订购了更多的饰品和拖鞋,以应付可能会有的交易。然而他们当中的一些人还是免不了要挥动着双臂,无能为力地嚷道:"天哪!拖鞋卖完了!噢,天哪!饰品也卖完了!老天爷快帮帮我,我真的不知道该怎么办啦!"

可惜的是,没有人倾听他们的大声呼喊,因为所有的人都忙坏了——步兵们在马路上昂首阔步地行走,所有见到的人都兴高采烈,因为那些归来的士兵们都是那么纯洁勇敢,他们个个牙齿健全,脸颊红润,而国内的年轻女人们都是些纯洁的少女,个个容貌秀丽,身材曼妙。

于是,在这段时间里,在这座伟大的城市里发生了许多稀奇古怪的事情,其中的几件——也许是一件吧——就在这里记录下来。

第一章

一九一九年五月一日早晨九点钟,皮尔特莫尔酒店,一个年轻人正在向房间登记员询问菲利普·蒂安先生是否住在那里,要是的话,能不能帮他跟蒂安先生的房间通个电话。询问者穿着一身有点破旧但却裁剪得体的西装。他个头十分矮小,身体也很瘦弱,皮肤黝黑,面貌英俊,眼睛上方是十分罕见的长睫毛,下方是半圆形有些发青的眼睑,在一种病态光泽的映照下显得尤为突出。

蒂安先生正是住在这家酒店里。于是这位年轻人被领到边上的电话机前。

很快电话便接通了,一声懒洋洋的"喂"不知道是从楼上的什么地方传来的。

"是蒂安先生吗?"——相比刚刚那懒洋洋的声音,这一声十分热切——"菲尔,我是戈丹。戈丹·斯特莱特。我现在就在楼下。听说你在纽约,我就预感一定会在这儿找到你。"

懒洋洋的声音立即变得热情起来。"喂,戈丹,你还好吗?老伙计!"他又惊又喜,"戈丹,你能马上上来吗?看在上帝的分上!"

几分钟以后,菲利普·蒂安身着蓝色的丝绸睡袍打开房门,两个年轻人略有些窘迫但又不失热情地相互问候。他俩的年龄都在二十四岁左右,都是在开战的前一年从耶鲁大学毕业。除此之外,两人再没有任何的相似之处。蒂安碧眼金发,看起来红光满面,薄薄的睡袍下是一副壮实的身躯。他浑身上下放射出一种健康而舒适的光芒。他不时地面带笑容,露出他那大大的门牙。

"我正准备去找你呢!"他热烈地嚷嚷道,"我正在休几个星期的假。你先坐一会儿,我去冲个澡就来。"

他走进浴室不见了。来访者的眼睛这才局促不安地环视着这整间屋子,他的目光先是在一个放在墙角的英国大旅行袋上停留了一会儿,接着又扫向了那些扔在椅子上的厚厚的丝绸衬衫,它们和一堆十分醒目的领带,以及柔软的毛袜混放在一起。

戈丹不由自主地站起身来,拿起一件衬衫细细地看了一下。面料是那种很厚的丝绸,黄色,还带有淡蓝色的条纹——总共有十来件这样的衬衫。他又忍不住盯着自己的衬衫袖口——袖口已经破了,边上都起了毛边,已经旧得变成了淡灰色。他放下手里的丝绸衬衫,又把自己西装的袖口拉下来,把那磨损了的衬衫袖口一直卷到看不出来为止。然后他走到镜子前,无精打采、神情落寞地打量着镜中的自己。他的领带,过去曾是那样光鲜,可是现在却褪了色,而且还皱巴巴的……再也无法掩盖住他衣领上那些毛毛糙糙的纽扣孔了。他又不禁沮丧地想到,就是在三年前,在大学四年级举行的那次选举中,他还因为是班里衣着最得体的人而获得了几张选票。

他看着蒂安一面从浴室里出来,一面还擦着身体。

"昨天晚上看到了你的一个老朋友。"他说。

"我在大厅里和她擦肩而过,却老半天也想不起她的名字来。就是四年级的时候你带到纽黑文去的那个女孩。"

戈丹大吃了一惊。

"伊蒂丝·布朗丁?难不成你说的是她?"

"就是她。真他妈漂亮。这么多年,她还是像一个漂亮的洋娃娃一样——你懂我的意思吧:就好像只要你碰了碰她,她就会被玷污了似的。"

他颇为得意地欣赏着镜中光鲜亮丽的自己,轻轻地笑了笑,露出一排整洁的牙齿。

"不管怎么样,她大概也有二十三岁了吧?"他继续说。

"到上个月二十二岁。"戈丹随口答道。

"什么? 哦,上个月。呃,我想她应该是来这里参加那个伽马—普赛舞会的。你知道我们今晚要在戴尔莫尼克酒店举办伽马—普赛舞会吗? 你最好也来参加,戈丹。纽黑文大约会有一半的人去那儿。如果你愿意的话,我可以帮你弄张请柬。"

似乎有些不情愿地穿上新的内衣裤后,蒂安点燃了一根香烟,靠近一扇窗户坐了下来,在晨曦中漫不经心地查看着自己的小腿和膝盖。

"坐吧,戈丹,"他提议道,"跟我说说你都做了些什么,现在正在做什么,所有的一切都跟我说说吧。"

出人意料的是,戈丹一下子瘫倒在了床上,躺在那儿一动也不动,毫无生气。每当他的脸静止不动时,他的嘴巴都会习惯性地微微张开,显得无助而且惨兮兮的。

"怎么回事?"蒂安连忙问道。

"哦,上帝!"

"到底怎么了?"

"所有的事都倒霉透顶,"他凄惨地说,"我已经彻底完蛋了,菲尔。我已经陷入绝境了。"

"哦?"

"我已经陷入绝境了。"他连说话的声音都在颤抖着。

蒂安那双漂亮的蓝色的眼睛仿佛审视一般,更加仔细地打量着他。

"你看上去的确有些落魄。"

"我把所有的事情都搞得乱七八糟。"他停了停,"我想我最好从头说起……恐怕你听了会觉得厌烦吧?"

"完全不会,接着往下说吧。"话虽如此,可蒂安说话的语气里却流露出一些迟疑。这次东部之行本是计划好来度假的……现在听到戈丹·斯特莱特遇上了麻烦,让他不免有些恼火。

"说下去,"见戈丹没有开口,他又说了一遍,接着还补充了半句,"说完它。"

"呃,"戈丹犹豫不决地开了口,"我是二月份的时候从法国回来的,在老家哈里斯堡待了一个月,然后就去纽约找工作。我在一家出口公司找到了工作,可他们昨天解雇了我。"

"解雇了你?"

"是这样没错,菲尔。我想跟你说实话。遇到这样的情形,你恐怕是我唯一能求助的人了。你是不会介意我对你说实话的,是不是,菲尔?"

蒂安的身子有些僵硬了。他轻拍着自己的膝盖,变得犹豫起来。他模模糊糊地觉得自己好像被不公平地压上了一份责任,他甚至已经不能确定他是不是真想知道这件事了。虽说以前他也时常发现戈丹·斯特莱特会遇上些小麻烦,并且早就见怪不怪了,但这一回的不幸当中似乎有什么东西令他厌恶,让他的心肠变硬了,虽说它也在一定程度上激起了他的好奇心。

"说下去吧。"蒂安有些不耐烦。

"这件事情有关一个姑娘。"

"哦。"蒂安下定了决心,不能让任何东西任何事情破坏他的这次旅行。如果戈丹实在令人沮丧的话,那么他就只能想方设法少跟他见面了。

"她叫朱尔厄·哈特斯,"从床上传来的那个异常苦恼的声音继续说着,"她过去十分'纯洁',我想大约直到一年以前都是如此。她以前住在纽约……家境贫困。她的父母亲都去世了,她跟一个已经上了年纪的姑妈住在一块儿。你瞧,正好在我遇见她的时候,人们便开始陆陆续续地从法国回来……而我所做的事情就是向新来的人表示欢迎,并且跟他们一起参加舞会。事情就是那样开始的,菲尔,就是从我很高兴地看见每一个人,并且让每一个人都很高兴地看见我开始的。"

"你应该多长个心眼儿的。"

"我知道,"戈丹停了停,神情懊恼地继续往下说道,"我已经自立了,你知道的。可是菲尔，我没办法甘于贫困。然后就遇见了这个该死的姑娘。有一阵子她好像爱上了我，虽然我从不打算和她发展什么关系，但我总是处处撞见她。你也可以想象当时我为那些出口商所做的工作……我其实一直想要画画的，为杂志画插图，也能挣不少钱。"

"那你为什么不坚持画呢？"蒂安疑惑地问。"你必须专心致志地干某件事才能获得成功。"蒂安冷淡而又不失正经地建议道。

"我试过一点点，可我画出来的东西都很粗糙。我有天分的，菲尔，我能画……我只是不知道应该怎么画。我应该去上美术学校的，可是我付不起学费。呃，我大约在一个星期以前出现了财政危机。这个女孩在我只剩最后一美元的时候开始纠缠我。她追着我要钱，还声称如果要不到的话她就会给我制造一大堆的麻烦。"

"她真的会吗？"

"恐怕是的。这也是我丢掉工作的原因之一——她一直不停地打电话到我的办公室，这就好像是压垮骆驼的最后那一根稻草一样。她还写了一封信准备寄到我家。哦，她可真把我困住了，我一点办法也没有，必须得弄笔钱给她。"

接下来是一阵尴尬的沉默。戈丹双手紧握成拳，放在身边，就那么直挺挺地躺着。

"我已经陷入绝境了，"他继续用颤抖的声音说着，"我简直要被逼疯了，菲尔。如果不是恰好知道你要到东部来，我恐怕都已经自杀了。我想请你借三百美元给我。"

蒂安的双手原本一直在拍打着他的光脚踝，突然之间停了下来——两人之间原本就有些古怪的气氛这时变得更加紧张而且别扭起来。

片刻之后，戈丹又继续说道：

"我不好意思再向家里要一个子儿了，我现在已经把我的家人都榨干了。"

可是蒂安仍旧不言不语。

"朱尔厄说她要两百美元。"

"跟她说一边儿待着去。"

"是啊,听起来倒挺容易,可她手上有几封我喝醉时写给她的信。真是倒霉,她压根儿不是你想象中的那种优柔寡断的人。"

蒂安露出一副十分厌恶的表情。

"那种女人我可受不了!你早应该离她远一点。"

"我知道。"戈丹苦恼地应承道。

"你得根据自身的实际情况来做事。既然没有钱,你就得好好工作并且离女人尽量远一点。"

"你说来容易,"戈丹的眼睛眯缝起来,"你可是有着花不完的钱。"

"我当然没有。我的开销被我家里人看得很紧。正因为我只有那么一点点的闲钱,我就更加要小心,不能随便乱花。"

说着他将百叶窗卷起,让更多的阳光得以泻进屋里。

"上帝可以作证,我可不是什么老古板,"他又接着往下说,"我很喜欢享乐……尤其是在度这样的假期时,我也喜欢玩,不过你……你却一副如此糟糕的模样。以前我可从没有听你这么说过话。你看上去的确有点破产了——经济上和精神上。"

"这两者难道不是总连在一起的吗?"蒂安颇为不耐烦地摇了摇头。

"你的身上有一种我弄不懂的气味,大概是种不幸吧。"

"那应该是焦虑、贫穷和失眠造成的气味。"戈丹大着胆子反驳道。

"我也不知道。"

"哦,我承认我的确令人沮丧。我也使自己沮丧。噢,上帝,菲尔,让我休息一个礼拜,换上一套新的衣服,手头再有些余钱,我就能像……回到自己过去的样子。菲尔,你是知道的,我能飞快地画画。只是很多时候我都没钱买一些像样的绘画材料……而且当我在精神上疲倦、沮丧和绝望的时候,我也没办法静下心来画画。如果手头有点钱,可以休息几个星期,我就能养精蓄锐,着手画画了。"

"可我怎么知道你不会又把这笔钱用到别的女人身上?"

"干吗总提这个?"戈丹异常平静地说。

"我也不是非得提这个不可。我只是不愿意再一次看见你现在这副样子。"

"那你愿意借钱给我吗,菲尔?"

"我没办法一下子决定。这可是一大笔钱,如果借给你的话我的手头就会很紧了。"

"如果连你都不借给我的话,我就完蛋了……我知道这全是我自己的错,可是……眼下认识到这一点也于事无补了。"

"那你什么时候能还钱呢?"这话听起来有戏。

戈丹慎重考虑了一会儿,认为坦言相告恐怕是最明智的一种做法。

"当然,我可以说下个月就还你,但是……我想我最好还是说三个月吧。只要我的画一卖出去就可以了。"

"我又怎么知道你的画能不能卖出去呢?"蒂安的话语里所透露出来的新的生硬又给戈丹的心头抹上了一丝疑虑。

"我本以为你多少会对我有点信心。"

"我原本是有的……可是我看到你现在这副落魄的样子,我就开始怀疑起来。"

"要不是已经走投无路了,你以为我会这个样子来找你吗?你觉得我现在这个样子很开心吗?"他又赶紧打住话头,咬了咬嘴唇,因为他意识到自己毕竟是来哀求别人帮忙的,最好还是压抑住语气中的怒火为好。

"你倒说得轻巧,"蒂安也怒气冲冲地说,"你把我置于这样一个尴尬的境地,要是我不把钱借给你,我就成了吝啬的吸血鬼……噢,没错,你就是这么做的。现在让我来告诉你,我弄到三百美元也不是那么容易的。我的收入还不至于高到能把那笔钱看成是毛毛雨,可以随便给出去而不会让我自己的生活受到影响。"

说完以后,他便离开他的座位开始穿衣打扮,旁若无人地仔细挑选着衣服。戈丹伸直手臂抓住了床沿,竭尽全力抑制住自己想要发狂喊叫的冲动。

他的脑袋急速运转,似乎要裂开一般,他的嘴巴发干发苦,觉得全身血液沸腾,好像从屋檐上慢慢地滴下来的水珠,然后分解成一堆数不清的规则的颗粒。

此时蒂安已经一丝不苟地系好了领带,又刷了刷眉毛,然后无比仔细地从牙齿上剔掉一根烟丝。紧接着他将烟盒里装满烟,随手把空盒子扔进废纸篓,再把装满的烟盒放进他马甲的口袋里。

"吃早饭了吗?"他问道。

"还没有,我现在已经不吃早饭了。"

"来吧,跟我一起出去吃一点儿。关于钱的事我们等会儿再说。我到东部来是想好好玩一玩的,这个话题可真让我烦透了。"

"就去耶鲁俱乐部吧,"或许是又想到了那个不愉快的话题,他情绪有些低落地说。然后又补充了一句含有责备意味的话,"反正你已经丢掉了工作,无事可做了。"

"如果我手头有些钱,我就会有做不完的事。"戈丹非常直接地说。

"噢,看在上帝的分上,这会儿请别再提它了! 你把我的整个旅行搞砸了又有什么意思。喏,给你点钱就是了。"

他从皮夹子里随手拿出了一张五美元的钞票扔给戈丹,戈丹小心翼翼地把钱折好放进口袋里。此时他的脸颊上染上了一点红晕,不是发烧,而是一种新添的光彩。就在他们转身出门前的那一刻,他们的目光相会了,一瞬间他们似乎都在对方的眼里读到了某种东西,然后彼此迅速低下头来。就在那一刻,他们十分突然但又确定无疑地恨起了对方。

第二章

正午的时候,第五大街和第四十四号街上都挤满了人。快乐而耀眼的太阳在瞬间透过厚玻璃窗,将它那无比璀璨的金光照进了一间间时髦的店铺,照亮了钱包和用灰色天鹅绒盒子盛着的一串串珍珠项链;照亮了五彩斑斓的艳丽的羽毛扇子;照亮了镶在名贵衣服上的花边和丝绸;还照亮了室内设计家所精心布置的陈列室里那些拙劣的油画和精美的仿古家具。

那些上班的女孩子们或者三三两两或者成群结队地在这些商家的橱窗前流连,她们从这些华丽的陈列品中为她们想象中的闺房挑选一些摆设。这些陈列品中甚至还包括一件摆放在床上的男式丝绸睡衣。她们聚集在珠宝店前挑选她们心目中的订婚戒指、结婚戒指以及铂金手表,然后接着闲逛,仔细观察那些羽毛扇子和晚礼服斗篷,她们在闲逛中消化着午饭时吃的三明治和圣代冰淇淋。

人群中,穿着制服的男人随处可见,有些是停靠在哈得逊湾大型舰队上的水手,有些是佩戴着从马萨诸塞州到加利福尼亚州各式徽章的士兵。他们都十分迫切地想引人注意,然而却发现这座伟大的城市早已对士兵产生了厌倦之情,除非他们能够集合起来,形成整齐漂亮的编队,同时背上令他们很不舒服的背包,再挎上来复枪。

蒂安和戈丹也在这些混杂的人群中穿行、游荡着。前者兴致勃勃地留意着最浅薄无知、最虚有其表的那些人;而后者则无奈地想起了自己过去也常常是其中的一员——工作过度,花天酒地,疲惫不堪。对蒂安来说,人生的奋斗是非常有意义的,充满活力,令人愉快;而对戈丹来说,它却是毫无意义的,没完没了,令人消沉。

他们在耶鲁俱乐部遇见了一大帮以前的同学,他们都大声地向蒂安打招呼。他们把长沙发和大椅子围成半圆的形状坐下来之后,每个人都不约而同地要了杯掺冰水的威士忌。

戈丹很快便发觉他们的谈话无聊透顶,而且没完没了。大家在一块儿吃了午餐,下午才刚开始,有些人的酒劲就上来了。他们跟蒂安一样都要去参加晚上的伽马—普赛舞会——它很有可能成为战后举办得最成功的舞会。

"伊蒂丝·布朗丁也要来,"有个人突然对戈丹说,"她以前不是你的老情人吗？你俩都是来自哈里斯堡吧？"

"是啊，"他尝试着换个话题，"我偶尔会看到她哥哥。他在纽约这里办一份报纸什么的，是个有点儿狂热的社会主义分子。"

"这一点倒不像他那快活的妹妹，呃？"那位热心的信息通报员接着说道，"她晚上会和一个三年级学生一起来，好像是叫彼得·希奴尔的。"

戈丹和朱尔厄·哈特斯约好八点钟见面——他已经答应给她一些钱。他一连好几次紧张地看着手表。四点钟的时候，蒂安站起来宣布他要到里维斯兄弟店去买一些衣领和领带，他这才悄悄松了一口气。可是就在他们将要离开俱乐部的时候，那群人中忽然有个人也要加入他们当中，顿时让戈丹大为失望。这时的蒂安心情愉悦，情绪高涨，一心期待着晚上的舞会。

到了里维斯，他精挑细选了一打领带，并且每选一条都要经过跟另外那个人长时间的商量以后才作决定。"你觉得窄领带会再度流行吗？里维斯居然不能再拿到更多的威尔士·马高特森衣领了，这可不是丢人吗？再也没有一种能够像考文顿那样的衣领了。"

戈丹此时已经陷入了某种不知名的恐慌当中。他想要立即拿到钱。可同时他也起了想要参加伽马—普赛舞会的念头。他想再见伊蒂丝一面——自从他在哈里斯堡的乡村俱乐部与她共度了浪漫一夜之后，他便去了法国从此再也没有见过她。

这段风流韵事早已湮没在战争带来的动荡不安之中，在过去那错综复杂的三个月里，也几乎被他完全遗忘了。可是现在，她那泼辣、宽容、极爱闲聊的形象却又出人意料地重新在他的脑海里浮现，并且伴随着大量的回忆。整个大学期间，伊蒂丝的容颜都被他带着一种超脱而又爱恋的仰慕之情珍藏在心中。他曾经很爱为她画像……他的房间里有整整一打她的素描……打高尔夫球的、游泳的……他就算闭上眼睛也可以随手画出她那活泼动人、摄人心魄的侧影。五点三十分，他们终于离开了里维斯，又在人行道上停留了片刻。

"好了，"蒂安十分快活地说，"现在一切都准备停当了。我要回一趟酒店,刮个胡子,理个发,然后再做一做按摩。"

"真是好极了,"另一个人立刻接着说道,"我想和你一块儿去。"

戈丹顿时火冒三丈。他好不容易才克制住自己,没有转身冲那人咆哮一句:"快滚吧,该死的!"在深深的绝望中,他甚至怀疑是蒂安特意交代那个人一直跟着,以免他谈到借钱的事。于是他们又一同走进了皮尔特莫尔酒店——这个因住满了年轻姑娘而充满青春活力的酒店。年轻姑娘们大多是从西部和南部过来的,这些初涉社交圈的来自不同城市的明星们济济一堂,共同等待着参加一所著名大学的联谊会。然而对于戈丹来说,这些都像是梦中才能见到的一张张脸庞。

他汇集起全身的力量,准备进行最后一次请求,就在他正欲开口而又不知道该说些什么的时候,蒂安忽然对另外那个人说了声"抱歉",然后抓着戈丹的手臂,将他拉到一边。

"戈丹,"他语速很快地说,"我刚才已经仔细想过了,我不能把那笔钱借给你。我很想帮你的忙,但那样会使我一整个月的日子都过得紧巴巴的,我觉得我不应该那么做……"

戈丹愣愣地看着他,心里想着,为什么以前从来没注意到他上面的牙齿竟然向外凸得这么厉害?

"……我很抱歉,戈丹,"蒂安接着说道,"可是事情就是这样。"

他拿出他的钱包,慢慢地一张张地数出七十五美元的钞票。

"这儿,"他一边说着,一边把钱递了过来,"这里有七十五美元,加上之前给你的,一共是八十美元。除去我这次旅行的实际花费之外,我身上的所有现金都在这儿了。"

戈丹像个机器人一样举起握紧的手,然后张开,好像他的手就是一把钳子,将蒂安递过来的钱牢牢夹住。

"咱们舞会上再见,"蒂安又说,"我还得去一趟理发店。"

"待会儿见。"戈丹此时说话的声音因紧张而变得有些嘶哑。

"待会儿见。"

蒂安忍不住笑了起来,似乎又改变了主意。他接着轻快地向他点点头,然后消失了。

戈丹仍然呆呆地站在那里,那张英俊的脸庞因痛苦而变得扭曲,那卷钞票还被紧紧地攥在手心里。突然而至的泪水模糊了他的双眼,然后他跌跌撞撞、无比笨拙地从皮尔特莫尔的台阶上走了下来。

第三章

就在同一天晚上,大约九点钟的时候,有两个人从第六大街上一家便宜的小饭馆里走出来。他们相貌十分丑陋,营养不良,除了最低级的智商外几乎一无所有,甚至连能给生活增添几许色彩的动物性活力也不具备。最近他们在一个陌生的肮脏的城市里待着,全身爬满跳蚤,又冷又饿,无人理会。他们很穷,也没有什么朋友,自出生起就被当作浮木一样地乱扔,并且这种状态将一直持续到死亡。他们身着美国陆军制服,肩头佩戴着新泽西州征召的一个师的徽记。三天前,他们才刚刚抵达这里。两人当中个子比较高的那个叫作卡罗尔·基。这个名字似乎暗示着,无论经过了一代又一代怎样的退化和稀释,在他的血管里依旧流淌着具备某种潜能的血液。

可是人们即使盯着他那张看不出下巴的长脸、呆滞的眼睛和高耸的颧骨看个没完,也始终觉察不出一点他祖上的价值或者所谓天生的聪明才智。他的同伴,长着一双鼠目,罗圈腿,还有一个凹凸不平的鹰钩鼻子。他那种目空一切的神情毫无疑问是一种伪装,是他所生存的那个巧取豪夺、威逼恐吓的世界里必备的防身武器。他的名字是格斯·罗森。

他们从小饭馆出来,沿着第六大街溜达,手里兴致勃勃地挥舞着牙签。

"去哪儿?"罗森问道,他说话的口气听起来好像即便基提议去南海群岛,他也不会有丝毫的惊讶。

"不如我们试试看能否弄到一些酒,你觉得怎么样?"那时禁酒令尚未开始,然而法律规定禁止把酒卖给士兵,因此他们提议弄点酒。

罗森热烈地响应。

"我有个主意,"基低头想了一会儿说道,"我有个哥哥在这附近。"

"在纽约吗?"

"是的。这个老家伙,"他说的是他的哥哥,"在一家小饭馆里头当服务生。"

"你是说他也许能弄点酒给我们喝喝?"

"我敢打赌他一定能!"

"明天我就脱了这身该死的制服,再也不穿它了。相信我,我打算弄套便装来穿穿。"

"呃,也许我不会这么做。"

他们两人的钱现在加在一起也还不到五美元,因此这番打算在很大程度上只是作为供人娱乐的一种文字游戏罢了,无伤大雅,聊以自慰而已。事实上它使两人都感到很高兴,他们不停地用咯咯的笑声和提及《圣经》中的一些大人物来为自己的谈话助兴,更不断地重复使用"哦,好家伙""你知道",以及"我就说一定会这样"之类的话语来进一步加重他们说话时的语气。而这两人全部的精神食粮便是由一声从鼻子里发出的气恼的哼哼声所构成的,对于这些年来负责供养他们的那些社会机构——军队、企业和济贫院,以及每个机构中的顶头上司,他们都感到极为不满。直到那天早上,对他们来说,这个机构还是"政府",而所谓的顶头上司则是"上尉"——他们现在已经挣脱了这二者的束缚,可是在他们准备接受新的捆绑之前,却隐隐地感到一阵不舒服。

他们觉得人生变化无常,充满了怨恨和愤懑,还有些不自在。他们假装相信脱离了部队之后便能得到完全的解脱,又互相安慰说军队的纪律从此再也不能支配他们热爱自由的坚定信念,以此来掩饰他们内心的真实想法。可事实上,他们哪怕是待在监狱里也比获得这种新的不容置疑的自由要更加自在些。基突然间加快了自己的脚步。罗森抬起头来,顺着他的视线望去,发现前方五十码左右的地方正聚集着一群人。基"咯咯"笑着朝人群聚集的方向跑去。

罗森也忍不住笑了,用他那短短的罗圈腿跟随着同伴又长又笨拙的腿快速向前方奔去。他们刚走到人群边上,就立刻成为其中不可缺少的一部分。这群人是由一些衣着褴褛又喝得有点醉醺醺的平民,以及来自各个师的清醒程度各异的士兵组成的。大家一起围着一个蓄着长长的黑色胡须的小个子犹太人,他正激动地挥舞着双臂,在发表一篇激情澎湃的演说。基和罗森此刻几乎已经挤到了前排,正满腹狐疑地细细打量着他,因为他说出的话正是他们共同的想法。

"……你们究竟从这场战争中获得了什么好处?"他嘶哑着嗓子喊道,"看看你自己,看看你自己!你有钱吗?有人给你一大笔钱吗?……没有。如果你还活着,并且双腿也健在,那你就算是幸运的了;如果你回来时发现老婆没跟什么花了钱不用参战的家伙私奔,那你就是十分幸运的了!老实说,除了 J. P. 摩根和约翰·D. 洛克菲勒,还有谁从战争中获得了什么好处?"

突然,那个小个子犹太人热情洋溢的演说被充满敌意的一拳打断了,他那长满胡子的下巴狠狠挨了一拳,顿时四仰八叉地倒在了人行道上。

"你这该死的布尔什维克!"那个挥拳的大个子铁匠士兵大声嚷道。人群中迅速传来一阵闹哄哄的赞同声和吵闹声,同时人群渐渐拥上,围得更加紧密了。没等那个犹太人摇摇晃晃地立起身来,六七记拳头又不约而同地伸过来,他又立刻倒了下去。这次他躺在地上半天不能动弹,只是不停地喘着粗气,嘴唇从里到外都裂开了口子,鲜血汩汩地冒了出来。接着便是一阵乱哄哄的骚动声,罗森和基立刻发现,他们所在的人群正在一个瘦瘦的头戴宽边软帽的市民和那个用一拳结束演讲的强壮的士兵的带领下,沿着第六大街往前走。令人吃惊的是,人群不断地壮大,已经大到了可怕的程度,还有一长溜态度模糊的市民也跟在人行道上走,并且时不时地欢呼两声,以示道义上和精神上的支持。

"我们这是要去哪儿?"基对离他最近的那个人喊道。

他的队友指了指前面带头的那个戴宽边软帽的人。

"那个人知道在哪里聚集着他们的人! 我们要去向他们示威!"

"我们要去向他们示威!"基转过头来小声地告诉罗森说,而罗森又异常兴奋地把这句话传给了站在他另外一边的那个人。

行进的队伍很快便横扫了第六大街,到处都有士兵和水兵加入,还时不时地有一些平民加入,他们总是大喊着说自己刚刚脱离部队,好像是在出示一张刚刚成立的运动俱乐部的入场券一般。

没多久,队伍已经转到了十字街上,然后继续朝着第五大街进发,此刻到处都传播着这样一个消息,说他们此行的目的地是托利弗大厅举行共产党会议的地方。

"那究竟是在什么地方?"

这个问题被辗转传到了队伍的前头,没过多久就飘来了回话——托利弗大厅在第十号大街上,现在有另外一伙去砸会场的士兵已经到了那儿。

可是第十号大街听起来路途颇为遥远,很多人一听这话便开始哼唧起来,有不少人悄悄地退出去了。这其中也包括罗森和基,他们有意地放慢速度,让那些更为热情更为积极的人走上前去。

"我宁可去弄点酒喝。"在一片"挨枪子儿的"和"懦夫"的叫喊声中,他们停了下来,走到了人行道上,基对罗森说道。

"你哥哥是在这附近工作吗?"罗森问,脸上还装出一副从浅薄过渡到永恒的神色。

"应该是,"基答道,"我也有好几年没见过他了。打那以后我就去了宾夕法尼亚州。也许他晚上已经不再上班了。应该就在这一带。如果他还在的话,就能给我们弄点儿喝的了。"

在街上来回巡视了好几分钟之后,他们终于找到了那个地方——一处装潢讲究的小饭馆,正位于第五大街和百老汇之间。基走进去询问他哥哥乔治是否还在，罗森则站在人行道上等着。

"我哥哥已经不在这里了，"基出来对他说道，"他已经到戴尔莫尼克去当服务生了。"罗森如同洞悉一切似的点了点头，仿佛他早就料到会如此。

一个十分能干的人偶尔换个工作，人们不应该对此感到吃惊的。他以前也认识一个服务生——由此引申出一个让他们边走边谈的长长的话题，即服务生到底是实际的薪水高还是小费高，他们对此争论不休，最后终于达成了一致的意见，即这要根据服务生工作地点的社会状况来定。他们相互栩栩如生地描绘着一位百万富翁在戴尔莫尼克用餐的情形，说他刚喝了一夸脱香槟之后就随手甩出五十美元的小费。说到这里，两人都不由自主地想去当服务生。而事实上基的脑袋瓜里也正在暗下决心要他哥哥帮他也找份服务生的工作。

"那些家伙留在瓶子里的所有香槟，服务生都可以喝干！"罗森又乐颠颠地提醒道，随后像突然想起来什么似的又加了一句，"哦，好家伙！"

当他们到达戴尔莫尼克的时候已经是十点半了，他们十分惊讶地看着一长溜出租车一辆接一辆地开到门前，车里放出来一位接一位绝妙动人的、没戴帽子的年轻女子，每一位女子的旁边都有一位身穿笔挺晚礼服的年轻绅士陪伴着。

"看来好像有舞会，"罗森带着几分敬畏的神情说，"我们还是不要进去了，你哥哥会很忙的。"

"不，不会的。我想没事的。"

他们犹豫了好半天，终于走进一扇在他们看起来最不复杂的门，接下来他们便不知该如何是好了。他们发现自己进了一间小餐厅，于是连忙紧张地缩在一个最不起眼的角落里。他们脱下帽子抓在手里，一片愁云笼罩着他们。

当餐厅另一头的门被"砰"的一声打开，随后冲进来一个彗星似的服务生时，两人都吓得心惊肉跳。那个服务生飞快地穿过屋内，迅速消失在另一边的一扇门里。在这样闪电般地穿行已经有了三次之后，这两个人才终于鼓起勇气,向进来的一个服务生打招呼。那个服务生疑惑地转过身来看着他们,然后迈着像猫一样轻柔的步伐走上前来,好像害怕吓着他们似的。

"喂,"基开口说道,"喂,你认识我哥哥吗?他也在这里当服务生。"

"他的名字叫基。"罗森在一旁注解道。

幸运的是,这位服务生认识基。他说他可能在楼上。这里正在举办一场大型舞会。他会去告诉他的。

十分钟以后,乔治·基终于出现了,他带着满脸的疑惑向他弟弟打招呼。他最初的,也是最自然的想法便是他是来要钱的。乔治的个子很高,下巴有点短,除此之外,他跟他的弟弟几乎毫无相似之处。乔治的眼神并不呆滞,相反,它灵活机警,而且闪闪发亮。他的态度很温和,张弛有度,只是稍微有些傲慢。他们相互寒暄客套了一番。

乔治已经结婚了,还有三个孩子。他对卡罗尔待在外国军队里的经历似乎很感兴趣,但却并不以为然。这使得卡罗尔非常沮丧。

"乔治,"客套完之后,弟弟说,"我们想喝点儿酒,可他们不肯卖给我们,你能弄点来给我们吗?"

乔治迅速在脑子里掂量了一下。

"当然。应该可以的。不过可能要等上半个钟头。"

"好的,"卡罗尔很快同意了,"我们会等你的。"

听到这话,罗森便在一把轻便椅子上坐了下来,然而他立即就被生气的乔治叫了起来。

"嘿!你!小心点儿,不能坐在这里!这间屋子已经为十二点钟的那场宴会准备妥当了。"

"我又不会把它弄坏,"罗森愤愤不平地辩解说,"何况我已经用了去虱剂了。"

"别大意,"乔治严厉地说,"如果被领班看见我在这里跟你们聊天,他一定会狠狠骂我一顿的。"

"哦。"

提及领班，其他两人就恍然大悟了。他们用手指来回拨弄着他们的外国帽子，局促不安地等着乔治的建议。

"跟你们说，"乔治停了停说，"我想到了一个地方，或许你们可以在那里等着。跟我来。"

于是他们跟在他身后，从一扇边门走出去，经过一个已经废弃的餐具室，又上了几级黑乎乎的、曲曲折折的楼梯，最后终于来到一间狭小的屋子里。屋里只有一堆堆的木桶和一排排的硬毛刷，还有一盏昏暗的电灯孤零零地照射着。

乔治向他们要了两美元，答应会在半个钟头以内给他们送一夸脱威士忌来以后，就撇下他们匆匆忙忙走了。

"我敢说乔治一定在赚大钱，"基一屁股坐在一个倒转过来的木桶上，悻悻地说，"我敢打赌，他一个星期就能赚五十美元。"

罗森赞同地点点头，啐了一口。

"我也敢说他肯定能挣这么多。"

"他刚刚说舞会上都是些什么人？"

"一群大学同学。好像是耶鲁大学。"

他俩互相严肃地点点头。

"也不知道那群士兵现在走到哪儿了？"

"不知道。我只知道那段路可真他妈太长了，我肯定走不到那儿。"

"我也是。我从来没走过那么远的路。"

十分钟以后，他们开始有点坐立不安起来。罗森来回地踱着步子。

"我得去看看这外头有些什么东西，"罗森说着，一面小心翼翼地朝另一扇门走去。

那是一扇推拉门，表面是绿粗呢的，他小心谨慎地推开一英寸。

"看到什么没有？"

罗森突然猛地吸了一口气，转头答道："他妈的！这里有酒！"

"酒？"

基也迅速来到门口,站在罗森旁边热烈地张望着。

"天,我敢说那肯定是酒。"他聚精会神地看了一会儿后,斩钉截铁地说道。

他们看见的是一间大屋子,大约有现在他们待着的房间的两倍那么大——屋子里已经完全布置好了,只等着办一个盛大而丰富的酒会。桌子上铺着白色的桌布,一排排的酒瓶交替摆放着:威士忌、杜松子酒、白兰地、法国和意大利的苦艾酒以及橙汁。这还没有包括那一长溜的苏打水瓶和两个巨大无比的盛潘趣酒的酒缸。屋子里这会儿一个人都没有。

"应该是为他们马上要开始的舞会准备的。"基凑在罗森的耳边说,"你听见小提琴的演奏声了吗?噢,老弟,我都想跳舞了。"

他们轻手轻脚地将门带上,相互之间交换了一个意会的眼神。已经没有必要再相互试探了。

"我想去拿个两三瓶酒回来。"罗森加重语气道。

"我也这么想。"

"你觉得我们会被人发现吗?"

基慎重地想了想。

"我看我们最好还是等会儿,等到他们开始喝了我们再行动。他们现在把酒都摆在桌上,一定清楚总共有多少瓶酒。"为此他们又争论了好几分钟。

罗森坚持这会儿马上就去拿一瓶,然后趁没人进屋之前把它藏到衣服里。但是基主张要谨慎。因为他怕会给他哥哥带来麻烦。如果他们能够等到一些酒瓶开了之后再去拿一瓶的话就保准没事,因为别人只会以为是被他们当中的某位大学同学喝掉的。就在他们争论不已的时候,乔治·基匆匆忙忙穿过了房间,甚至没来得及跟他们打声招呼,就消失在了那扇绿呢面的门里。

没多久他们就听到了一连几下"砰砰"开启酒瓶的声音,然后是冰块的碰撞声还有液体的溅波声。看来乔治正在调制潘趣酒。门后的两个士兵相视咧嘴一笑。

"哦,好家伙!"罗森低声道。一转眼乔治又出现了。"不要大声说话,老弟。"他急急忙忙地嘱咐道,"五分钟之后我就会把你们要的东西送过来。"

他又从先前进来的那扇门里出去了。楼道里乔治的脚步声刚一消失,罗森就十分小心地向四处张望了一下,然后箭一般冲进那间已经开始弥漫着欢乐气氛的屋子里,当他回来时,手里已经多出了一瓶酒。

"我看不如这么着,"他说,两人神清气爽地享受着他们的第一口酒,"等他过来,我们就问他是不是能待在这里喝他送来的酒……明白吗?我们告诉他说我们找不到地方喝酒……明白吗?然后趁那间屋子没人的时候,我们就偷偷地溜进去,随便揣上一瓶塞在衣服里。弄来的酒足够我们喝上好几天的……明白啦?"

"当然!"基兴奋地点头赞同道,"哦,老弟!如果我们乐意的话,还可以随时把这些酒卖给当兵的。"

他们沉默了一会儿,乐滋滋地想着这个主意的可行性。然后,基抬起手来将他那件二等水兵制服上衣的领扣解开了。

"这儿可真热,是不是?"

罗森热烈地附和道:"热得简直像地狱。"

第四章

从化妆间里出来,穿过通向大厅的休息室时,她依然是怒气冲冲的——让她如此生气的倒并不是那件事情本身,毕竟就她的社会阅历而言,发生那样的事情也是很普通的,她生气是因为这件事情恰恰发生在这么一个特殊的夜晚。她觉得自己没有任何过错。她已经恰如其分地运用了她一向的手段,既维持了自己的体面和尊严,又适当地表示了自己的同情。简单地说,她十分干脆而巧妙地拒绝了他。

事情发生的时候,他们的出租车刚刚从皮尔特莫尔酒店离开,尚未开过半个街区。当时他十分笨拙地举起自己的右臂——她坐在他的右边——想把手搁在她穿在身上的那件深红色的饰有柔软毛边的斗篷上。他这件事情本身就做得很不合适。对一位绅士来说，如果想要拥抱一位年轻女士但又不能确定她是否反感的话，比较优雅一点的做法应该是先用离她比较远的那只手臂来搂她。这样便可以避免抬起离她近的手臂那样笨拙的举动。当然，他的第二个错误是无意中犯下的。她花了整整一下午的时间在美容院里弄她的发型，任何将她头发弄乱的想法和做法都是令她难以容忍的——而当彼得试图搂她的时候，他的肘尖无意中擦到了她的头发。这就是他犯下的第二个错误。在她看来，两个错误已经够多了。他也开始嘀咕了。听到他的第一声嘀咕时，她就想他到底还是个大学生……

伊蒂丝今年已经二十二岁了，不管怎样，这毕竟是战后第一次举办这样大型的舞会，她开始浮想联翩，开始想起一些别的事情——另外一场舞会，还有另外一个男人。她对那个男人的感情很明显是一种青春期的充满忧郁色彩的朦胧爱恋。伊蒂丝·布朗丁开始陷入对戈丹·斯特莱特的甜蜜的回忆中。她就这样从戴尔莫尼克的化妆间走出来，然后又在门口站了一会儿。

从她面前穿黑衣服的人的肩头望去，她看到那些耶鲁大学的男生们仿佛一群群雍容华贵的黑色飞蛾一样，在楼梯口不停地打转。一阵浓郁的香气从她刚刚走出的化妆间里飘来，那是许多不同的年轻佳丽们经过时留下的——承载着回忆的浓烈的香水和纤细的香粉末。飘出来的香气在大厅里沾染上一股刺鼻的烟味，然后仿佛有知觉似的自动顺着楼梯下去，在那间即将举行伽马—普赛舞会的舞厅里迅速弥漫开来。这种气味对她来说很熟悉，给人刺激，令人兴奋，香甜得令人不安——正是那种时髦舞会上的气味。她又想到了她自身的打扮。她在她那双光洁的手臂和纤细的肩膀上都搽了粉，使它们变成了一种看上去很柔软的奶白色。

她知道，在今晚那些穿着黑色礼服的后背的映衬下，它们一定会像牛奶一样闪闪发光。她今晚的发型也做得十分漂亮，一头浓密的略带红色的头发被盘起来，并且压得恰到好处，在发型师的巧手下弯曲成妙不可言的具有流动性的波浪形状。她的嘴唇也精心描抹成了深红色,一双蓝色的眼睛更是脆生生的,灵活动人,好似瓷器一般。

从复杂的发型到一双纤巧的脚,她浑身上下构成了均匀而流畅的线条,简直是一个十全十美、玲珑剔透的美女。简直挑不出来一点瑕疵。

时不时传来的或高或低的笑声,穿着拖鞋踢踢踏踏的走动声,以及情侣们在楼梯上上下下的声音,都让她觉得自己有些许的优越感。她想起了今晚要在狂欢会上说的话。

她会说她这些年来一直在说的那种话——也是她最擅长的话——用时下流行的用语、一点正式的新闻用语以及大学俚语串在一起,共同组成一个整体的话语系统,不拘小节而又浑然天成,略带挑逗而又多愁善感。当她听到坐在楼梯上的一个女孩正在说"亲爱的,你对此真是一无所知"的时候,她心领神会般地微微笑了。她的怒气也因为这么一笑而消了一点儿。她轻轻地闭上眼睛,陶醉般地深吸了一口气。之后,她将双臂垂下慢慢靠近身体两侧,直到它们轻柔地触碰到那身裹着并显出她妙曼身材的质地滑溜的衣服。

她从来不知道原来自己的身体竟是这么地柔软,也从没有像现在这样喜欢过自己那白皙诱人的胳膊。她刚对自己说了一句"我闻起来好香",紧接着脑子里又蹦出了另一个念头——"我是为爱而生的"。

她被自己突然想到的这句话所吸引,又仔细想了一下。随后接踵而来的就是她心中刚刚滋生的对戈丹的一种狂野不羁的梦想。就在两个月前,她无意中发现无论她的想法怎样地绕来绕去,总是会最终绕到一个意想不到的渴望上,她内心里十分渴望着能再次见到他,而眼下,这场舞会,这个时辰,似乎又引发了她的这种想法。尽管伊蒂丝看上去是个时髦美人,然而事实上她却是个严肃认真、思维经常慢半拍的姑娘。她在性格上有着某种特征,或者说某种思维倾向——她的哥哥也正是因为那种青年理想主义的色彩而变成了一位社会主义者与和平主义者。

她的哥哥亨德利·布朗丁此时已经离开了康奈尔大学——他曾在那里担任经济学讲师,后来来到纽约,并且在一份思想激进的周报的专栏上为那些无法治愈的社会痼疾提供他所知道的最新的治疗方法。

而伊蒂丝,相对她哥哥来说更实际一些,只要能够治愈戈丹·斯特莱特,她就十分心满意足了。

她想去掉戈丹性格上的某种弱点,她想在他显得无助的时候保护他。她想找一个已经与她相识很久的人,一个长久以来都爱着她的人。

她觉得有点累了,想找个人结婚。

一大堆信件、半打照片和无数甜蜜的回忆以及这样突如其来的疲惫,使她下定了某种决心。她决定下次再见到戈丹时,就让他们之间的关系发生转变。她一定要说点什么来促使这种改变。今晚是个好机会。这是属于她的夜晚。

事实上,每一个夜晚都是属于她的夜晚。正在这时,她的思维突然被一个神情严肃的大学生打断了,那个男生的脸上带着一抹受伤的表情,举止颇有些拘谨。他向她深鞠一躬,头低下的程度非同寻常。这就是和她一起来的那个人——彼得·希奴尔。他个子很高,戴着一副有角边的眼镜,性格风趣幽默,脸上时常出现一种令人着迷的异想天开的神情。可是她现在觉得很不喜欢他,大概是因为他要吻她却一直没有成功的缘故。

"那么,"她开口说道,"你现在还生我的气吗?"

"不,一点儿也不。"

她往前走了一步,伸手挽住了他的胳膊。

"对不起,"她温柔地说道,"我也不知道自己当时怎么会那么做。可能我今晚情绪有些不好。很抱歉。"

"没关系,"他在嘴里咕哝道,"不要再提它了。"他觉得非常不高兴,而且觉得很尴尬。她为什么老是要去戳他的痛处呢?

"那是一个错误,"她故意用着同样温柔的语气接着说道,"我们一定会把它忘了的。"他听了这话,越发地恨起她来。

几分钟以后,他们来到了舞池,这时专门请来的爵士乐队中的十几个成员正摇来摆去、高兴地对挤满舞厅的人说:"假如只剩下萨克斯管和我,那我们两个就会成为朋友。"

一个留着胡子的人突然插话进来，"你好，"他用一种责备的口吻说道，"看来你不记得我了。"

"我只是突然想不起你的名字来了，"她轻声答道，"事实上对你很熟悉。"

"我遇见你是在……"此时又有一个头发金黄的男人插话进来，于是他的声音便悻悻地拖长了，变弱了。伊蒂丝十分礼貌地对那个陌生人低声说道："谢谢，非常感谢……请过会儿再来吧。"

这时那个金发男人非得要和她热情地握手不可。她将他看作她所熟悉的众多叫"吉姆"的人之一……姓氏不详。她甚至清楚地记得这个人跳舞时有一种奇异的节奏，而当他们真的跳起来时，竟然发现果真如此。

"你会在这里待多久？"他小声地问道。她的身子突然间向后仰了一下，随即抬起头来看着他。

"大约三个星期。"

"你住在哪儿？"

"皮尔特莫尔酒店。有空给我打电话吧。"

"我是认真的，"他向她保证道，"我一定会的。我们一起去喝茶。"

"我也是说真的……真的。"

这时一个皮肤黝黑的男人又很有礼貌地插了进来。

"你不记得我了是吗？"他表情十分严肃地说道。

"噢，我记得你。你不是叫哈伦吗？"

"不……对。我叫巴洛。"

"哦，可是不管怎样，我总记得是两个音节。你有一次在霍华德·马歇尔家的舞会上弹夏威夷四弦琴，弹得真是棒极了。"

"我是弹了……可是不是……"

这一刻一个牙齿有些凸出的男人也插了进来。伊蒂丝闻到了一股淡淡的威士忌酒气。说实话，她更喜欢喝了一些酒的男人：他们会因为酒精而变得更快活，更有眼力，嘴巴也会更甜……更加有助于沟通。

"我是蒂安，菲利普·蒂安，"他十分快活地说，"我知道你不记得我了，可是你过去经常跟一个叫戈丹·斯特莱特的家伙到纽黑文来,他是我四年级时同宿舍的室友。"听到这个名字,伊蒂丝迅速地抬起头来。

"是的,我曾经和他去过两次。一次是去轻便舞鞋舞会,还有一次是去参加三年级的正式舞会。"

"原来你已经看见他啦,"蒂安自顾自想当然地说,"他今晚也来了,就在一分钟前我还看到他哩。"

尽管先前就很肯定他一定会来这里的,伊蒂丝听了还是吃了一惊。

"噢,不,我还没有……"

又有一个红发的胖男人插话进来。

"你好,伊蒂丝。"

"哦……你好吗……"

她突然脚下打滑,忍不住跟跄了一下。

"噢,对不起,亲爱的。"她公式化一般地嘟囔了一句。

她这般失态是因为看见戈丹了——他脸色苍白,情绪十分低落,身子倚在门边。戈丹一边吸烟一边往舞厅里看去,伊蒂丝甚至可以清楚地看见他的脸苍白而瘦削……他拿着香烟的手也在颤抖。此刻他们正好跳到了他旁边。

"……他们居然邀请了这么多无聊的人来,你……"矮个子的男人在对她说。

"你好,戈丹。"越过她舞伴的肩头,伊蒂丝轻声叫道,此刻她的心在狂跳。

戈丹那双大大的黑眼睛立刻盯住了她,他朝着她的方向迈了一步。这时她的舞伴又把她带开了,她还听见他在诉苦的声音,"有一半没带女伴来的舞客都喝醉了,所以……"

这时,一个低沉的声音在她身旁响起。

"可以跟您跳支舞吗?"

她想都没想就和戈丹跳起了舞,他用一只手臂搂过她,她能感觉到那只手臂时不时地会用力收紧一下,而放在她背上的那只手更是五指张开。她的手里捏着一小块蕾丝手绢,也被他的手紧紧攥着。

"噢,戈丹。"心神激荡之下,她气喘吁吁地开口道。

"你好,伊蒂丝。"

她的脚不由自主地又滑了一下……为了维持身体的平衡,她将身子略微往前倾了一下,她的脸一下子触到了他身上那件晚礼服的黑色面料。她爱他——这一瞬间她清楚地知道她爱他……接下来的一分钟光景,两个人都没有开口说话,而这时,一种十分古怪的不安的感觉悄悄爬上了她的心头。她始终觉得有什么地方不大对劲。

突然间,她的心抽紧了,好像突然清醒了过来,她发现有什么不对劲了。眼前的人一副落魄相,可怜兮兮,略有些醉意,而且疲惫不堪。

"哦……"她忍不住叫出了声。

他的眼睛向下看着她。她忽然发现那里面布满了血丝,他的眼珠正转个不停。

"戈丹,"她喃喃地说,"我们坐一会儿吧,我想坐下来一会儿。"

他们这时候几乎正处于舞池的中央,当她看见两个男人正从屋子的两边朝她走来时,她赶紧停了下来,抓着戈丹软绵绵的手,跌跌撞撞地拉着他穿过人群。她紧紧抿着自己的嘴唇,在口红的映衬下她的脸显得有些苍白,她眼里噙着的泪水似乎就要滴下,跟跟跄跄地拉着戈丹从舞池中央往外走。在铺着柔软地毯的楼梯最高处,她仔细找了一个地方坐下,他也重重地坐在了她的身旁。

"嘿,"他终于开口说道,眼神犹疑地望着她,"我真的很高兴见到你,伊蒂丝。"

这句话对她产生了不可估量的影响。

她看着他,半天没有接腔。这么多年以来,她看到过各式各样醉酒的男人,从叔叔伯伯一直到汽车司机,而她的感觉也是各不相同,或觉得有趣,或感到厌恶,可是此刻,她平生头一回有了一种全新的感受——难以言喻的恐怖感。

"戈丹,"她带着哭腔,用一种责备的语气说,"你看上去真是糟透了。"

他颓丧地点了点头:"我遇到了麻烦,伊蒂丝。"

"麻烦?"

"各种各样的麻烦。千万别跟我家里人说,我已经彻底垮掉了。我现在真是一团糟,伊蒂丝。"

他说话的时候脑袋耷拉下来,几乎根本不看她。

"你能不能……能不能,"她稍微犹豫了一下,"戈丹,你能不能告诉我这到底是怎么回事?你知道,我一直都很关心你。"

她用力咬了一下嘴唇……她本来打算要说些更有力度的话,可到头来却发现始终没办法说出口。

戈丹摇了摇头:"不,我没办法告诉你。我没办法把这件事告诉给一个好女孩。你是一个好女孩。"

"胡说,"她大声地反驳道,"像你这么说别人是好女孩完全是一种侮辱,完全是在侮辱人。你有点喝多了,戈丹。"

"谢谢,"他黯然地把头侧向一边,"多谢你的提醒。"

"为什么要喝酒呢?"

"因为我真他妈痛苦极了。"

"可是你认为喝酒就能使情况有所好转吗?"

"你想干什么……想感化我吗?"戈丹弱弱地问道。

"不,我只是想帮助你,戈丹。你真的不能把事情告诉我吗?"

"我现在完全是一团糟。你最好是假装不认识我。"

"这到底是为什么呢,戈丹?"

"我很抱歉突然间插进来请你跳舞……这对你是很不公平的。你是个纯洁的好女孩……总之就是那么回事。我还是另外找个人陪你跳舞吧。"

他说着,摇摇晃晃地站起身来,可她牢牢地拽住他,硬拉他坐下来,坐在楼梯上她的身旁。

"你听着,戈丹。你简直是不可理喻。你这是在伤我的心。你刚刚的举动就好像一个……好像一个疯子……"

"我承认我的确有点疯了。我觉得全身都不对劲,伊蒂丝。好像有什么东西离开了我。不过这没关系。"

"不,有关系,请你告诉我。"

"是这么回事。我这个人总是有点儿古怪……和别人有些不同。上大学的时候还行,可是现在全出问题了。最近四个月以来,我身体里的五脏六腑就像衣服上的小钩子一样,噼里啪啦地断个不停,这样下去,再断掉几个钩子,就什么都完了。我想我正在慢慢地发疯。"

说完,他将所有的目光都集中到她身上,诡异地笑了起来,她下意识地避开了他的目光。

"到底怎么啦?"

"就是,"他重复道,"我要发疯了。我正在慢慢地发疯。这个地方对我就像一个梦一样——这个戴尔莫尼克……"

在他说话的时候,她惊讶地发现他整个人都变了。他再也不像以前那样轻松愉快或是满不在乎了……此时的他已经被一种巨大的冷漠和沮丧所攫住了。她忽然对他反感起来,还有一种令人吃惊的微微的厌烦。她觉得他的声音似乎来自于一个巨大的虚无缥缈的地方。

"伊蒂丝,"他接着说,"过去我以为自己很聪明、很有天分,绝对是干艺术的料。可现在我才知道自己其实一无所长。我根本不会画画,伊蒂丝。我也不明白为什么会跟你说这些。"

她敷衍地点点头。

"我不会画画,事实上我什么都不会。我就像教堂里的老鼠一样,一贫如洗。"他突然笑起来,笑声痛苦而响亮,"我现在已经变成了一个可怜的乞丐,一个只能依附于朋友的寄生虫。我穷困潦倒,是一个彻底的失败者。"

伴随着他的自我否定,她对他的反感也越来越强烈。这一次她连头也没点,只等有好的借口就起身离开。

戈丹的眼里忽然充满了泪水。

"伊蒂丝,"他转过身来面对着她说,他费了好大的劲才能克制住自己内心的激动,"知道这个世界上还有一个人如此关心我,我简直没法告诉你这对我来说意味着什么。"

他伸出手去,颤抖着拍了拍她的手,她下意识地把手缩了回去。

"你实在是太好了。"他反复说道。

"嗯,"她故意慢条斯理地说,同时盯着他的眼睛,"任何人都会很乐意见到自己的老朋友的……可是看到你现在这样,我真的很难过,戈丹。"

他们就这样相互盯着对方的眼睛看,谁也没有说话,不一会儿,他眼里那种强烈的渴望动摇了。她站起身来看着他,面上几乎毫无表情。

"我们去跳支舞吧!"她冷冰冰地提议道。

……爱情原来如此脆弱……她想着……但或许爱的碎片被无意中保留了下来,那些本来已经在唇边、几乎就要脱口而出的话留了下来。新的有关爱情的词汇,更进一步的温柔乖巧,都为下一位爱人准备和珍藏了起来。

第五章

彼得·希奴尔——温柔可爱的伊蒂丝的护花使者,他十分不习惯被人拒绝,一旦被人拒绝,他就会觉得受到了严重地伤害,觉得万分尴尬和耻辱。两个月以来,他一直和伊蒂丝·布朗丁保持着互通特快专递的关系,他很清楚快递信件在沟通感情方面的重要价值,他原本以为自己的地位已经十分稳固了。可是他想不通,为什么在亲吻这个简简单单的问题上,她会采取这样一种拒绝的态度,他找了很多理由试图解释,但都失败了。

因此,当那个有胡子的男人插进来时,他便借机走了出去。他进了大厅,然后编造了一个句子,又自言自语地重复、修改了好几遍。在经过慎重的删改之后,就成了这样一句话:"呃,如果有哪个女孩曾经勾引过一个男人,然后却又给他当头棒喝,她一定是这么做的……即使我现在出去喝个烂醉,她也无所谓。"说完,傻傻地笑了笑。

他从晚餐室穿过,走进隔壁的一间小屋子,之前他就到这儿来过。这里摆着几大缸的潘趣酒,旁边还有很多酒瓶。他便在摆满了酒瓶的桌子旁坐了下来。

当第二杯掺了冰水的威士忌刚一下肚,所有的情绪——厌倦、反感、时间的单调和事件的混乱,都形成了一个十分模糊的背景,而它的前面则是一张发亮的蜘蛛网。所有的事情都安静地各归其位,它们自己跟自己和解了起来,同时这一天的烦恼也都自行整齐地排列起来,在听到他打发它们走的命令之后,就主动地列队出发,然后消失得无影无踪。

此后,美妙的象征主义开始四处弥漫。

伊蒂丝变成了一个轻飘飘的、根本微不足道的姑娘,她不再让他烦恼,而仅能博他一笑。她就像他自己梦中塑造的一个人物,毫无阻碍地融入了他周围形成的表面世界。从某种程度上来说,他自身也变成了一类具有象征意义的人:大陆上放纵的酒徒和游戏人生的神奇的梦想家。

没多久,那种象征主义的情绪也渐渐暗淡了,当他品味起第三杯威士忌时,他原本的想象力开始让位给一束温暖的光芒。他逐渐陷入一种幻境当中,仿佛此刻正平躺在舒适的水面上,随着水流漂浮不定。这一刻,他无意间注意到一扇靠近他的绿呢面的门突然开了一条小小的缝,透过那道大约两英寸的缝隙,有双眼睛正全神贯注地盯着他。

"嗯。"彼得随意地哼了一声。

那扇绿色的门立即关上了……没多久又开了……这次还不到半英寸。

"躲——猫——猫。"彼得咕哝道。

门就这样停在那里,一动不动,然后他听见一阵断断续续的交谈声,声音很低,还很紧张。

"只有一个人。"

"在干吗?"

"坐在那里看着。"

"他最好能走开。我们还得再拿上一小瓶。"

彼得认真地听着,那些话渗进了他此刻的意识当中。

这件事,他想着,真是非同寻常。

他突然兴奋起来。他觉得他偶然间发现了一个天大的秘密。他装作十分大意的样子,站起身绕着桌子走起来……然后他突然迅速地回过身来,拉开了那扇绿门,列兵罗森猝不及防,猛地跌进了屋里。

彼得微微鞠了一躬。

"你好吗?"他对着罗森说道。

列兵罗森悄悄地把一只脚放在另一只脚的前面,做出一副随时准备打架、逃跑或者是妥协的架势。

"你好吗?"彼得十分礼貌地重复道。

"我很好。"

"我能有幸请你喝一杯吗?"

列兵罗森将他仔细地打量了一番,猜想他这么说很可能是挖苦。

"好吧。"最后他说。

彼得随便指了一张椅子。

"坐吧。"

"我还有个朋友,"罗森说,"我还有个朋友,他也在那里。"他用手指着那扇绿门。

"哦,那我们一定得请他进来。"彼得装出一副很热情的样子。

彼得亲自走过去把门打开,热情地邀请列兵基进来,后者的目光中充满怀疑,他十分忐忑不安,而且怀有一种负疚感。他们三个人找了几张椅子,一同围着潘趣酒缸坐下来。彼得在他们每人面前倒了一杯威士忌苏打,又从烟盒里拿出香烟,递给他们一人一支。他们略有些心虚,但还是照单全收了。

"现在,"彼得十分轻松地说道,"我是否可以问一下,你们两位先生怎么会愿意将你们宝贵的空闲时光就这样消磨在一间主要装着……当然,我是就我所看到的而言……装着木桶和硬板刷的屋子里？要知道，人类已经发展到了这样一个阶段，每天都能制造出一万七千把椅子，当然星期天除外……"说到这里，他停顿了一下。罗森和基都很茫然地看着他。"你们能否告诉我，"彼得又继续说道，"为什么你们会选择坐在一件负责把水从一个地方运到另一个地方的物品上呢？"

听到这话，罗森哼了一声，权当参与了谈话。

"最后，"彼得收住话头道，"你们能不能告诉我，你们明明待在一幢挂满了巨大柱形灯的如此漂亮的建筑里，为什么却宁愿伴着一盏昏暗的电灯来度过夜晚的这段美好时光？"

罗森和基面面相觑，很快他们便狂笑起来，因为他们发现根本不可能这么看着对方而忍得住不笑。然而他们并不是在和这个人一起笑——相反，他们是在嘲笑他。他们认为，一个人会像这样语无伦次地说话，他要么就是喝醉了，要么就是在发疯。

"我想，你们是耶鲁大学的同学。"彼得一边说着，一边喝干了他的威士忌苏打，还准备再来一杯。

两人又不约而同地大笑起来。

"不是。"

"哦？我原本以为你们来自耶鲁大学下属的那个'谢菲尔德技术学校'。"

"不是。"

"嗯。这可真是太糟糕了。毫无疑问你们是哈佛大学的人，一定是想在这个……这个欢乐的天堂里隐姓埋名，就好像报纸上说的那样。"

"不是，"基十分轻蔑地说，"我们只是在等一个人。"

"啊，"彼得突然叫了起来，激动地站起身来，给他们面前的杯子里倒满了酒，"很有意思。是要跟一个清洁女工约会，呃？"

他俩立刻气愤地否认此事。

"没关系，"彼得再一次善解人意地向他们保证道，"不用不好意思。清洁女工和这个世界上的任何一位女士一样美好。吉卜林曾说，'任何一位女士的骨子里都是格雷迪的朱迪……'"

"当然。"基附和道,随后十分露骨地向罗森眨了眨眼。

"就拿我来说,"彼得又喝完了一杯,继续往下说道,"我带了个女孩到这儿来,这个女人完全被宠坏了,是我所见过被惯得最坏的女人。她没有任何理由地拒绝吻我,先是故意引诱我,让我信以为真,然后立刻'砰'的一下就把我推到一边! 真是的,年轻的一代到底想变成什么样啊?"

"唉,那你可真是不走运,"基说,"真是不走运。"

"哦,老天爷!"罗森也说。

"要不要再来一杯?"彼得问道。

"我们刚才打了一场架,"基停了停说,"不过是在一个很远的地方。"

"打架? ……那可太好啦!"彼得一面说着,一面摇摇晃晃地坐了下来,"把他们全都给揍一顿! 我过去可是在部队里待过。"

接下来他们又干了一杯。

第六章

一点钟的时候,一支很不寻常的乐队——即使是在一个有着许多特殊乐队的时代也绝对称得上特殊的乐队——来到了戴尔莫尼克,承担起为伽马—普赛舞会提供高质量的音乐伴奏的重任。这支乐队的成员傲慢地围坐在钢琴的四周,领头的是一个十分有名的长笛演奏家,他因为身怀独门绝技而红遍整个纽约:他能够保持着倒立的姿势,一边晃动肩膀一边用笛子吹奏出时下最流行的爵士乐曲。在他表演的时候,一盏聚光灯照射在他身上,一束转动的光柱,在众多跳舞者的身上投下不断变换的色彩和摇曳动人的光影。

伊蒂丝已经跳到了筋疲力尽、神情恍惚的状态——通常来说只有初进社交圈的人才会这样。这是一个高贵的人一连喝下好几大杯威士忌苏打之后才会陷入的状态。此刻她的思绪正在她的音乐当中茫然地飘浮着,她的舞伴如同虚幻的鬼魅一样,在色彩不断变换的幽晦之中换个不停。她朦朦胧胧地觉得,好像自从舞会开始,白昼就已经逝去了。她跟很多男人断断续续地聊了很多不同的话题,她被吻过一次,被求爱过六次。

在晚会的早些时候,很多大学生都和她跳了舞,而现在,就像其他热门的女孩子一样,她也有了自己的跟班——换句话说,有将近半打的花花公子们都挑中了她,他们正在轮流享受着她和另外几个被挑选出来的美人的姿色,他们按照一种固定的次序轮流插进来与她共舞。

她有好几次都看见了戈丹——他一直呆呆地坐在楼梯上,用自己的手掌托着脑袋,双目无神地盯着舞池里一块无边无际的斑点。他看上去醉醺醺的,而且十分沮丧……然而伊蒂丝每次都是只看一眼便飞快地转移了视线。

一切似乎都很久远了。

眼下她的思维变得十分迟钝,她的感官已经渐渐麻木,陷入了一种恍惚的状态……就像是在睡梦中一样,只剩下她的脚还在机械地跳着舞步,她的声音还在不停地说着连她自己都不知道是什么的朦胧的情感玩笑。

可是伊蒂丝毕竟还没有疲倦迟钝到完全不会生气的程度,当彼得·希奴尔喝得酩酊大醉又兴高采烈地过来请她跳舞时,她重重地喘了口气,抬起头来看着他。

"哎哟,彼得!"

"我有点醉了,伊蒂丝。"

"噢,彼得,你可是真了不起,真是了不起啊!难道你不觉得你这么做太差劲了吗……尤其是当你和我在一起的这个时候?"

说完之后,她非常勉强地笑了笑,因为这时彼得正一脸严肃、伤感地看着她,还不时地露出傻乎乎的笑容。

"亲爱的,"他十分认真地开口说道,"你知道我爱你,是不是?"

"你说得没错。"

"我爱你……我当时只想要你吻吻我。"他用悲哀的语气对她说。

他的尴尬和羞辱,此刻全都不见了。站在他面前的是这世上最漂亮的姑娘,她有着最美丽的眼睛,就像天空中的星星一样。他要向她道歉,首先,是为了试图吻她那件事;其次,是因为喝酒……可是他如此沮丧也是因为他以为她在生他的气……这时那个红头发的胖男人又插了进来,他抬头看着伊蒂丝,露出十分灿烂的笑容。

"你带谁来这里了吗?"她问道。

"没有。"这个红头发的胖男人没有带舞伴来。

"那么,你是否介意……不知道会不会给你添麻烦……今晚能否送我回家?"(这种异常羞怯的动人模样是伊蒂丝故意装出来的——她很清楚地知道那个红头发的胖男人立刻会表现得欣喜若狂。)

"麻烦?怎么会?哦,上帝,我十分乐意效劳!简直乐意之至!"

"你真是太好了!真是万分感谢你!"

她顺便瞟了一眼自己的手表,已经一点半了。在她自言自语地说着"一点半"这个时间时,她突然间想起午饭的时候她哥哥曾经对她说过,他每晚都要在报社的办公室里一直工作到一点半以后。

伊蒂丝突然转向她的新同伴。

"戴尔莫尼克到底是在哪一条街上?"

"哪条街?哦,当然是第五大街啦。"

"我问的是在哪一个十字路口。"

"呃……我想想,是在第四十四号街的交叉口。"

果然没错。亨德利的办公室一定就在马路的对面,就在拐角处。她立刻想到了一个好主意,她要溜过去吓他一下,披着她那件崭新的大红斗篷,光彩照人地对着他飘过去,让他也"开心开心"。这也正是伊蒂丝最喜爱做的一类事——不落俗套的嬉戏。这个念头刚一冒出来便牢牢地抓住了她的想象力……只经过了片刻的犹豫,她就打定了主意。

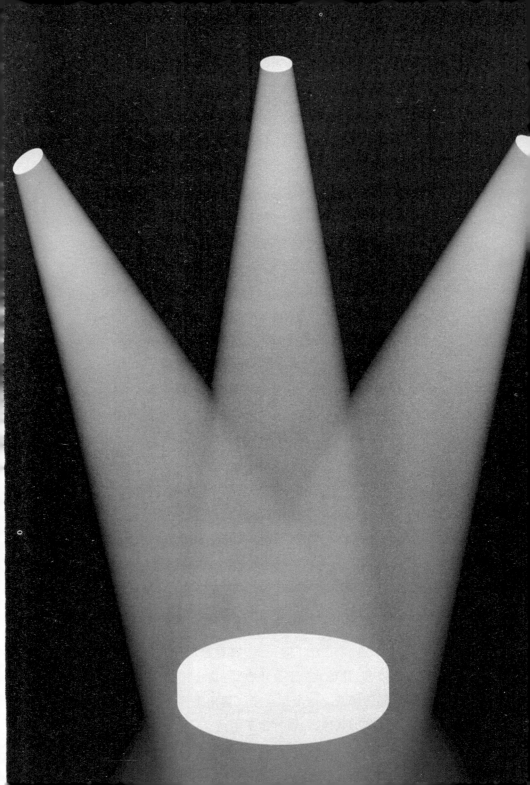

"我的头发快要掉下来了，"她展开甜甜的笑容，温柔地对她的同伴说，"你介不介意我先去把它弄好？"

"一点儿也不。"

"哦，你真是太好了。"

几分钟之后，她披上了她那件大红斗篷，飞快地从边上的楼梯跑下去，她的脸蛋因为这个冒险的举动而激动得绽放出令人目眩的光芒。她从此刻正站在门口的两个人身边跑过——那是一个几乎没有下巴的服务生和一个将口红涂得过于鲜艳的年轻女人，他们正在激烈地争吵——然后打开外面的门，步入了这个无比温暖的五一之夜。

第七章

那个浓妆艳抹的女人恨恨地瞟了刚刚过去的伊蒂丝一眼……然后又转过身来对着那个没下巴的服务生争辩。

"你最好立刻上去告诉他说我来了，"她毫不畏惧地说，"不然的话我就自己上去了。"

"不行！"乔治十分严厉地回答。

女孩露出讥讽的笑容。

"哦，不行是吗？你给我听着，我认识的大学生和认识我并且乐意带我去参加舞会的大学生，可比你这辈子见过的都要多。"

"或许是吧……"

"或许是吧？"她毫不客气地打断道，"哦，他们中的任何一个人，就像刚刚跑出去的那个，就可以……天知道她去哪儿了……他们那些被邀请来的人，想走想留都随他们的便……可是我想见一个朋友的时候，他们却派了一个如此低级的专门替人挂火腿、端油炸圈饼的服务生站在这里阻拦我，不让我进去。"

"听着,"乔治也十分气愤地说道,"也许你说的这个人并不想见你。我可不能因为你丢掉我的工作。"

"哼,他当然想见我!"

"不管怎么样,这么多的人,我上哪儿给你找去?"乔治仍然用着十分柔和的声音回答。

"哦,他肯定会在那儿的,"她自信满满地说,"只要随便找个人,向他打听一下戈丹·斯特莱特,他们一定会指给你看的。那些人互相之间都认识。"

她从一个网眼手袋里取出一美元递给乔治。

"喏,"她笑了笑说,"这是一点小意思。你帮我找到他,替我捎个口信。你跟他说,要是他五分钟之内不下来,我就自己上去了。"

乔治不相信地摇了摇头,又沉思了一会儿,叹了一口气。然后他猛然动摇了,转身走了。

还没到规定的时间戈丹就下来了。他比早些时候又多了几分醉意。而且醉的方式也有所不同了。酒精仿佛在他的身体外部形成了一层硬壳,将他的身体变得异常沉重。此刻他步履蹒跚,说话也前言不搭后语的。

"你好,朱尔厄,"他口齿不清、含含糊糊地说道,"我立刻就下来了。朱尔厄,我没弄到那笔钱。我已经尽力了。"

"跟钱没关系!"她十分严厉地说道,"你已经有十天没来找我了。这是怎么回事?"

他缓慢而沉重地摇了摇头。

"我病了,朱尔厄。我打不起精神来。"他气息微弱地说着。

"你病了怎么不告诉我?我其实并不在乎那笔钱,是你开始忽略我,我才缠着你向你要钱的。"

他又摇了摇头。

"我一直没有忽略你,从来都没有。"

"没有？你已经有整整三个星期没来找我了,除非你天天醉成这个样子,不知道自己在做些什么。"

"我病了,朱尔厄。"他无奈地重复道,目光疲倦地转移到她的身上。

"你的身体明明好到还能跟你那帮子上流社会的朋友一起来这里玩。你本来跟我约好今天吃晚饭的时候见面,还答应给我弄些钱,可你居然连个电话都懒得给我打!"

"我弄不到一毛钱。"

"我刚刚不是说了吗？跟钱没有关系。我只是想要见你,戈丹,可你似乎喜欢上别人了。"她似乎还很认真起来。

他异常痛苦地否认了这一点。

"那就拿上你的帽子,然后跟我走吧。"她高兴地建议道。

戈丹犹豫着……她忽然迅速走近他,用胳膊环住他的脖子。

"跟我走吧,戈丹,"她附在他的耳边,低声说道,"我们先到戴维内里斯酒吧去喝一杯,然后再一起到我的公寓里去。"

"我不行,朱尔厄……"

"你行的。"她急切而又热烈地说道。

"我现在病得像条狗一样!"

"真是那样的话你就不会在这儿跳舞了。"

戈丹四下里瞟了一眼,内心的宽慰和绝望交织在一起,他又有些迟疑了。她忽然将他拉近自己,用自己那柔软湿润的嘴唇亲了亲他。

"好吧,"他沉重地说,"我这就去拿帽子。"

第八章

伊蒂丝从戴尔莫尼克出来,踏进了五月碧蓝纯净的夜色之中,她这才发现大街上竟然空无一人。白天辉煌的大商店的橱窗此刻都是黑漆漆的一片，门上全都拉下了巨大的铁面具，如同坟墓一般。她远远地朝第四十二号街望去，那些通宵营业的饭馆里透出一片模糊的灯光。而在另一边第六大街的高架铁路上，一列火车正像一团火球一样轰鸣着从车站那闪亮的平行信号灯之间穿过，一路风驰电掣地驶进了黑夜之中。然而在第四十四号街上却始终是一片宁静。

这会儿伊蒂丝正用斗篷裹紧身子，飞快地从大街穿过。一个单身男人经过她的身边，用沙哑的嗓音低声对她说"小妞，去哪儿"，把她吓了一大跳。她想起她小的时候，有一天晚上她正穿着睡袍绕着街区在散步，突然有一条狗从一个不知道多大的后院里冲着她号叫，当时受到的也正是这样的惊吓。

穿过大街之后不到一分钟，她就到达了此行的目的地——第四十四号街上一栋两层楼高的破旧的建筑物。谢天谢地，她发现二楼的窗口正透出一丝光亮。这点光亮便已足够让她辨认出立在窗户旁边的那个标牌："纽约号角"。很快，她走进了一间黑乎乎的大厅，并且立刻就看见了拐角处的楼梯。

然后她走进一间长长的楼层很低的屋子，屋子里摆放着很多书桌，四周的墙壁上都挂满了各类报纸的合订本。屋里有两个人，他们分别占据了屋子的两头，每人各自戴着一个绿色的眼罩，在一盏孤零零的台灯下奋笔疾书。

这一刻，站在门口的伊蒂丝颇有些不知所措，没多久，两个男人同时转过身来，她一下子就认出了她的哥哥。

"是你啊，伊蒂丝！"他吃惊地站起身，赶紧摘下眼罩，走上前来。他的个子很高，身材偏瘦，皮肤黝黑，一双乌黑而敏锐的眼睛隐藏在厚厚的镜片底下。他的眼睛并非近视，而是远视，因此他的目光看上去好像总是越过正在跟他交谈的人的头顶。

他上来抓住她的胳膊，亲吻了她的面颊。

"怎么啦？"他十分警觉地反复问道。

"我在街对面的那家戴尔莫尼克参加舞会，"她掩不住兴奋地说，"所以忍不住过来看看你。"

"哦，你来了我很高兴。"听了伊蒂丝的话，他的警觉很快消失了，取而代之的又是他一贯的含糊，"不过你不应该在晚上单独一个人跑出来，对吗？"他脸上呈现出一种似乎很担心的样子。

占据屋子另一头的那个男人一直很好奇地盯着他们，见到亨德利向他招手示意，便立即走上前来。他略微有些大腹便便的样子，眼睛小小的却很有神，他如果解开衣领、摘下领带的话，大概就是一副星期天下午的中西部农民的形象。

"这是我妹妹，"亨德利向他介绍说，"顺道过来看看我。"

"你好，"那个胖胖的男人笑着跟她打招呼，"我叫巴斯洛缪，布朗丁小姐。你哥哥恐怕老早就把我的名字给忘了。"

伊蒂丝礼貌地笑笑。

"你看，"他接着说道，"我们这里不怎么样是不是？"

伊蒂丝仔细地环顾了一下四周。

"看上去还不错，"她回答道，"你们把炸弹放到哪里去了？"伊蒂丝一本正经地问道。

"炸弹？"巴斯洛缪将她的话重复一遍，不由得笑起来，"那可不错——炸弹。亨德利，你听到她的话了吗？她问我们把炸弹放到哪儿了。哈哈，这句真是太绝了。"

伊蒂丝看见了一张空桌子，纵身一跃便坐了上去，把脚搁在桌边，自由自在地晃悠起来。她的哥哥在她旁边坐下。

"我说，"他随意地问道，"这次到纽约来感觉怎么样？"

"还行。我会跟霍伊特一家人一起待在皮尔特莫尔直到星期天。你明天能过来和我们一道吃午饭吗？"

他稍微想了一会儿，拒绝道："我很忙，而且我也不喜欢一大帮女人聚在一起。"

"好吧，"她很平静地同意了，"那就你和我两个人一起去吃午饭吧。"

"好。"

"那我十二点钟来叫你。"

巴斯洛缪此刻急着要回到自己的书桌前，可他觉得如果不开点玩笑就离开的话会显得很没礼貌。

"我说……"他笨拙地开口说道。

兄妹两人同时向他转过身来。

"我说，我们……今晚早些时候很兴奋。"

两个男人互相交换了一下眼神。

"你真应该早点来，"巴斯洛缪有点儿受到了鼓舞，继续往下说道，"我们有定期的杂耍表演看。"

"真的吗？"

"一首小夜曲而已。"亨德利说，"下面的街道上聚集了很多的士兵，对着我们的招牌大喊大叫的。"

"这是为什么？"她十分好奇地问道。

"因为人多，"亨德利心不在焉地回答，"人多的地方就总会有叫喊。幸好他们没什么人在积极主动地领导，不然的话他们很有可能会强行冲到这儿来，把这里的一切都砸烂。"

"是啊。"巴斯洛缪附和说，又转身面对着伊蒂丝，"你真应该早点来这儿的。"

这句话似乎成了他抽身而去的绝佳借口，因为他说完这句话后便陡然转过身去，回到了他的书桌前。

"所有士兵都这么坚决地反对社会主义者吗？"伊蒂丝转身问她哥哥，"我是说，他们用暴力袭击你们了吗？还有诸如此类的？"

亨德利重新将眼罩戴上，打了个哈欠。

"人类迄今为止已经走过一段很长的路，"他漫不经心地解释道，"但我们当中的大多数人都有一种返祖的现象，那些士兵们根本不知道他们想要的是什么,不知道他们到底恨什么,也不知道他们究竟喜欢什么。他们习惯一大帮人一起行动,这就不得不演变成为一种游行示威。只是他们碰巧反对的是我们罢了。今晚整座城市里到处都有暴乱,因为今天是五一,你知道的。"

"这里的骚乱很严重吗?"

"一点儿也不。"他带着轻蔑的神气说,"九点钟左右的时候,他们当中大约有二十五个人停在马路上,开始冲着月亮大声吼叫。"

"哦……"随后她又换了个话题,"亨德利,你很高兴见到我吗?"

"噢,这是当然。"

"可你看上去并非如此。"伊蒂丝低声道。

"我当然很高兴见到你。"

"我猜你肯定觉得我是一个……一个很没用的人。就是世界上最为糟糕的那种徒有其表的人。"

亨德利忍不住笑了。

"你说得根本不对。趁年轻好好玩玩吧。你怎么会有这种想法呢?难道我看上去很像一个古板而又固执的人吗?"

"不……"她若有所思地停顿了一下,"……不知怎么的,我开始在想,我刚刚参加的那个舞会跟你……跟你们的目标是多么地不同啊。看起来真是有点……有点不协调是不是?……我在那样一个舞会里待着,可你们却在这里努力地工作。假如你们的想法能够行得通的话,那种舞会是不是就永远不会再举办了?"

"不,我不这么看。你还年轻,而且你现在的所有行为都是跟你从小接受的教育完全一致的。就这么继续下去吧……你只要好好享受生活就行了。"

伊蒂丝的双脚从她坐上去开始就一直那么无聊地晃悠着,这时突然停了下来,并且她的声音也往下降了个音调。

"我希望你……希望你有空能回哈里斯堡去好好地玩一玩。你能确定你现在走的这条道路就是正确的吗?”伊蒂丝莫名其妙地将两个话题扯到了一起。

“你今天穿的这双长筒袜很漂亮,”他打断了她的话,“它们究竟是什么做的?”

“哦,它们是刺绣的,”她回答道,又往下看了看,“它们是不是很可爱?”她故意把她的裙子撩起来,露出她那细长的、用丝袜裹着的小腿,“还是说你根本就反对穿丝织长筒袜?”

亨德利似乎有点儿被激怒了,他那双黑色的眼睛紧紧地盯着她,仿佛要将她看穿似的。

“你是想要证明我刚刚说的话都在以某种方式批评你吗,伊蒂丝?”

“才不是……”

她好像想到什么似的顿了一下。这时巴斯洛缪突然咕哝了一声。她扭过头去看他,发现他已经离开了他那张桌子,正站在窗前看着什么。

“怎么了?”亨德利问道。

“是人群。”巴斯洛缪答道,过了一会儿他又接着说,“一片黑压压的人群正从第六大街往这儿冲过来。”

“人群?”

此刻那个胖男人已经把鼻子都贴到了窗玻璃上。

“是士兵,上帝啊!”他突然加重了语气说道,“我就猜到他们会回来的。”

伊蒂丝也猛地跳起来,跑去和巴斯洛缪一道站在窗前。

“好多人哪!”她兴奋地叫喊起来,“过来看,亨德利!”

亨德利坐着没动,只重新调整了一下他的眼罩。

“你看我们是不是把灯关了为好?”巴斯洛缪建议道。

“不用。他们很快就会走开的。”

“我想他们不会的,”伊蒂丝从窗口望出去,说,“他们压根儿就没想走开。现在已经有更多的人来了。看——第六大街的拐角处,有一大群人正从那儿拐过来。”

借着那黄色的街灯和蓝色光影，她看见人行道上此刻已经挤满了人。他们当中的大多数都身穿制服，有些人清醒，有些人则醉气熏天，他们全都情绪激动，大喊大叫。

亨德利此时终于站起身来走到窗前，他瘦长的身躯在办公室灯光的映衬下，立刻显出一道长长的侧影。底下嘈杂的叫喊声瞬间变成了一声颇有节奏的呼喊，紧接着便有一连串的物体射过来，小块的烟叶、香烟盒，甚至还有硬币，一股脑儿地向窗户这边噼里啪啦地砸过来。喧闹声渐渐开始沿着楼梯往上传。

"他们上来了！"巴斯洛缪大声嚷嚷起来。

伊蒂丝焦急而恐慌地转向亨德利。

"他们上来了，亨德利。"

此刻，从楼下大厅里传来的叫喊声已经清晰可辨。

"德国佬的走狗！竟然喜欢德国佬！"

"二楼，就在前面！快来啊！"

"抓住这帮狗娘养的……"

之后的五分钟就像是在梦里度过的一般。突然间，伊蒂丝感觉到那些喧哗声就好像雨云一样铺天盖地地压向他们三个人。此时楼梯上已经响起了雷鸣般的脚步声，亨德利一把抓住她的胳膊，使劲将她往办公室的最里面拉。然后门被撞开了，一大群人同时拥了进来——他们并不是领头的人，只是一些正巧冲在最前面的人。

"你们好啊，老弟！"

"这么晚了，你们想干什么？"

"你们，和你们的小妞。该死的！"

伊蒂丝注意到，被拥在最前面的是两个喝得酩酊大醉的士兵，他们此刻正笨拙地左右摇摆——其中的一个个子十分矮小，皮肤黝黑；另外一个个子很高，下巴却很短。

亨德利向前跨了一步，将手举起。

"朋友们!"他大声说道。

喧哗声顿时停了下来,只留下了时不时的几声嘀咕。

"朋友们!"他重复了一遍,他的那双远视眼落在人群的头顶上方,"今晚你们闯进这里来,伤害的是你们自己而不是别人。难道我们几个看上去像有钱人吗?难道我们几个看上去像德国人吗?让我心平气和地来问问你们……"

"你闭嘴!"

"我说你给我闭嘴!"一个士兵大声地嚷道。

"嘿,你身边的女朋友是谁,伙计?"

一个身穿便装的男人此前一直在桌子上笨手笨脚地乱翻,这时他手里忽然举起了一张报纸。

"就在这里!"他大声嚷嚷道,将报纸高高扬起,"他们说希望德国人赢得胜利!"

此时楼梯上又有一群人被挤了进来,一时间屋里挤满了人,大多数围绕在后面那几个脸色苍白的人周围。伊蒂丝发现那个下巴很短的高个子士兵仍然摇摇晃晃地站在前面,可是那个黑黑的矮个子却不知道去哪儿了。

她稍微向后退了一点,靠近一扇打开的窗户站着,一阵清新凉爽的夜风正从窗外飘进来。

随后屋子里渐渐起了骚动。她很快意识到士兵们都在奋力往前挤,她又瞥见那个胖男人正举着一把椅子在头顶上挥舞……突然间,灯全部灭了,她能够感觉到粗布衣服下那一具具热乎乎的身体正在拼命地推挤,她的耳朵里充斥着一片叫嚷声、践踏声以及粗重的呼吸声。顿时,屋里一片大乱。一个黑黑的身影不知道从什么地方突然蹿了出来,在她面前一闪而过,随后踉踉跄跄地被挤到一边。突然她听见了一声断断续续的惨叫,那个身影无助地从那扇敞开的窗口摔了出去。微弱的惨叫声迅速被淹没在这片喧闹的海洋中。

然而借着后面一栋楼里的微弱光线,伊蒂丝立刻感觉到刚刚摔下去的正是那个下巴很短的高个子士兵。受到这样的刺激,她的怒火腾地一下子冒了上来。她开始疯狂地晃动着自己的手臂,盲目而拼命地向着混战最为激烈的地方挤去。一路上她听见了无数的嘟囔声、诅咒声以及沉闷的拳头击打在肉体上的声音。

"亨德利!"她在人群中疯狂地大叫,"亨德利!"

几分钟过后,她忽然感觉到屋子里仿佛又多了几个人。她听见了一个低沉而且颇具威慑力的声音。同时她还看见几道黄色的光束正在打闹的人群之中扫来扫去。叫喊声顿时变得七零八落。混战陡然升级,随后便戛然而止。

灯忽然间亮了,屋里到处都是警察,他们正用警棍左右击打着。刚刚那个低沉的声音正不停地说道:"听着! 听着! 听着!"

接下来又说:"安静! 安静下来! 都给我出去! 听见没有!"

一瞬间屋子里就像一个倒空的洗脸盆一样。一个仍然在角落里与一个士兵激烈扭打的警察突然松开了那个士兵的手,然后猛地推了他一把,将他朝门口赶去。那个低沉的声音还在继续发话。伊蒂丝现在已经看清声音正是从站在门边的那个脖子粗短的警长那儿发出来的。

"都给我听着! 你们这么做是不行的! 你们自己的一个士兵兄弟刚才不小心被推出了后面的窗户,已经摔死了!"

"亨德利!"伊蒂丝大声地喊道,"亨德利!"

她举起拳头猛地砸向她前面那个人的后背,接着又从另外两个人中间奋力杀了出去。她一面打着,一面尖叫着,最后终于来到一个坐在地上的脸色煞白的人面前。

"亨德利,"她十分急切地叫道,"你怎么啦? 究竟怎么样啦? 他们把你弄伤啦?"

他双眼紧闭,痛苦地呻吟了一声,然后终于抬起头来抱怨道:

"我的腿被他们打断了。哦,上帝啊,这群蠢货!"

"都听着!"那个警长又开始叫道,"听着! 听着!"

第九章

每天早上八点，"查尔兹，五十九号"都与它的姐妹连锁店有所不同，要么就是它的大理石桌子宽度不够，要么就是它的平底煎锅宽度不够。你在那里能碰到一大群穷人，他们睡眼惺忪，为了避免与其他穷人相见，都努力使自己的两眼直视摆在面前的食物，甚至连眼角的余光也没有。

四个钟头前的"查尔兹，五十九号"，却是与任何一个州的任何一家查尔兹餐馆都不同。在它那灰暗却还算干净的墙壁之内，各色人等混杂在一起，闹哄哄的，没有片刻安静，其中有合唱团的女孩子，有众多大学里的男生，有初进社交圈的女子，还有浪荡子和妓女……简直是百老汇乃至第五大街所有声色犬马的乌合之众。现在已经是五月二日，一大清早这里便异乎寻常地被人挤满了。在那些不够宽的大理石台面的桌子上，一些时髦女子——她们的父亲拥有私人村庄——正兴奋地低着头。她们兴致盎然、津津有味地吃着面前的荞麦饼和煎鸡蛋，这可都是些了不起的美味，在四个钟头以后的同一个地方，她们是再也享受不到如此美味的了。挤在这里的所有的人几乎都是刚参加完戴尔莫尼克的伽马—普赛舞会来的。只有几个来自午夜场的歌舞剧合唱团的女孩子例外，她们此刻坐在靠边的一张桌子旁，十分后悔自己演出之后因为偷懒而没有多卸掉一些妆。还有一个呆头呆脑，看起来有点贼眉鼠眼的人，非常不合时宜地带着一脸疲倦、困惑和好奇，探头探脑地向那群花蝴蝶们张望着。

在这个五一节之后的早晨，节日的气氛仍然在空气中弥漫。格斯·罗森头脑清醒，却总是有点傻呆呆的。骚乱过后，他究竟是怎样把自己从第四十四号街弄到第五十九号街的，连他自己也不清楚。他亲眼看到卡罗尔·基的尸体被搬上了救护车，然后开走了。于是他跟着两三个士兵一起，模模糊糊地向着远离闹市区的地方走去。

当他们走到第四十四号街和第五十九号街交界的某个地方时，那几个士兵无意中遇到了一些女人，然后就跟着那些女人消失了。

只剩下罗森一个人慢慢溜达到哥伦布圆形广场，出于对咖啡和油炸圈饼的渴望，他挑中了灯光闪烁的查尔兹餐馆，于是他便走进去坐了下来。罗森的四周充斥着大量夸张尖锐的笑声和无关痛痒的闲聊。起初他一点儿不明白，在足足迷惑不解了五分钟以后，他终于意识到这是来自一场欢乐舞会后的余兴。随处可见一两个闲不住的、快活的年轻人亲热而友好地转悠在各张桌子之间，见到谁都握手，偶尔还停下来开个玩笑。而那些同样兴奋的服务生则不得不将手里的糕饼和鸡蛋举得高高的，一边在暗地里咒骂着他，一边巧妙地把他从道上撞开。罗森坐在一张最不显眼而且人也最少的桌子边，这家餐馆里发生的一切都尽收他的眼底，对他来说就好像看了一场热烈的美女秀和疯狂的马戏杂耍表演。过了一会儿他发现，坐在他斜对面的那两个背对着人群的人，是这整个屋子里最有趣的一对。那个男的喝得醉醺醺的，身穿一件无尾晚礼服，领带歪歪扭扭地系着，衬衫也因为溅上了酒水而变得潮湿。他的眼睛完全地暗淡无光，而且还布满血丝，目光呆滞，眼珠不自然地转动。呼吸也变得短促。

他可喝得太多了！罗森心想。

而那个女的还十分清醒。她长得很漂亮，有一双乌黑的眼睛，面颊嫣红，类似于发烧的颜色。她的眼睛十分灵动，就像老鹰盯着自己的猎物一样目不转睛地盯着她的同伴。她还时不时地靠过去贴着他的耳朵，热情地向他低语着什么，而他的回答要么就是重重地点点头，要么就是异常恐惧、厌恶地眨眨眼。罗森在一旁默默地观察了他们很久，直到那个女的用狠厉的目光迅速扫了他一眼。于是他赶紧把目光转向两个最闹腾最引人注目的转悠者，他们简直是一刻都不停地在桌子间转悠。而让他大吃一惊的是，其中有一个正是昨晚在戴尔莫尼克十分滑稽而热情地招待了他们一顿的那个小伙子。

　　这一发现立刻使他想起了基,心里顿时涌上一些莫名的伤感,还夹杂着一丝恐惧。基死了。他一下子从三十五英尺高的地方摔了下来,脑壳迸裂,如同一个被砸开的椰子。

　　他真是个好人,罗森十分伤感地想,他是个大好人,却走了霉运。

　　此时那两个不停转悠的人走了过来,又开始在罗森旁边的两张桌子之间转悠,他们同朋友和陌生人打着招呼,用着同样欢快亲热的话语。突然罗森看见其中那位头发金黄、门牙凸出的男子猛然间停下了脚步,神情十分古怪地看着斜对面的那对男女,然后开始不满地摇头。

　　这时眼里布满血丝的那个男人也抬起头来。

　　"戈丹,"那个门牙凸出的转悠者叫道,"戈丹。"

　　"你好。"那个衬衫湿湿的男人含糊地应道。

　　凸门牙向那两人神情悲观地晃动着手指,又朝那个女的冷冷地、带谴责意味地扫了一眼。

　　"我昨天对你说过什么来着,戈丹?"

　　戈丹坐在椅子上稍微挪动了一下。

　　"见鬼去吧!"他没好气地说。

　　蒂安仍然站在那里晃动着他的手指。那个女的忍不住发怒了。

　　"滚开!"她恶狠狠地对着蒂安说,"你喝醉了,你这个酒鬼!"

　　"他也是。"蒂安满不在乎地指着戈丹说着,还继续晃着手指。

　　此时彼得·希奴尔慢慢地走上来,神情严肃,像要发表正式演说一样。

　　"听着,"他说话的语气仿佛是被请来解决小孩子之间的小吵小闹似的,"这是怎么了?"

　　"赶紧把你的朋友带走,"朱尔厄尖锐地说,"他正在打扰我们。"

　　"什么?"彼得疑惑地问道。

　　"你没听见我说的话吗?"她尖声叫道,"我叫你赶紧把你喝醉的朋友带走!"

　　她尖厉的嗓门已经盖过了餐馆里热闹的喧哗声,一个服务生赶紧走上前来。

"你小声点!"

"那里有个家伙喝醉了,"她仍然大声嚷嚷道,"他一直在侮辱我们。"

"啊哈,戈丹,"被指责的那个人还在继续说道,"让我跟你说什么好呢?"然后他扭过头去对服务生说,"我和戈丹是好朋友。我一直都在尽力帮他,是不是戈丹?"

戈丹突然抬起头来。

"帮我? 才没有呢,见鬼去吧!"

此时朱尔厄突然起身抓住了戈丹的胳膊,扶着他站了起来。

"我们走吧,戈丹!"她说着,又把身子向他靠过去,压低了嗓门道,"这家伙在发酒疯,我们还是离开这儿吧。"

戈丹任凭自己被她搀扶着站起来,跌跌撞撞地朝门口走去。朱尔厄又转过脸来,对那个迫使他们逃离的罪魁祸首说:"我还不了解你?"她恶狠狠地说道:"好朋友? 你也配? 他可是跟我说起过你。"

说完这些话,她紧紧抓住戈丹的胳膊,两人一起穿过那些好奇的人群,结完账就走了出去。

"你俩必须坐下来。"待他们走后,这个服务生又对彼得说。

"什么? 叫我们坐下来?"

"是的……要不然就得出去。"

彼得转头看向蒂安。

"来吧,"他建议道,"我们一起揍他一顿。"

"好的。"

于是他俩朝他逼过去,脸上的表情也变得凶狠起来,那个服务生不由自主地往后退。

忽然间彼得把手伸向旁边桌上的一个盘子里,随手抓起了一把肉丁扔到空中。于是那些肉丁顺着抛物线的轨迹,如同漫天飞舞的雪花一样,软绵绵地飘到了旁边那些人的头上脸上。

"嘿! 别再闹了!"一位坐在中间桌子旁的男士没好气地说道。

"赶他出去!"传来一位女士的嗓音。

"赶紧坐下,彼得!"

"住手,别扔了!"

彼得大笑着鞠了一躬。

"多谢各位的大声喝彩,亲爱的女士们,先生们,假如哪一位愿意再借一些肉丁和一顶礼帽给我,我们就会继续为您表演。"

此时餐馆的保安也赶紧过来了。

"你必须立刻出去!"他对彼得说。

"真见鬼,不干!"彼得摇摆着身子,大声嚷道。

"他是我的朋友!"蒂安也十分气愤地插进来。

这时一群服务生围了上来:"把他轰出去!"

"我们还是走吧,彼得。"

经过一阵短暂的反抗和挣扎之后,这两人终于被推搡着朝门口走去。

"我想起来了,我的帽子和外套还在这儿!"彼得突然喊道。

"好吧,去拿上它们,动作快点!"

那个保安不得已将彼得松开,后者立刻换上了一种极为狡黠而又有些滑稽的神情,迅速冲向了另外一张桌子。他一到那里就冲着那一群气急败坏的服务生做鬼脸,把拇指搁在鼻尖,其余四指张开,还爆发出一阵愚弄的笑声。

"我看我还是再多待一会儿吧。"他得意地宣称。于是追捕行动开始了。四个服务生被派到一边,还有四个则被派到另一边。然而在他们重新开始追捕彼得之前,蒂安突然出手抓住其中两个人的衣领,于是另一场搏斗又开始了。在陆续打翻了一个糖罐和好几杯咖啡之后,他们终于被绑住了双臂。可随后在收银台前结账时他们又有了新的争执,因为彼得还想再买一盘肉丁,好随身带着朝警察扔。

然而这场被迫离开所引发的混乱与当时的另外一种景象比起来,根本就不算什么,那种景象不仅引来无数惊叹和赞赏的眼光,而且让餐馆里的每一个人此刻都不由自主地发出了一声被拖了老长老长的"哦——哦——哦"！

此时餐馆正面的大玻璃突然变成了一种略带奶黄色的深蓝色，正是那种出自迈科斯菲尔德·帕里什画笔下的月光的颜色——一种看上去仿佛已经贴紧了玻璃门，就要挤进这家饭馆的蓝色。哥伦布圆形广场上黎明乍现，巨大的克里斯托弗雕塑在奇妙的、无声无息的黎明的映衬下显出无比美妙的侧影，并且以一种神奇的方式与室内那渐渐褪去的黄色灯光交融在一起，柔和、亲切极了。

第十章

进先生和出先生是没有被美国的人口普查员登记在册的。假如你想在社会名人录或者是出生、婚嫁、死亡登记簿中找到他们的名字，那必定是会无功而返的。他们早已被遗忘了，即便是他们曾经存在的证据也早已消失或者模糊不清，就算是在法庭上也难以获得认可。然而我却有着最为可靠的证据来证明：在一段短暂的时间里，进先生和出先生不仅生活过、呼吸过、点名时答"到"过，而且还生动形象地展示了他们自身独特的性格特点。

在他们如此短暂的一生中，他们身穿自己本民族的服装，在一个伟大国家的大型高速公路上一直不停地向前走。他们不断地被嘲笑、被诅咒、被追捕，然而最终都逃脱了。

然后他们走了，从此便杳无音信，在这个世界上彻底消失。

在这个五月拂晓时分最微弱的一抹亮光中，一辆敞篷出租车如同一阵微风驶过了百老汇，这时他们已经隐约成形。

这辆出租车上坐着的正是进先生和出先生的灵魂，此刻他们正惊讶地讨论着突然照亮了克里斯托弗·哥伦布雕像的天空中那道奇异的蓝光，又迷惑不解地讨论着那些匆匆走过街道的无精打采的早起者——他们的脸色苍老灰暗,就像吹落在灰色湖面上的碎纸片。他俩经过讨论,在所有的事情上都达成了共识,包括从查尔兹餐馆保安的荒谬到路上清洁工的荒谬,以及到整个生活本身的荒谬。他们的心灵充满活力,晨曦此刻又在此唤起了稍纵即逝的快感,于是他们感到一阵头晕眼花。生活中的快乐是如此的新鲜而有活力,他们想要通过大声叫喊的方式将它们表达出来。

"耶——哦——哦!"彼得旁若无人地大声叫嚷,还用双手围在嘴边做出扩音器的形状……而之后蒂安也参加进来的一声叫喊,虽然与彼得的叫喊有着同样的重要性和象征意义,但却因为口齿不清而发出了回声。

"唷——嗬!耶!唷嗬!唷——布巴!"

第五十三号街上正有一辆公共汽车开过,车上还坐着一位皮肤黝黑的短发美女。第五十二号街上则是一个扫马路的清洁工,他左躲右闪,边逃边大声叫:"看清楚啦,车往哪儿开呢!"声音里充满了痛苦和悲伤。第五十一号街上,一群人正站在一幢白色建筑物前方的一条洁白的人行道上,他们转过身来盯着他们,大声喊道:

"伙计们,有舞会!"

终于到了第四十九号街,彼得扭头对蒂安说:"美好的早晨。"他神情严肃,还眯起了他那双像猫头鹰似的眼睛。

"可能吧。"

"我们去吃点早餐吧,呃?"

蒂安表示同意……但还加了点东西。

"早餐加酒。"

"早餐加酒。"彼得摇头晃脑地重复了一遍。然后两人面面相觑地点了点头:"嗯,合情合理。"

随后同时爆发出一阵大笑。

"早餐加酒!哦,我的天哪!"

"根本没有这样的东西。"彼得郑重地宣布。

"不卖？没关系。我们可以逼着他们卖,给他们施加一些压力。"蒂安得意地说道。

"施加一些合理的压力。"

此时出租车突然在百老汇拐了一个弯,随后沿着一条十字街行驶,最后停在了第五大街上一幢巨大的如同坟墓似的楼房前面。

"怎么回事?"

"这里是戴尔莫尼克。"那个出租车司机对他们说。

这可真令人费解。于是他们又被迫花上好几分钟的时间,专心地考虑他们之前之所以做出这样的一个安排的道理所在。

"你们当中有人提到了大衣。"那个出租车司机善意地提醒道。

是有这么回事。彼得把他的大衣和帽子忘在戴尔莫尼克了。终于弄清楚了情况之后,他们便走下了出租车,手挽手地向着入口处溜达过去。

"嘿!"那个出租车司机在他们身后喊道。

"嗯?"

"你们最好先把账给付了。"

他们吃了一惊,赶紧摇摇头表示拒绝。

"过会儿再付,现在可不行……你得在这里等着我们下命令。"

可那个出租车司机死活不同意,他坚持现在就要钱。于是他们勉强压抑住自己向人施以恩惠的情绪,十分轻蔑地把钱付给了他。

到了戴尔莫尼克里面,彼得在一间幽暗的空荡荡的衣帽间里寻找着他的大衣和礼帽,却什么也没有找到。

"丢了,我猜。肯定是被人偷走了。"

"可能是谢菲尔德的某个学生拿走了。"

"很有这个可能。"

"没关系,"蒂安豪气十足地说,"我也把我的丢在这里好了……这样一来我们的穿着就是一样的了。"

他脱下他的帽子和大衣,正要把它们挂起来时,他那四处转悠的眼神忽然看见了钉在衣帽间两扇门上的两块大大的正方形的硬纸板,左手边那个用黑字大大地写着一个"进"字,右手边那个也同样醒目地写着一个"出"字。他的目光立刻被它们牢牢地吸住了。

"瞧!"他高兴地大叫起来——彼得顺着他手指的方向看去。

"什么?"

"你看这两块牌子。咱们把它们拿走吧。"

"好主意。"

"这很可能是一对非常稀有、非常珍贵的牌子呢。我想早晚会用得上的。"

彼得从左边那扇门上取下了"进"的牌子,他想把它藏在身上。可是这块牌子的体积很大,这么做无疑有些麻烦。突然他灵机一动,带着一副庄严神秘的表情背过身去。片刻之后,他戏剧般地回转身来,热情地伸出双臂,向满脸钦佩之色的蒂安展示着自己。原来他已经把那块牌子完全插进了自己的背心,并且罩在了衬衫的前面。这么一来,"进"这个字就以硕大无比的黑色字体印在了他的衬衫上。

"唷嗬!"蒂安大声地欢呼起来,"进先生!"

他于是也照葫芦画瓢地把他自己那块牌子插进衣服里。

"出先生!"他像个得胜将军般地宣布,"现在,进先生遇到了出先生。"

于是他们走上前,十分严肃地握了握手。两人再一次爆发出一阵大笑,直笑到前俯后仰,喜不自胜。

"唷嗬!"

"我们该去大吃一顿。"

"我们就去……去科默多。"

于是他们又手挽着手一起走出了戴尔莫尼克的大门,在第四十四号街上向东直奔科默多而去。

在他们出门时,有个皮肤黑黑的小个子士兵原本一直没精打采地沿着人行道闲逛,这时忽然转过身来看着他们,他的脸色苍白而疲倦。

他慢慢地走过去,看起来好像要跟他们打招呼,可当他们用一种全然陌生的眼光看着他时,他便立刻感到局促不安起来。他老老实实地站在一边,等到他们高一脚低一脚地在街上走远了,他才又跟了上去。在距离大约四十步远处,他开始咯咯地笑起来,并且用一种开心的带着期盼的语气反复低声地说道:"哦,伙计!"

而与此同时,兴高采烈的进先生和出先生正热烈地聊着他们未来的计划,还互相开着玩笑。

"我们要喝酒,我们要吃早餐。这两者缺一不可,是一个不可分割的整体。"

"我们两者都要!"

"没错,两者都要!"彼得附和道。

这时天已经大亮,来来往往的行人都用十分好奇的眼光打量着这一对。他们显然正在进行着一场讨论,并且这场讨论给他们带来了极大的乐趣,因为他们时不时地爆发出一阵狂笑,一直笑到两人的手臂虽然还挽在一起,可他们的身子却早已快弯到地上去了。这种状况持续了相当长的一段时间。终于到了科默多,他们和那个睡眼蒙眬的看门人相互说了几句俏皮话,又费了好些周折才通过了那扇旋转门,接着穿过一个没什么人却让他们吓了一大跳的大厅,最后才进到餐厅。在那里,一个神情有些为难的服务生将他们领到角落里最不起眼的一张桌子边。

面对着菜单,他们十分茫然地研究了一番,迷惑不解地将各个菜名嘀咕给对方听。

"没看到有什么酒啊?"彼得抱怨道。

他们听见那个服务生在说话,却根本不明白他在说些什么。

"我再说一遍,"彼得竭力忍耐着,继续说道,"这份菜单上好像缺了酒,真是莫名其妙,令人扫兴。"

"让我来!"蒂安自信满满地说,"让我来对付他。"他转过身去对那个服务生说,"给我们……给我们……"他又匆匆忙忙浏览了一下菜单,"给我们一夸脱香槟和一个……一个……好像是火腿三明治吧。"

服务生看起来十分疑惑。

"赶快去拿啊!"进先生和出先生齐声大吼道。

服务生咳嗽了一声,无奈地走开了。在短短的等待中,他们并没有意识到自己正被暗处的服务生领班仔细地打量着。没过多久香槟便送过来了,一看到它,进先生和出先生立刻兴奋地欢呼起来。

"想象一下,他们如果反对我们吃早餐的时候喝香槟……只是想象一下。"

于是两人都开始集中注意力,聚精会神地想象这样一种可怕的情形,可是干这种事目前来说已经超出了他们的能力范围。即使他们两人的想象力合到一块儿,他们也想象不出竟会存在着这样一个世界:一个人居然会反对别人在吃早餐的时候喝香槟。旁边的服务生"砰"的一声将瓶塞拔出……很快他们的杯子里就漾起了淡黄色的泡沫。

"祝你健康,进先生。"

"也祝你健康,出先生。"

服务生很快离开了。几分钟之后,瓶子里的香槟迅速变少了。

"这可真是……真是令人烦恼。"蒂安冷不丁地说。

"什么东西令人烦恼?"

"他们很可能会反对我们吃香槟早餐的这个念头。"

"令人烦恼?"彼得思考了一下,"没错,就是这个词——令人烦恼。"神情有些疑惑。

他们又一次在椅子上大笑,笑得前俯后仰。他们号叫着,摇晃着,一遍又一遍地重复着"令人烦恼"这个词……似乎每重复一遍,它就会显得更加荒谬一些。

又快活了好几分钟之后,他们决定要再来一夸脱酒。那个焦急的服务生向他的顶头上司请示,那个十分小心谨慎的人向他暗示说不要再给他们上香槟了。于是很快他们的账单被拿了过来。五分钟后,他们两人又手挽着手离开了科默多。在第四十二号街上,他们从一群好奇地盯着他们看的人群当中穿过,随后走上凡德比尔特大街,朝着皮尔特莫尔走去。

到了那里,他们忽然灵机一动,顺应情势地将腰板挺得笔直,然后大步流星地从大厅中间穿过。而刚一进到餐厅里,他们便开始故技重施,两人忽而爆发出一阵狂笑,忽而又十分严肃地谈论起政治、大学和他们各自开朗的性格。他们看了一眼手表,已经九点了,两人的心中突然萌生出一个十分模糊的念头:他们曾经参加了一场令他们永生难忘的非常值得纪念的舞会。

他们接下来又细细品味着第二瓶酒。只要当中有一个人提到"令人烦恼"这个词,两人就会立即笑得喘不过气来。整个餐厅在他们的眼里不停旋转变幻着,屋里弥漫着一种奇异的轻松感,沉重的空气也因此而慢慢稀释。

他们结过账后,便一起走出餐厅,走进大厅里。

正在这时,外面的大门那天早上第一千次旋转着开了……一个面色苍白、眼圈发黑的年轻美女走进了大厅,她上身穿着一件皱巴巴的晚礼服,在一旁陪伴着她的是一位朴拙壮实的男子,看起来不像是一位称职的护花使者。

在楼梯的最上面,年轻美女和她的"护花使者"遇到了进先生和出先生这两个人。

"伊蒂丝,"进先生先开口叫道,然后嘻嘻哈哈地迎上前去,并且深鞠一躬,"亲爱的,早上好。"

旁边那个壮实的男人询问地瞥了伊蒂丝一眼,似乎在说只要她同意,他就立即把这个男的扔到一边去。

"请恕我冒昧,"彼得认真地想了想,又加上一句,"早上好,伊蒂丝。"

他使劲抓住蒂安的胳膊肘,硬把他推到前面。

"伊蒂丝,请你见见出先生,我最好的朋友。进先生和出先生。密不可分。"

于是出先生走上前去,深鞠了一躬。事实上他走得太靠前了,腰也弯得太低了,以至于他的身体不由自主地向前倾了一下,他不得不把一只手搭在伊蒂丝的肩膀上,才勉强保持住身体的平衡。

"我是出先生,伊蒂丝,"他乐滋滋地说,"进先生和出先生。"

"事实上，是进和出先生。"彼得更加自豪地说。

然而此刻伊蒂丝的双眼却越过了他们身旁，直视着前方，紧紧盯着上面走廊里的某个地方。她朝身边那个壮实的男人微微地点了点头，他立即就像一头公牛一样，敏捷利落地上前一推，一把将进先生和出先生推到了楼梯的两边，然后和伊蒂丝一起，从这两人当中空出的那条小路走了过去。

他们向前走了还不到十步，伊蒂丝突然停下了脚步——她停下来用手指向一个正在四处张望、同时格外关注进先生和出先生生动表演的矮个子黑皮肤的士兵。当时她一脸错愕，仿佛被施了魔咒一般。

"天哪，"伊蒂丝回过神来，立刻大声嚷嚷道，"瞧那儿！"

她的声音陡然提高，几乎就要尖叫起来，伸出的手指也在微微颤抖。

"那就是打断了我哥哥一条腿的士兵。"她对着她身旁的那个壮实的男人说道。不少人立刻惊呼起来。

一个身穿燕尾服的男人迅速离开了桌旁的位子，十分警觉地走上前去。而那个壮实的男人则闪电般地扑向了那个被指为凶手的士兵，随后整个大厅的人都围了过去，他们把那一小撮人团围在当中，同时严严实实地挡住了进先生和出先生的视线。

然而对于进先生和出先生来说，这一事件也只不过是他们眼前这快速旋转的世界中一个彩虹般的片段而已。

他们听见了一群人的大声叫喊，他们也看见了那个壮实的男人正扑上前去，然后画面突然变得一片模糊。

之后，他们进入了一架向上的电梯。

"请问要去几楼？"电梯工问道。

"随便。"进先生回答道。

"顶层。"出先生命令道。

"这已经是顶层了。"电梯工说。"那就再造一层。"出先生说。"再高一点。"进先生接着说。

"天堂。"出先生最后说。

第十一章

　　在紧靠着第六大街的一家小旅馆的卧室里,当戈丹·斯特莱特从昏睡中醒来时,他发现自己的后脑勺一阵疼痛,身体里所有的血管都在令人难受地抽搐着。他看了看屋子的角落里正透出一缕微光的灰色窗户,又看了看另一个角落里那张巨大的皮椅子上因为长久的使用而有些破旧的地方。他看见了随意扔在地板上的乱糟糟、皱巴巴的衣服,还闻到了一阵走了味的烟味和酒味。所有的窗户都关得紧紧的。窗外刺眼的阳光将一束充满灰尘的光柱照射到窗台上——一束因为被那张宽大木床的床头打断而显得斑驳陆离的光柱。此刻他安安静静地躺在那里……大脑昏昏沉沉,全身的感官都已经麻木,眼睛睁得大大的,思绪就像一台没上油的机器一样咔嗒咔嗒地狂乱地响着。

　　在看到太阳光束中的灰尘和那个大皮椅上的裂缝之后,过了三十秒的时间,他才终于感觉到那个紧挨在他身边的生命,而在这之后,又过去三十秒,他才清楚地意识到他已经无可救药地同朱尔厄·哈特斯结婚了。似乎这是一件多么可怕的事情。

　　半个钟头之后,他走出了这家旅馆,走进一家体育用品商店,买了一把左轮手枪。紧接着他坐出租车回到东二十七号街上他一直住着的那间屋子,然后他侧身趴在那张堆满了他的绘画材料的桌子上,对着自己头部紧贴太阳穴后面的地方射出了一颗子弹。